LIAISONS SECRÈTES

BARBARA DAWSON SMITH

LIAISONS SECRÈTES

Traduit de l'américain par Catherine Plasait

J'AI LU
POUR elle

Titre original :
Her Secret Affair

St. Martin's Paperbacks

1

Londres, 1822

Il allait lui donner une bonne leçon. Une de celles que l'on n'oublie pas.

Dissimulé sous un platane, il observait la demeure. Située dans une rue paisible, construite de la même pierre rose que les bâtisses voisines, elle ne ressemblait en rien à une maison close. La pluie ruisselait sur les hautes fenêtres avant de suinter le long des colonnes qui encadraient le porche. Trois marches de granit montaient vers une porte blanche ornée d'un simple marteau de cuivre qui brillait dans le soir tombant. Parfois, derrière les rideaux de dentelle, on apercevait quelques silhouettes au rez-de-chaussée.

D'après les renseignements fournis par le détective qu'il avait engagé, les filles devaient être en train de dîner. À l'étage, toutes les tentures étaient fermées. Seule, une fenêtre laissait filtrer un halo de lumière.

Sa chambre.

Une farouche détermination l'animait. Il ne voulait aucun témoin à leur rencontre, aussi se glisserait-il dans son boudoir pour l'attendre et profiter de l'effet de surprise quand elle remonterait...

Il traversa la chaussée à grandes enjambées. La pluie glissait sur son manteau à capote. Un fiacre passa devant lui, il s'engagea dans la ruelle qui longeait l'arrière des maisons.

L'étroit passage était sombre, l'atmosphère empestait les ordures, un cheval tapait du sabot dans une écurie voisine. Enfin il repéra la porte de service.

Elle n'était pas verrouillée, et il pénétra dans un couloir obscur dont le parfum légèrement musqué révélait des plaisirs illicites. Il entendit vaguement la plainte d'une femme, un rire strident, un bruit de vaisselle. Sur sa gauche, une porte menait à la cuisine en sous-sol d'où montait une odeur de chou et de poisson frit. Une autre donnait sur l'escalier. Il monta les marches à l'aveuglette.

Dans le corridor du premier étage, des gravures licencieuses ornaient les murs, tandis qu'une lumière dorée l'attirait vers l'un des seuils.

Il s'en approcha vivement. Il la prendrait au dépourvu quand elle reviendrait de souper, et il mettrait un terme définitif aux manigances de cette créature.

Mais il s'arrêta net devant la porte.

Elle était là, sa proie, assise sur un tabouret à frange dorée. Le crépitement du bois dans la cheminée avait dû masquer le bruit de ses pas, car elle était inconsciente de sa présence. Ou peut-être était-elle trop absorbée par le soin qu'elle apportait à sa chevelure.

Elle paraissait très jeune, à peine dix-huit ans. Mais son âge importait peu, car elle compensait par l'expérience ! Comme ses semblables, miss Isabel Darling était experte dans l'art de manipuler la gent masculine.

Cependant, cette fois, elle avait trouvé un adversaire de taille.

Elle s'admirait dans la glace, prenait des poses, les yeux mi-clos, fascinée par sa propre beauté. Des mèches rousses allumaient le feu dans ses cheveux châtains qui descendaient jusqu'au bas de ses reins. Chaque coup de brosse soulevait sa crinière, dévoilant fugitivement un corps voluptueux.

Il sentit le désir monter en lui, et il eut une envie insensée de renoncer à sa mission pour jouir des plaisirs qu'elle avait à offrir.

Maudite soit-elle !

Les poings serrés, il pénétra dans le boudoir, le bruit de ses pas étouffé par l'épais tapis rose. Une porte ouverte de l'autre côté de la pièce laissait voir un lit à colonnes dont la tête était un miroir orné de pampilles criardes. Le théâtre des exploits de la jeune femme, bien sûr !

Il s'arrêta derrière elle et posa sur ses épaules ses mains gantées de noir. La peau de miss Darling était tiède, souple comme celle d'un bébé.

Elle se pétrifia et leva vers lui un regard rehaussé de longs cils.

La respiration de la jeune femme s'accéléra, et il ne put manquer de s'attarder sur sa poitrine qui se soulevait convulsivement. Il était pris d'une irrésistible envie de la caresser.

Elle poussa un petit cri, pivota sur le tabouret et le frappa dans les côtes d'un grand coup de brosse. Avec une expression féroce, elle lança le bras en arrière pour une nouvelle attaque, mais il l'attrapa au poignet.

— Je resterais tranquille, à votre place, miss Darling.

— Qui êtes-vous ? riposta-t-elle. Qui vous a permis de pénétrer ici ?

— Je suis entré tout seul.

Elle tenta de se dégager.

— Sortez ou j'appelle au secours.

— Libre à vous. Vos amies ne vous entendront pas.

Elle avait peur, il le sentait au léger tremblement de ses lèvres, et il jouissait de son désarroi. Il aurait pu briser son avant-bras d'un simple geste, la punir de ce qu'elle faisait, de ce qu'elle avait l'intention de faire.

Il lui arracha la brosse qu'il posa sur la coiffeuse, puis il se pencha vers elle, les mains à plat sur la table, et murmura à son oreille :

— Ce n'est pas une façon de traiter ses invités, c'est mauvais pour la clientèle.

Elle recula et cligna des yeux, méfiante.

— Je ne sais pas qui vous êtes, mais je ne vous ai certainement pas invité ici. C'est une demeure privée.

— Pas pour le duc de Lynwood.

— Le duc… ?

Elle l'observait de la tête aux pieds. Cravate blanche, manteau à capote, culotte fauve, bottes bien cirées. Puis elle secoua la tête, et ses longs cheveux dansèrent. De nouveau le désir l'envahit.

— Vous êtes trop jeune pour être le duc. Trop… Trop…

— Convenable, compléta-t-il, une touche de sarcasme dans la voix.

Elle ne pouvait évidemment pas savoir combien il était différent de son père.

Elle continuait à le fixer.

— Vous êtes le fils du duc de Lynwood, dit-elle enfin. Justin Culver, comte de Kern.

Il recula d'un pas et la salua avec dérision.

— Vous êtes bien renseignée, je vois.

Elle attacha négligemment ses cheveux en chignon à l'aide de peignes d'écaille, et il fut fasciné par ce geste si féminin. Il luttait entre son envie d'embrasser sa nuque frêle et son sens du devoir.

— Allez-vous-en, ordonna-t-elle. C'est avec Lynwood que je traite.

— Non, c'est avec moi. Mon père est souffrant et je m'occupe de tout ce qui le concerne.

— Le problème est délicat, déclara-t-elle, les mains crispées sur le bord de la coiffeuse. J'attendrai de pouvoir parler au duc en personne.

— Pas question ! Nous allons régler cette histoire sur-le-champ.

— J'insiste pour...

— Insistez tant que vous voudrez, miss Darling, cela ne changera rien, décréta Kern d'un ton qui ne supportait aucune réplique. J'ai lu les prétendus Mémoires... ou du moins les quelques pages que vous avez envoyées à mon père.

Elle lui lança un regard glacial.

— Vous avez l'habitude d'ouvrir le courrier de votre père ? C'est fort indiscret, vous savez.

Elle se détourna et se mit de nouveau à se coiffer.

— Maintenant, partez, conclut-elle.

Kern bouillait de colère. Elle ne verrait pas son père, personne ne le verrait en dehors de la famille.

Il se pencha vers elle, le regard flamboyant.

— Écoutez-moi bien. C'est avec moi que vous traiterez, et moi seul. Je parierais que vous ne vous attendiez pas à ça quand vous avez mis au point votre vilaine petite machination.

Isabel Darling le regarda un long moment par le truchement du miroir. Il rayonnait d'elle une sorte de pureté, que vint bientôt démentir un sourire sensuel.

Elle se leva avec grâce et s'éloigna en ondulant très légèrement des hanches. Le peignoir de soie fauve n'en révélait pas autant que Kern l'aurait supposé, pourtant Isabel Darling était l'incarnation des fantasmes masculins.

De ses fantasmes à lui.

— Allez-y, dites ce que vous êtes venu dire, murmura-t-elle.

— Vous possédez un manuscrit obscène qui implique mon père. Si vous osez le publier, je vous ferai arrêter pour diffamation.

— À condition de pouvoir prouver qu'il s'agit bien de calomnies. Un cas bien intéressant pour la justice, monsieur.

Il détestait sa hardiesse, et il détestait plus encore reconnaître qu'elle avait raison. Isabel Darling était en mesure de souiller son nom, de faire du duc la risée publique, d'exposer la famille aux ragots les plus abjects. Or, ces menaces n'auraient pu arriver à un pire moment.

— Le duc de Lynwood a abusé de ma mère, reprit la jeune femme en prenant sur le dossier d'une chaise un boa dont elle caressa distraitement les plumes. Tout le monde sera au courant de ses vils agissements. À moins que vous n'accédiez à ma requête.

Kern eut un rire dur.

— Requête… Chantage me semblerait plus exact.

— Vous croyez ? rétorqua-t-elle, pensive. Moi j'aurais appelé ça : réparation.

— Quelle réparation ? Vous voulez obliger mon père à vous introduire dans la haute société, à vous faire passer pour une dame, à présenter à ses pairs la fille d'une catin.

Elle soutint son regard sans broncher.

— Oui.

Kern se mit à arpenter le boudoir surchargé de bibelots, détestant la vie de débauche qu'il évoquait. La débauche qu'*elle* représentait – les vies brisées, les stigmates de la dégradation, du déshonneur.

— C'est absurde ! Vous n'avez aucune éducation, vous n'êtes pas des nôtres.

— Ce n'est pas plus absurde que de voir votre père se pavaner à la Cour en feignant la respectabilité.

— Du sang royal coule dans les veines du duc de Lynwood ! protesta Kern.

— Et aussi les pulsions d'un obsédé... Vous voyez ce que je veux dire.

Il était exaspéré par son attitude. Elle se comportait comme si elle et sa mère avaient été bernées.

— Votre mère était une femme de petite vertu, elle a fait ce pour quoi elle a été payée.

Miss Darling pâlit, pourtant elle garda la tête haute, bien que ses doigts fins se crispassent sur le boa.

— Et qui vous paye pour être un snob prétentieux et suffisant, monsieur ?

— Très drôle ! À combien de pièces d'or estimez-vous votre silence ?

— Je ne veux pas de votre argent. Simplement entrer dans la haute société.

— Où vous pourrez piéger un homme riche et vous faire épouser ? Je ne pense pas que vous y parviendrez.

Il eut soudain l'impression qu'elle lui dissimulait son véritable but qu'elle gardait bien caché au fond d'elle.

— Pourquoi ne ferais-je pas un beau mariage ? demanda-t-elle. Je souhaite mener la vie qui a été refusée à ma mère. C'était une jeune femme bien élevée qui a été séduite par le duc de Lynwood, puis abandonnée sans le sou à son triste sort.

— Assez de mélodrame ! Elle s'est bien vite débrouillée pour trouver un autre client ! En fait, je parierais qu'elle avait d'autres amants pendant sa liaison avec mon père.

Le regard de miss Darling vacilla, et il sut, avec une sorte de jubilation, qu'il avait touché juste. Il y avait eu d'autres hommes. Beaucoup d'autres. Isabel avait tout appris en lisant les Mémoires de sa mère.

Et elle, combien en avait-elle envoûtés ? Combien de clients avaient parcouru de leurs mains avides ce corps ravissant ? Combien avaient partagé sa couche ?

Mais, pour l'amour du Ciel, pourquoi avait-il envie d'en profiter, lui aussi ?

Il s'approcha d'elle.

— Ne jouez pas les saintes nitouches, miss Darling. Vous êtes toutes les mêmes, vous cédez à qui est prêt à en payer le prix.

— Vous croyez ? Eh bien, aucune somme d'argent ne pourrait me persuader de vous céder, à vous !

— Supposons que j'accepte de vous présenter à la bonne société afin que vous puissiez vous livrer à vos petites ruses... Que me donneriez-vous en échange ?

Il était à quelques centimètres d'elle et il vit ses yeux s'agrandir. Le boa lui échappa des mains pour tomber doucement à leurs pieds, l'air était chargé d'électricité. Le comte s'était préparé à affronter une vulgaire fille de joie, pas cette jeune femme fragile aux yeux sombres, aux traits délicats. Malgré lui, il ne put s'empêcher d'admirer son courage. Même maintenant, elle ne battait pas en retraite.

Il brûlait d'envie de la toucher, pourtant il garda ses mains le long du corps, ne se laissa pas attendrir par son battement de cils. Elle avait les lèvres entrouvertes sur de petites dents très blanches, sur des promesses de félicité.

Jamais de sa vie, Kern n'avait eu recours aux services d'une catin, pourtant celle-ci l'attirait irrésistiblement. Il lui releva le menton d'un doigt.

— Sorcière ! murmura-t-il. Vous vous trompez sur toute la ligne, il serait bien plus intéressant pour vous de rechercher mes faveurs.

Des étincelles d'or s'allumèrent dans ses yeux bruns, et il la sentit frémir. Elle se détourna brusquement et alla se réfugier derrière une chaise de bois doré. Toute son attitude trahissait la colère, cependant elle s'exprima d'une voix posée.

— Vous êtes aussi infâme que votre père. Vous m'introduirez dans la haute société, ou bien je publierai les Mémoires de ma mère dans le mois qui vient.

Kern serra les dents. Quel imbécile de laisser ses charmes le troubler ainsi ! Ce serait une catastrophe si la vie dissolue de son père était exposée au grand jour ! Le scandale rejaillirait sur toute la famille, y compris sur la douce fiancée de Kern, la naïve Helen Jeffries. Cela risquerait de mettre leur mariage en péril.

Pourtant, il ne voulait pas, il ne pouvait pas céder à ce chantage, c'était contre ses principes les plus sacrés.

Kern la dominait de sa haute taille, et elle ne bougeait pas d'un pouce, telle une martyre devant les lions. Non comme la garce immorale qu'elle était, chez qui la beauté dissimulait les aspects sordides de sa personnalité.

Cette fois, il laissa libre cours à sa fureur. Il la saisit à la gorge et sentit son pouls rapide sous ses doigts.

— Vous jouez un jeu dangereux, miss Darling, mais il va vous falloir trouver une autre dupe.

— Vous ne pouvez pas refuser, dit-elle à voix basse.

— Bien sûr que si ! Il serait plus facile de faire d'une lépreuse une dame que de vous !

Elle sursauta, blessée, mais ne cessa de le fixer droit dans les yeux, pleine de défi. Encore une fois, il était bouleversé par la fragilité de sa peau, et il s'en voulait d'avoir une telle envie de prendre là, sur le tapis, ce qu'elle vendait aux autres.

— Par ma foi...

Une voix un peu rauque s'élevait derrière eux.

— Quel charmant spectacle !

Le ton légèrement accusateur ramena Isabel à la réalité. Elle fit un bond en arrière de façon si brusque que la tête lui tournait. Ou peut-être était-ce parce qu'elle s'était si longuement perdue dans l'impitoyable regard vert de lord Kern. Elle avait été fascinée par sa formidable présence, par l'odeur de pluie et d'eau de toilette qui se dégageait de cet homme dangereux.

Image même de l'arrogance, il se tourna vers l'intruse comme s'il n'avait pas, un instant auparavant, serré le cou d'Isabel, menaçant de la priver de vie d'un simple geste. Elle réprima un frisson tandis que Callie pénétrait dans le boudoir.

Le balancement excessif de ses hanches attirait l'attention sur sa silhouette voluptueuse. Le temps l'avait épargnée : peu de rides marquaient son visage, et aucun cheveu gris ne venait ternir sa crinière rousse. Elle adorait les hommes, ou plutôt, elle adorait l'effet qu'elle produisait sur eux.

En actrice consommée, elle ôta son fichu, révélant à Kern un généreux décolleté.

— Quelle honte, Isabel ! roucoula-t-elle sans quitter le comte des yeux. Tu ne devrais pas garder pour toi un si beau spécimen !

La jeune femme se raidit.

— Il s'agit d'une conversation privée.

— Mais bien sûr !

Callie s'était approchée afin que Kern puisse admirer ses seins de plus près.

— Et qui êtes-vous donc, monsieur ? reprit-elle.

Il ignora la question.

— Excusez-moi, madame, j'étais sur le point de prendre congé.

— Déjà ? se plaignit-elle avec une petite moue. Peut-être préférez-vous la compagnie de femmes plus expérimentées…

— J'ai à te parler, tante Callie, coupa Isabel.

— Plus tard…

— Non, maintenant. Mon invité saura trouver seul la sortie.

Callie ne cacha pas son désappointement, mais elle retira la main qu'elle avait posée sur le bras de Kern. Celui-ci s'inclina brièvement devant les deux femmes, non sans avoir lancé à Isabel un regard qui en disait long. Elle eut le cœur étrangement serré. Il était redoutable, elle l'avait su depuis l'instant où elle l'avait aperçu dans le miroir, où il l'avait terrorisée.

Puis, sans un coup d'œil derrière lui, il quitta le boudoir.

Il serait plus facile de faire d'une lépreuse une dame que de vous !

Isabel referma les doigts sur un flacon de parfum qu'elle aurait bien aimé lui envoyer à la tête. Elle avait l'impression d'être un ver de terre qu'il souhaiterait écraser sous son pied élégamment chaussé. Mais, après tout, qu'il la prenne donc pour une aventurière, une chercheuse d'or ! Ce n'était qu'un snob, un prétentieux qui se croyait supérieur grâce à son rang.

Il pensait peut-être qu'elle allait en rester là, mais il se trompait lourdement !

— Alors, dit Callie, quel est donc ce problème important dont tu voulais me parler ?

Isabel se sentit rougir.

— Il n'y en a pas. Je n'avais simplement pas envie que tu ailles avec lui.

— Je vois... Ainsi, la petite fille d'Aurora a enfin trouvé un soupirant... Qui est-ce ?

— Un stupide et arrogant personnage.

Callie haussa les sourcils.

— Les hommes ne le sont-ils pas tous ?

Elle alla à la coiffeuse arranger ses boucles.

— Je me demandais ce que tu mijotais, ces derniers temps. Maintenant je sais. Tu as un galant.

Isabel cherchait une explication plausible.

— Son père était un ami de ma mère, rien de plus.

— Quelle coïncidence ! Et maintenant voilà le fils épris de la fille.

Callie regardait la jeune fille d'un œil nouveau.

— Pas étonnant ! reprit-elle. Tu es devenue aussi belle qu'Aurora, tu sais !

Isabel eut la gorge serrée. Bien qu'elle ne puisse nier la ressemblance avec sa mère, elle se sentait toujours dans sa peau de gamine gauche en butte aux lazzis parce qu'elle était une enfant naturelle.

— Notre Isabel possède un charme bien à elle, déclara une petite femme ronde qui venait d'entrer dans le boudoir.

Tante Minerva, qu'Isabel appelait affectueusement Minnie, pénétra dans la pièce avec son énergie habituelle, retapant les coussins, rangeant les flacons sur la commode.

— Et moi, ajouta-t-elle, j'aimerais bien savoir ce que lord Kern faisait dans cette maison !

— Lord Kern ? s'écria Callie, stupéfaite. L'héritier de Lynwood ? C'était lui ?

Minnie ramassa le boa qui gisait sur le tapis.

— Ouais. Je l'ai vu sortir et il m'a dit qu'il était arrivé par l'entrée de service. C'est ta faute, d'ailleurs, Callandra Hughes. Tu avais encore oublié de la verrouiller. N'importe quelle crapule aurait pu venir faire un mauvais coup.

Callie se mit à bouder.

— Je ne suis pas une domestique, pour vérifier la fermeture des portes et des fenêtres.

— Tu dois participer à l'entretien de la maison, miss Grand-Air, sinon tu te retrouveras à racoler les hommes dans une rue sombre de White Chapel.

— Oh, non, miss Toute-Puissante Minnie, répliqua Callie, sûre d'elle. Sur son lit de mort, Aurora m'a promis que j'aurais toujours ma place ici.

— À condition que tu respectes les règles de vie commune. Et ça signifie effectuer tes tâches au lieu de traîner au lit jusqu'à midi et de te pomponner le reste de la journée.

— Écoute, vieille sorcière, ce n'est pas parce que tu n'as jamais été aussi jolie que moi…

— Arrêtez !

Isabel vint se placer entre les deux femmes qui s'affrontaient, plantées au milieu de la pièce.

— Cessez tout de suite de vous disputer, c'est indigne de vous.

Minnie lui lança un regard noir, puis elle baissa la tête.

— Pardon. C'est ce fichu tempérament irlandais qui prend le dessus, de temps en temps. Ta chère maman me le reprochait toujours.

— Eh bien, moi, je ne vois aucune raison de m'excuser, déclara Callie en secouant ses anglaises, puisque Isabel a brisé la règle en recevant un homme dans la maison. C'est à cause d'elle que nous avons toutes abandonné notre métier, mais peut-être que la petite fille n'est plus si innocente, après tout.

Minnie était prête à s'enflammer de nouveau, cependant Isabel leva les mains pour empêcher la discussion de s'envenimer davantage.

— J'ai renvoyé le comte, un point c'est tout.

— Il reviendra, affirma Callie. J'ai bien vu l'expression de son regard... Tu as fait une conquête, crois-moi.

Elle se dirigea vers la porte et disparut dans un bruissement de soie.

— Quelle effrontée ! s'exclama Minnie en brandissant le poing. On la prendrait pour la duchesse de Lynwood, et non pour une fille de joie sur le retour ! Mais ne te tracasse pas, petite. Je lui riverai son clou, tout à l'heure. Je déteste ce qu'elle t'a dit.

— Je t'en prie, n'en parlons plus.

— Allons, dit la brave femme, tu sais bien que je t'aime comme ma propre fille, et j'ai horreur qu'on te calomnie.

Isabel parvint à esquisser un petit sourire. Bien qu'elles n'aient aucun lien de parenté, elle en était arrivée à considérer Minnie et les autres « dames » comme ses tantes. Minnie venait souvent lui rendre visite à la campagne, quand elle était petite, chez la gouvernante à qui Aurora l'avait confiée afin de la tenir à l'écart de la maison close. À la mort de sa mère, l'année précédente, la jeune fille avait dû revenir vivre à Londres car elle n'avait plus d'autre choix. Extravagante jusqu'au bout, Aurora Darling avait dépensé tout son argent, et était décédée sans un sou.

Minnie essuya une statuette en marbre du coin de son tablier.

— Maintenant, raconte-moi. Que te voulait lord Kern ?

Isabel n'avait pas envisagé de se confier à ses tantes. Pas encore. Mais la présence du comte l'avait trahie.

L'énormité du dilemme la frappait de plein fouet, et elle dut s'asseoir, les yeux brûlants de larmes.

— Sainte Mère de Dieu ! s'écria Minnie en levant

les bras au ciel. Certes, nous avons besoin d'argent, mais j'espère que tu ne t'es pas vendue à Sa Seigneurie !

— Bien sûr que non !

Isabel se rappelait l'horrible instant où il l'avait accusée d'être une catin et où elle s'était brièvement demandé comment elle se sentirait entre les bras de cet homme s'il la touchait, s'il la caressait comme elle l'avait entendu raconter par ses tantes lorsqu'elles bavardaient entre elles sans savoir qu'elle écoutait.

— Il ne t'a pas insultée, j'espère !

Minnie, outrée, vint s'asseoir près de sa protégée et posa un bras réconfortant autour de ses épaules.

— Si c'est le cas, dis-le-moi, et il aura de mes nouvelles ! insista-t-elle.

— Non, non, pas du tout.

— Alors pourquoi s'est-il introduit ici à l'insu de tous ?

— Parce que…

Isabel faillit inventer une fable, mais le bon regard de Minnie exigeait la vérité, comme quand, enfant, elle avait chipé les boucles d'oreilles en diamant de sa maman. Elle avait envie de se décharger des peurs, des soupçons qui la taraudaient depuis qu'elle avait lu les Mémoires de sa mère.

— Parce que j'ai écrit à son père.

— À Lynwood ? Quel rapport entre une jeune fille comme toi et ce vieux bouc libidineux ?

Luttant pour ne pas se laisser aller à des confidences qui pourraient se révéler dangereuses, Isabel bondit sur ses pieds.

— Excuse-moi, balbutia-t-elle. Je… je n'ai pas envie d'en parler.

Elle se précipita dans sa chambre, celle de sa mère, et fouilla dans les tiroirs de la commode à la recherche d'un mouchoir. Elle s'essuya les yeux en tremblant. Maudits soient lord Kern et ses jugements arbitraires!

Il serait plus facile de faire d'une lépreuse une dame que de vous!

Isabel leva les yeux au plafond. L'insulte était cruelle, et lui-même ne pouvait savoir à quel point il lui avait fait mal. Elle avait tant rêvé d'être acceptée par une société qui pourtant ne manquerait pas de mépriser l'enfant naturel d'une courtisane!

Découvrir lord Kern par le truchement du miroir, c'était comme découvrir le diable en personne, avec ces yeux d'un vert incroyable, cette chevelure de jais, cette expression presque sauvage. Grand, impressionnant, il l'avait dominée, prise par surprise. Il avait ruiné des semaines de soigneuse préparation.

Elle s'était attendue à affronter un homme faible, un aristocrate vieillissant et diminué, un individu facile à manipuler. Les nobles étaient prêts à tout pour sauvegarder leur réputation. Quand ils rendaient visite à sa mère, c'était sous le couvert de la nuit, et ils s'enfuyaient avant l'aube, comme les lâches qu'ils étaient.

Isabel s'en voulait, à présent. Elle aurait mieux fait de se rendre directement à Lynwood House sans être annoncée, et de demander à parler au duc. Il était tellement capital pour elle de s'introduire dans la bonne société! Cela représentait le premier pas vers la vérité qu'elle cherchait désespérément. Que Dieu lui vienne en aide si le duc emportait cette vérité avec lui dans sa tombe!

— Ce sont les Mémoires, n'est-ce pas? demanda Minnie qui était venue la rejoindre dans la chambre. Tu as trouvé le journal d'Aurora, et tu t'en sers pour quelque manœuvre insensée.

Isabel fit volte-face.

— Comment es-tu au courant, pour ces Mémoires ? Je les ai découverts il y a tout juste un mois.

Minnie haussa les épaules.

— Je me rappelle qu'elle écrivait beaucoup dans ce cahier, même si elle n'en parlait guère.

Isabel était allée chercher le mince volume dissimulé dans l'armoire.

— Je suis désolée. J'aurais dû te le dire quand je l'ai trouvé, mais...

Elle s'interrompit, se mordit la lèvre. Pour une fois, elle n'avait pas eu envie de se confier à ses « tantes ». Le journal était bien trop scandaleux, trop explicite, trop révélateur de la vie dissolue de sa mère.

— Quelles folies y raconte-t-elle ? demanda Minnie.

— Elle parle de... des hommes qui ont traversé son existence au fil des années. C'est tout.

Dans un style grandiloquent, Aurora se montrait fort vague au sujet des dates, alors qu'elle était d'un romantisme échevelé en ce qui concernait ses aventures torrides avec nombre d'aristocrates.

Enfermée dans sa chambre, Isabel avait lu le cahier de la première à la dernière page, et elle avait été stupéfaite par ces révélations sur la vie de débauche qu'avait menée Aurora. Certes, elle savait que sa mère recevait des hommes chez elle, mais c'était une autre affaire que d'apprendre de sa plume les détails de ses exploits sexuels.

Et quand elle avait lu la dernière page, sa fascination presque malsaine s'était effacée devant l'angoisse qu'éveillait le dernier sujet...

— Tu as fait du chantage à lord Kern ? demanda sévèrement Minnie. Tu l'as menacé de publier les

Mémoires de ta mère s'il refusait de te donner de l'argent ?

Isabel biaisa.

— Maman ne nous a pas laissé grand-chose, tu sais combien elle était dépensière. Il serait merveilleux de pouvoir quitter Londres – toi, et tante Callie, et tante Di, et tante Persy. Surtout elle, elle a tant besoin du bon air de la campagne ! Et puis nous avons toutes envie de nous libérer de... tout ça.

Isabel désignait d'un geste la chambre décorée de satin rose, de dentelles, de colifichets.

— Il n'y a pas que ça, devina Minnie. Je suppose que tu es curieuse d'apprendre qui est ton père. Que dit le journal ?

Isabel avait mal au cœur. Elle se dirigea vers la fenêtre et souleva le rideau, laissa son regard se perdre dans la nuit.

— Maman l'appelle Apollon. Elle ne donne pas son vrai nom, elle dit seulement que c'était un gentilhomme... Tu es sûre qu'elle ne t'a jamais parlé de lui ?

Minnie soupira.

— Non. Aurora savait garder un secret, je dois le reconnaître. Elle a vécu seule ici jusqu'à ta naissance. Et à ce moment-là, il l'avait abandonnée... ainsi que toi. Mais Lynwood n'est pas ton père, si c'est à ça que tu penses. Aurora a fait sa connaissance après ta venue au monde.

Cela, Isabel l'avait appris en lisant le cahier. Elle se détourna pour que Minnie ne puisse pas deviner ses pensées.

— Dieu merci ! murmura-t-elle.

— Je n'aime pas le chemin que tu prends, petite, dit Minnie, sombre, sans cesser de s'agiter dans la pièce, de tapoter les oreillers, de ranger les plumes sur le secrétaire. Ton père ne s'intéresse pas à toi. Il n'a pas pris une seule fois la peine de venir te voir… ni même de te faire connaître son identité.

— Il envoyait de l'argent à maman afin de payer ma pension.

— Bah ! Depuis le jour de la mort d'Aurora, il a cessé ces versements. Toutefois nous ne sommes pas tout à fait dans la misère, alors tu n'as pas besoin de le chercher.

— Je n'ai jamais dit que je le cherchais, rétorqua Isabel.

Elle s'accrocha bien fort au rideau de velours. Autrefois, quand elle était encore assez naïve pour croire aux contes de fées, elle s'était imaginé que son père était le souverain d'un royaume magique. Et quand les enfants du village se moquaient d'elle, elle rêvait de leur prouver qu'elle était princesse. C'est lors d'une de ses rares visites à Londres, alors que sa mère la serrait dans ses bras, qu'elle lui posa la question.

Jamais elle n'oublierait le visage décomposé d'Aurora qui s'était réfugiée en larmes dans sa chambre. Cet accès de mélancolie, si exceptionnel chez elle, avait bouleversé Isabel et elle en avait nourri un mépris définitif à l'égard de celui qui les avait abandonnées. Elle n'éprouvait pas le moindre intérêt pour lui.

Cependant, elle avait une autre bonne raison de vouloir le retrouver, une raison qui n'avait rien à voir avec l'argent. Si tout se déroulait comme elle le souhaitait, il saurait bientôt qu'elle avait découvert son identité d'après la lecture des Mémoires.

— Tu me sembles bien troublée, petite, dit Minnie, la tirant de ses pensées. Aurora évoque-t-elle les circonstances de sa maladie fatale ?

Isabel avait la gorge sèche.

— Un petit paragraphe, c'est tout.

— Et que dit-elle ? Parle-moi, chérie. Tu peux te confier à moi, tu sais que j'ai toujours pris tes intérêts à cœur.

Cette petite voix tendre eut raison de ses doutes. Elle n'avait pas avoué toute la vérité à sa tante de peur que celle-ci ne l'empêche d'aller jusqu'au bout de son projet. Or, il fallait absolument qu'elle le mène à bien, et pour cela qu'elle s'introduise dans la haute société, quel que soit le risque. Elle l'avait décidé en lisant la dernière page des Mémoires.

Oui, elle ferait mieux d'en parler à Minnie, qui, d'une façon ou d'une autre, finirait bien par tout apprendre.

Décidée, Isabel se tourna vers la brave femme dont le visage reflétait la plus affectueuse sollicitude. Elle prit une profonde inspiration et se soulagea enfin des doutes qui lui rongeaient le cœur.

— Maman a écrit que... que quelqu'un voulait l'empêcher de terminer son journal.

Minnie plissa les yeux.

— L'en empêcher ? Mais qui ?

— L'un de ses amants.

Courageusement, Isabel formula à haute voix les soupçons qui la hantaient jour et nuit depuis un mois.

— Il a empoisonné maman. Elle a été assassinée.

Avril 1821

Jupiter est venu me voir la nuit dernière.

Sa visite impromptue m'a étonnée et ravie, car le temps semblait s'être arrêté depuis notre atroce querelle d'autrefois. Comme moi, Sa Grâce de L. a subi les outrages du temps. Pourtant, il semblait fort disposé à jouer les étalons avec son Europe, et je me suis plus que volontiers pliée à son petit jeu du chat et de la souris. C'est seulement après m'avoir conquise de haute lutte et avec brio qu'il en est venu à la véritable raison de sa visite : il m'ordonnait de cesser la rédaction de mon journal.

Je n'arrive pas à imaginer comment L. a été au courant de mes écrits, puisque nous ne nous sommes pas parlé pendant des années. Peut-être serais-je arrivée à découvrir le nom de son espion si je n'avais pas été tellement furieuse. Comme Junon dans ses plus beaux accès de colère, j'ai chassé mon Jupiter avec un soufflet bien senti sur l'oreille.

Maintenant que quelqu'un a découvert mon secret, d'autres risquent d'être au courant, et ils n'auront aucune envie de voir leurs exploits imprimés noir sur blanc, mes vieux coquins ! Ils occupent des places en vue, ils sont aussi puissants que les dieux de l'Olympe, des noms desquels je les ai baptisés, et aussi lubriques qu'une femme peut le souhaiter.

À la vérité, plus je m'interroge sur les diverses possibilités, plus j'ai envie de les rencontrer tous, un par un.

Les Confessions d'une fille de joie

2

C'était elle.

Penché à la portière du carrosse, Kern en était certain. Il venait tout juste de sortir du palais de Westminster où l'on discutait à la Chambre des lords le budget de l'agriculture. Contrairement à beaucoup de jeunes héritiers qui tuaient le temps à des tables de jeu, Kern se préparait consciencieusement pour le moment où il siégerait de droit au Parlement. Pourtant, ce jour-là, il ne parvenait pas à rester tranquille, à s'intéresser à la politique. Il ne cessait de penser à *elle*.

Comme il quittait le palais pour traverser des quartiers populaires, il s'était machinalement avancé afin de tirer les rideaux, et là, à l'intersection de deux ruelles, il l'avait vue.

Elle marchait entre les immeubles délabrés, et le soleil couchant allumait un incendie dans ses cheveux.

Bien qu'il ne la vît que de dos, il était certain de reconnaître cette silhouette menue, le doux balancement des hanches. Cette silhouette qui le hantait depuis trois jours et trois nuits.

Elle se dirigea vers un homme barbu qui l'interpellait dans une allée sombre et lui tendait une bouteille. Tandis qu'elle l'acceptait et buvait goulûment, l'homme la serra contre lui en lui caressant brutalement les reins.

Kern agrippa la poignée de la portière. Il avait envie de voler à son secours… Puis la voiture passa près du couple et il vit le visage de la fille. Elle avait les traits communs, la peau tavelée, du gin coulait au coin de ses lèvres et, dans l'ombre, sa chevelure était ternie.

Kern respira et se força à se détendre contre les coussins de cuir. Il était absurde de confondre une vulgaire prostituée avec la belle et vive Isabel Darling.

Morose, il laissa son regard errer sur la foule. Voleurs, mendiants, ivrognes, catins qui racolaient les clients non loin de l'abbaye de Westminster. Miss Darling n'avait vraiment aucune raison d'exercer son vil commerce ici, dans ce quartier défavorisé, alors qu'elle possédait une belle maison de plaisir à quelques kilomètres de là. Et elle entendait en outre tirer une somme coquette de la publication des Mémoires de sa mère.

Kern eut un grondement de colère. Il imaginait trop bien le bruit qu'allait faire cet ouvrage. On s'arracherait les souvenirs d'Aurora et les savoureuses descriptions de ses aventures avec les aristocrates les plus en vue. Le scandale allait bouleverser la société, il apporterait la honte sur le nom respectable des Lynwood. Chef de famille depuis que son père était atteint d'une maladie incurable, Kern se préparait à affronter la crise.

Et il savait par où il devait commencer. Maintenant, tout de suite, avant d'être tenté de se dérober une fois de plus.

Il redoutait l'épreuve, pourtant il se sentait le devoir d'avertir George Jeffries, marquis de Hathaway. Toute sa vie, il avait considéré lord Hathaway comme le parangon de l'honnêteté et de la bienséance. Cet aristocrate, qui était dans les bonnes grâces du Premier ministre, avait été davantage un père pour Kern que le duc de Lynwood.

Les liens entre les deux familles remontaient à plusieurs générations. Le grand-père de Kern avait accueilli Hathaway et son jeune frère quand ils s'étaient retrouvés orphelins et, plus tard, le marquis Hathaway s'était acquitté de sa dette en servant de guide au petit comte de Kern dont le père disparaissait des semaines, voire des mois entiers, courant d'une maîtresse à l'autre, revenant tout juste le temps de faire un nouvel enfant à sa malheureuse épouse.

Kern revoyait sa mère comme une sorte de madone triste qui ne quittait guère sa chambre. Elle pleurait à la moindre contrariété, et Kern avait appris bien vite qu'il valait mieux ne pas l'ennuyer. Cependant, il l'adorait, et il ne vivait que pour les rares moments où elle daignait lui témoigner un peu d'affection. Il comprenait à présent d'où venait sa douleur : elle avait épousé le plus vil des hommes, et, de ses six enfants, seul Kern avait survécu.

Elle était morte lorsqu'il était âgé de dix ans, et il se la rappelait dans son cercueil, ses mains fines croisées sur la robe blanche. Quand il avait fallu refermer le couvercle, il avait été pris de panique, l'imaginant enfermée dans le noir, dévorée par les vers. Il s'était jeté sur l'officiant avec des hurlements, des coups de pied, et lord Hathaway avait dû l'entraîner de force au-dehors. Là, il l'avait serré dans ses bras jusqu'à ce que l'enfant n'ait plus une larme dans le corps.

Lynwood, en goguette sur le continent, était arrivé une semaine après les funérailles.

De la même façon, lorsque Kern était parti pour la première fois au collège d'Eton, son père, abruti par une nuit de débauche, ne s'était pas levé pour lui dire au revoir. C'était Hathaway qui était passé lui porter une bourse de pièces d'or et l'avait accompagné à la voiture.

Kern avait toujours su qu'il épouserait la fille unique d'Hathaway qui, comme lui, avait perdu sa mère toute jeune. Lady Helen avait à présent dix-huit ans, Kern vingt-huit, et ils allaient se marier dans deux mois, à la fin de la saison mondaine. Kern en était enchanté, car lady Helen était charmante et douce. D'autre part, cette union renforcerait le lien entre les deux puissantes familles.

Si Hathaway le considérait encore comme un gendre acceptable. Si Kern pouvait empêcher qu'éclate l'orage provoqué par une certaine Isabel Darling.

Il crispa les doigts sur la poignée de cuir alors que le carrosse s'engageait dans Grosvenor Square. Maudite soit cette fille qui remuait la boue dans l'espoir de gagner un peu d'argent ! S'il se retrouvait devant elle, il serait bien tenté de l'étrangler, afin de mettre un terme définitif à ses agissements de maître chanteur.

La voiture s'arrêta devant un élégant château en pierre claire, et un valet s'approcha, une torche à la main. Kern mit pied à terre, ôta son chapeau, demeura un instant immobile et respira longuement afin de se donner le courage d'affronter Hathaway.

Le marquis était un homme discret, or, Kern allait devoir lui annoncer que sa fille, par le truchement de ses fiançailles, risquait de devenir un sujet de risée. Kern avait le devoir de lui rendre sa liberté.

D'un pas lourd, il monta les marches qui menaient au porche. Un domestique le fit entrer dans le vaste hall.

Kern connaissait les lieux par cœur, depuis le grand escalier de marbre jusqu'aux portraits d'ancêtres accrochés au mur.

— Lord Hathaway est-il là ? demanda-t-il au majordome.

Celui-ci prit son chapeau et son manteau.

— Oui, Monseigneur, mais il reçoit une visite de province.

Bon sang ! Kern avait envie d'en finir une bonne fois avec sa pénible tâche.

— Annoncez-moi quand même, dit-il en se dirigeant déjà vers le salon où l'on entendait un bruit de voix.

— Lord Kern ! claironna le serviteur.

Kern vit tout de suite Hathaway près de la cheminée. Malgré sa taille modeste, il se dégageait de lui une présence, une autorité impressionnante. Pour l'instant, il fronçait les sourcils, et sa chevelure poivre et sel était un peu décoiffée, fait rarissime chez lui.

À ses côtés se tenait son frère cadet, le révérend lord Raymond Jeffries, pasteur de l'église Saint-George, les épaules voûtées sous sa tenue d'ecclésiastique. Il s'agrippait des deux mains au pommeau d'ivoire de sa canne, et son visage aux traits aquilins exprimait une vive contrariété.

La tension qui régnait dans la pièce surprit Kern. Il avait le net sentiment que son arrivée agaçait lord Raymond, alors qu'il avait toujours été accueilli comme un membre de la famille.

Deux jeunes femmes étaient assises côte à côte sur un sofa, le dos à la porte. La blonde Helen se tourna pour lui adresser un sourire tellement délicieux qu'il eut soudain envie de se battre pour ne pas la perdre.

Mais un coup d'œil à sa compagne chassa toute tendresse de l'esprit de Kern.

Elle ne s'était pas retournée vers lui, une capote en paille d'Italie lui dissimulait le visage, mais le soleil allumait des reflets cuivrés dans ses boucles ramenées sur une épaule. Elle avait un port de princesse, la tête haute, le dos bien droit. Trois jours auparavant, il avait posé les mains sur cette peau douce…

Non. C'était une hallucination. Encore une.

Kern s'approcha du sofa. Elle se tenait les mains sagement croisées sur les genoux, une dentelle ornant le décolleté de sa sobre robe grise.

Et il se trouva confronté au regard sensuel d'Isabel Darling.

C'était impossible ! Comment la fille naturelle d'une catin avait-elle pu se frayer un chemin dans l'une des plus illustres demeures du royaume ? Quels mensonges avait-elle inventés pour berner le marquis de Hathaway ? Quelles vérités avait-elle révélées à lady Helen ?

Avec un sourire discrètement triomphant, Isabel Darling se leva et fit une gracieuse révérence.

— Quel honneur, lord Kern ! dit-elle d'un ton doucereux. J'ai tellement entendu parler de vous par ma cousine !

— Votre cousine... répéta-t-il, déconcerté.

— Mais oui, je suis la cousine de lady Helen. Miss Isabel... Darcy.

Elle s'interrompit et le fixa, comme si elle le mettait au défi de la contredire.

Il était sur le point de dénoncer la supercherie quand Helen vint prendre le bras d'Isabel.

— N'est-ce pas une merveilleuse surprise, Justin ? J'ignorais que j'avais une cousine ! Elle vient juste d'arriver en ville.

— Et déjà elle se présente toute seule aux hommes, intervint lord Raymond, acide. Il faudrait que quelqu'un se charge de lui enseigner les bonnes manières !

— Mon Dieu, aurais-je commis un faux pas ?

Isabel portait les mains à ses joues qui s'étaient empourprées.

— Excusez mes habitudes campagnardes, je vous en prie, poursuivit-elle, confuse.

— Oncle Raymond, protesta Helen, vous devriez avoir honte, embarrasser ainsi notre invitée ! Isabel... Vous permettez que je vous appelle par votre prénom ?

— Rien ne saurait me faire plus plaisir.

Helen lui tapota affectueusement la main.

— Ne vous vexez pas, surtout. Nous sommes de la même famille, après tout, et je trouve papa et oncle

Raymond tout à fait grossiers de se montrer si maussades. Enfin, vous n'êtes même pas remise de la fatigue du voyage !

— Je crains de... m'imposer à vous tous, murmura Isabel en penchant la tête, révélant la douce courbe de son cou. Comme je vous le disais, la mort prématurée de mes parents m'a laissée dans une situation plus que précaire. Si vous pouviez me recommander une pension de famille...

— Il n'en est pas question ! Nous ne supporterions pas de vous voir habiter chez des inconnus ! s'écria Helen. Il est vrai que nous sommes aussi des inconnus, mais pas pour longtemps, j'espère. Nous deviendrons rapidement amies, j'en suis certaine.

— Comme c'est aimable à vous ! répondit doucement Isabel. C'est tellement réconfortant de se trouver avec des gens qui ont de l'affection pour vous.

Elle mentait à ravir, et Kern sentit une bouffée de rage lui monter à la gorge.

— Vous allez certainement chercher un poste de gouvernante, ou de dame de compagnie. Permettez-moi de vous le procurer sur-le-champ.

— Je vous remercie, Monseigneur, mais je crains de ne pas être à la hauteur de vos exigences.

— Au contraire, j'admire les gens qui cherchent à gagner honnêtement leur vie. Auriez-vous par hasard quelque talent particulier ?

Elle pâlit légèrement, et il lut de la rancune dans son regard, ainsi que la ferme résolution d'aller au bout de son projet. Néanmoins, elle lui adressa son sourire le plus éclatant.

— Je regrette que votre proposition n'arrive trop tard, Monseigneur. À l'instant où vous êtes entré dans cette pièce, ma cousine m'offrait une place parmi son personnel.

— Pas une place… Ce sera votre foyer, dit Helen, des larmes de compassion dans la voix. Isabel sera ma dame de compagnie, elle viendra avec moi aux réceptions, n'est-ce pas, père ?

Le marquis restait de marbre.

— Certainement, dit-il froidement. Miss Darcy passera la saison avec nous. J'y tiens.

Kern était scandalisé. Pourquoi le marquis entrait-il dans le jeu d'Isabel ? Il ne pouvait croire à ses mensonges ! Il s'accrocha au dossier d'une chaise en regrettant de ne pouvoir serrer de la même manière ses doigts autour du cou de cette petite aventurière !

— Et d'où venez-vous au juste, miss Darby ?

— Darcy, rectifia-t-elle. J'arrive du Northumberland par la diligence. Un voyage de presque quatre jours.

— Curieux ! À votre accent, je vous aurais crue londonienne.

— Ma pauvre chère maman a été élevée ici, et j'ai dû calquer mes intonations sur les siennes, sans doute.

Ainsi que vos mœurs dissolues, songea Kern, qui était fort tenté de dévoiler la machination. Toutefois, il vit Helen se mordiller la lèvre, inquiète. Or, il ne supportait pas l'idée de la faire souffrir.

Il se tourna vers Hathaway.

— Vous ne m'aviez jamais parlé de la branche Darcy de votre famille.

Un trouble fugitif passa dans les yeux du père d'Helen.

— C'est une lointaine parenté, cependant, nous accueillons volontiers miss Darcy.

— Je vois… A-t-elle fourni une lettre, des références ?

— C'est impossible. Toute sa famille a disparu.

Le ton décourageait plus amples questions. Lord Hathaway connaissait la véritable identité de la jeune femme, c'était évident. Mais comment ? Il n'avait certainement pas fréquenté personnellement Aurora Darling. Il ne pouvait faire partie des amants qu'elle citait dans ses Mémoires.

Impossible !

Soudain, Kern se tourna vers lord Raymond dont le sourire s'était figé en une sorte de rictus. De dix ans plus jeune que son frère, lord Raymond avait été autrefois un libertin. Il boitait encore des suites d'un duel que son aîné avait soigneusement étouffé, et c'était cet incident qui l'avait poussé à se ranger, se marier et gagner sa vie grâce aux relations de son frère.

Lord Raymond ! Évidemment !

Il avait dû nouer une liaison illicite avec Aurora et, une fois de plus, Hathaway le protégeait du scandale.

L'homme d'Église se leva à l'aide de sa canne.

— J'aimerais bavarder davantage, mais j'ai un sermon à préparer pour demain matin.

— J'espère qu'il ne sera pas trop ennuyeux ! dit Helen en pointant vers lui un doigt taquin. Parce que ma cousine Isabel et moi vous écouterons, du banc de la famille.

— « Je suis le berger, je connais mes brebis », cita le pasteur. Voilà le sujet de mon sermon. Personne ne peut tromper le Tout-Puissant, car Il n'ignore aucun des secrets que nous cachons au fond de notre cœur.

Il lança un regard noir à Isabel avant de prendre congé.

— Je te raccompagne, dit son frère aîné.

Les deux hommes quittèrent le salon, et l'on entendit le claquement nerveux de la canne sur le sol de marbre. Comme ils s'entretenaient à voix basse, Kern fut tenté de les rejoindre afin de leur demander des explications.

Mais il se ravisa, il obtiendrait les réponses d'Hathaway en privé. Il mettrait un terme à cette comédie. Cette fois, lord Raymond ne devait plus être protégé du scandale. Il y aurait un bien plus grand dommage si Isabel Darling, comme elle le souhaitait, réussissait à épouser un riche aristocrate.

Lady Helen lui effleura le bras, un tendre sourire aux lèvres.

— Resterez-vous souper, Justin ?

Elle avait le regard clair et le teint transparent d'une jeune fille à peine sortie du couvent, mais pour une fois, son innocence irrita Kern.

— Suis-je invité ?

Helen eut à la fois l'air surpris et blessé.

— Bien sûr. Vous êtes toujours le bienvenu.

Il eut honte de sa brutalité. Elle ne pouvait absolument pas deviner la cause de sa mauvaise humeur. Elle n'était que pureté et lumière.

Il posa affectueusement la main sur la sienne.

— Si cela vous fait plaisir, je resterai, évidemment.

— Vous êtes certain ? Au cas où vous auriez d'autres engagements...

— Je n'en ai pas.

Isabel Darling les observait, attentive. Elle voyait tout et, à en juger par son sourire, elle s'amusait du combat intérieur que menait Kern.

— Je pense que c'est à cause de moi que votre fiancé hésite, madame, dit-elle.

Elle se pencha vers Helen, complice, et un instant Kern redouta qu'elle ne révèle son secret à l'innocente jeune fille. Mais elle murmura :

— Il craint sans doute que votre petite campagnarde de cousine ne se trompe de couverts à table...

Helen pouffa.

— Oh, Justin n'est pas si conventionnel ! Et vous n'avez rien d'une petite campagnarde.

— Qu'en dites-vous, Monseigneur ? poursuivit-elle. Serait-il plus facile de faire d'une lépreuse une dame que de moi ?

La chipie !

D'un bref hochement de tête, il salua son sens de la repartie.

— Vous exagérez, miss Darcy. Jamais je ne me risquerais à jouer les Pygmalion, car je suis certain que vous vous débrouillez parfaitement toute seule.

Ils ne se quittaient plus du regard. Celui de Kern dur, celui d'Isabel mystérieux, fascinant. Il ne pouvait se détacher d'elle, bien qu'il sentît à ses côtés la présence d'Helen, étrangère à leur tension.

— La saison va être exceptionnelle ! s'écria la jeune fille, radieuse. Oh, j'ai hâte qu'elle commence ! Nous allons follement nous amuser, durant les semaines à venir !

Elle y était arrivée ! Elle avait réussi à pénétrer dans le saint des saints.

Arrivée toute tremblante dans l'antichambre de lady Helen, Isabel se laissa tomber sur un tabouret capitonné, heureuse d'échapper à l'atmosphère pesante du salon et à la présence hostile de lord Kern. Lorsqu'il avait fait son entrée, elle avait cru s'évanouir, pour la première fois de sa vie. Et s'il la dénonçait ?

Mais il avait voulu préserver sa fiancée, quoi qu'il en coûtât à son orgueil, et Isabel en avait été troublée. Quel effet cela faisait-il d'inspirer un tel amour ?

Elle chassa bien vite cette pensée. Lord Kern s'était contenté de protéger sa future femme par pure galanterie. D'ailleurs le marquis de Hathaway s'était montré tout aussi vigilant vis-à-vis de sa fille unique.

Le marquis était pourtant furieux, un peu plus tôt dans l'après-midi, quand Isabel leur avait montré, à lui et à son frère, quelques pages des Mémoires de sa mère. George Jeffries était devenu cramoisi, au point qu'elle avait redouté qu'il n'eût une attaque. Toutefois, et c'était tout à son honneur, il n'avait pas essayé de contester l'authenticité du manuscrit, contrairement à lord Raymond. Il avait simplement observé longuement Isabel, puis, au moment où elle commençait à désespérer d'arriver à ses fins, il avait accédé à ses exigences. Afin de sauver son frère du scandale, il acceptait de l'accueillir chez lui et de la présenter comme une parente éloignée.

Ce qu'avait refusé lord Kern. Il l'aurait même certainement étranglée s'il avait su qu'elle soupçonnait son père de meurtre.

Pourtant, elle était de plus en plus déterminée. Minnie avait renforcé sa conviction que sa mère avait été assassinée. Elle repensa à la preuve qui lui avait été fournie trois jours auparavant.

Après s'être confiée à sa vieille amie, celle-ci s'était effondrée sur le lit et avait fixé longuement le tapis.

— Tu crois que c'est Lynwood qui a empoisonné Aurora ? avait-elle demandé enfin.

— Ou l'un de ses autres amants, avait répondu Isabel, à l'agonie. Qui, sinon ?

— Je n'avais jamais pensé à t'en parler, chérie, avait repris lentement Minnie. Mais à présent, je me demande si je ne devrais pas…

— Quoi ?

Isabel avait serré la main de sa vieille « tante », usée par les travaux ménagers.

— Tu sais de qui il s'agit ? avait-elle insité. Tu sais qui a tué maman ?

— La veille du jour où elle est tombée malade, j'ai vu un monsieur entrer dans sa chambre. Il faisait trop sombre pour que je puisse distinguer son visage, et je n'y ai guère prêté attention. Aurora tenait à son intimité...

Comme si elle sortait d'un état second, Minnie avait secoué vivement la tête.

— Non, tu te trompes sûrement, avait-elle repris. Elle a succombé aux fièvres, voilà tout.

— Je ne me trompe pas, avait protesté Isabel, ce que tu viens de me dire en est la preuve. Cet homme l'a empoisonnée, et il faut que je découvre de qui il s'agit.

Minnie, les yeux pleins d'inquiétude, avait serré l'épaule de la jeune fille.

— Ne commets pas d'imprudence, petite. Tu n'es pas de taille à lutter contre ces puissants personnages. Renonce.

— Je ne peux pas. Je découvrirai qui il est, et il paiera pour son crime.

À partir de ce moment, Isabel avait refusé d'écouter les conseils de sa tante. Rien n'aurait pu l'arrêter dans sa quête de justice. Ni la redoutable épreuve qui consistait à s'introduire dans la haute société ni la perspective de se faire passer pour une dame. Pas même les menaces proférées par des aristocrates arrogants tels que lord Kern.

— Vous semblez perdue dans vos pensées, chère cousine, dit lady Helen. Assez de rêvasseries, dites-moi plutôt ce que vous pensez de ceci.

Isabel cligna des yeux et revint à la réalité. Helen dépliait devant elle deux robes, l'une de dentelle blanche brodée sur une étoffe vert pâle, l'autre de soie ivoire dont les manches à gigot s'ornaient de rubans bleu clair. Deux toilettes d'une élégance parfaitement adaptée au teint de porcelaine et à la silhouette juvénile d'Helen. Celle-ci attendait visiblement un commentaire, aussi Isabel répondit-elle poliment :

— Elles sont ravissantes.

— Je les ai reçues ce matin même de ma couturière. Alors, laquelle ?

— Pardon ?

— Laquelle aimeriez-vous porter pour dîner ?

— Oh...

Isabel, la gorge serrée, caressa la douce soie ivoire. Comme Helen était généreuse de lui proposer sa garde-robe ! Isabel s'était préparée à affronter une jeune personne futile, trop gâtée. Or, Helen l'avait accueillie à bras ouverts, et cela rendait la comédie plus difficile encore.

— Je ne peux pas garder celle que je porte ?

— Ciel, surtout pas ! Père tient à ce que l'on se change le soir.

Helen fouillait à présent dans sa penderie.

— Justin aussi, d'ailleurs, ajouta-t-elle. Ne nous risquons pas à les contrarier.

Isabel sentit la rébellion monter en elle.

— Lord Kern n'est pas encore votre époux, il n'a pas à se mêler de votre façon de vous habiller.

— Il le sera bientôt ! déclara Helen en tenant devant elle une robe d'un bleu très pâle. Vous ne le trouvez pas merveilleux ? Il est si beau, si intelligent, si parfait que souvent je ne sais de quoi lui parler.

— Dites simplement ce que vous pensez, obligez-le à vous écouter.

— Cela vous paraît simple, mais j'avoue que j'ai peur de l'ennuyer avec mes bavardages, mes commentaires sur les soirées ou autres sujets superficiels.

Il passe beaucoup de son temps au Parlement, vous savez.

—Il ne peut pas en être membre, s'étonna Isabel, puisque son père est encore vivant.

—Justin dit qu'il fait son apprentissage pour le jour où il siégera à la Chambre des lords. Or, je n'entends rien à la politique, soupira Helen. Comment arrivez-vous à lui parler si directement ?

La jeune fille semblait découragée, et Isabel se retint de lui dire qu'elle trouvait lord Kern fort ennuyeux et prétentieux.

—Je ne suis pas sa fiancée, c'est sans doute pourquoi je ne suis pas bouleversée par sa toute-puissance.

—Je pense que vous avez également quelques années de plus que moi, dit Helen avant de se reprendre rapidement. Oh, quelle sotte ! Je ne voulais pas dire que vous étiez vieille fille, mais seulement que vous sembliez avoir plus d'expérience de la vie que moi. J'ai passé mes dix-huit années dans une salle de classe à apprendre comment devenir une dame digne de ce nom.

Son visage s'illumina d'un sourire radieux.

—Je vais me marier le jour de mon dix-neuvième anniversaire. Le 10 juin prochain. Le saviez-vous ?

Bientôt dix-neuf ans, comme Isabel dont l'anniversaire tombait le 12 juin. Helen se trompait ; par une étrange coïncidence, les deux jeunes filles avaient presque exactement le même âge. Mais quelle différence entre Isabel qui avait été élevée par une mère courtisane et des tantes prostituées, et Helen qui connaissait toute la sécurité, tout le respect dus à une personne de haute lignée !

—Non, dit-elle doucement, je ne le savais pas.

—Je vais avoir un mariage magnifique, le point d'orgue de la saison !

Helen, la robe bleue serrée contre elle, se mit à valser dans la chambre.

—Vous m'imaginez traversant la nef de Saint-George au bras de mon père, tandis que les chœurs s'élèvent, dans le parfum des roses, entourée de sourires... Oh, ça sera un véritable conte de fées !

Isabel eut un pincement au cœur. Quand elle avait cinq ans, elle rêvait qu'elle était une princesse. Elle deviendrait une blonde jeune fille aux yeux bleus, au teint de lys. Elle vivrait dans un palais, elle ne serait plus jamais obligée d'avaler de la purée de navets, elle aurait un chien avec lequel elle jouerait dans la journée et dormirait la nuit. Après tout, son père était le roi.

Dès l'âge de huit ans, elle avait renoncé aux contes de fées. Elle avait des cheveux marron-roux, de stupides yeux bruns et sa peau se couvrait de taches de rousseur dès qu'elle s'attardait au soleil... Elle vivait dans une maison à la campagne et mangeait consciencieusement sa purée. Quant aux chiens, il n'était pas question qu'elle demande à avoir une de ces créatures sales et bruyantes. Elle n'avait pas de père, et elle ne devait pas ennuyer sa mère avec des requêtes de petite fille égoïste. Ainsi parlait la sévère miss Dodd qui tentait de lui inculquer les manières d'une jeune femme bien élevée.

À douze ans, Isabel avait compris qu'elle ne serait jamais une dame. Elle n'était pas née dans un château mais de père inconnu, et elle devait subir les railleries des enfants du village, loin de la ville où sa mère faisait des vilaines choses avec de riches messieurs.

Mais, dans les rares occasions où Aurora la faisait venir à Londres, quelle fête ! Dans un tourbillon de baisers, on l'habillait de soie et de dentelle, comme une poupée, sa mère l'emmenait regarder les élégants promeneurs à Hyde Park, le soir, elles passaient devant des manoirs aux fenêtres brillamment éclairées où les gens du monde soupaient, entourés de porcelaine et d'argenterie, sans le moindre navet dans leur assiette.

Isabel retombait alors dans ses rêves. Et un peu plus tard, elle se mit à espérer épouser un prince. Il serait fou d'amour au premier regard et l'emporterait sur son fringant destrier jusqu'au château où ils vivraient heureux et auraient beaucoup d'enfants. Sa mère l'y rejoindrait, elles seraient deux grandes dames admirées et chéries par tout le royaume.

Puis sa mère était morte et la vérité avait pris le dessus. Comme toujours.

Et voilà qu'Isabel se trouvait enfin dans un palais, mais elle n'était pas la princesse. Ce rôle revenait à Helen.

La jolie, charmante, naïve Helen qui dansait toujours dans la chambre avec son invisible prince charmant.

— Il est dangereux de croire aux contes de fées, dit Isabel. Parfois le réveil est dur !

Helen s'arrêta gracieusement devant elle.

— Oh, ma chérie ! Après la mort de vos parents, vous avez souffert de votre solitude ! Mais je vous montrerai combien la vie peut être belle. Et pour commencer, vous serez une de mes demoiselles d'honneur au mariage.

— Je ne pense pas qu'il soit bien raisonnable…

— Oh, il le faut, Isabel, je vous en prie. Nous allons commencer à courir les boutiques dès lundi. Et pendant que nous choisirons ma robe de mariée, nous vous achèterons une nouvelle garde-robe. Mes toilettes sont trop pâles pour votre teint. Si vous voulez mettre la bonne société à vos pieds, il va vous falloir des robes de bal, des souliers, des éventails, toutes sortes de coiffes.

C'était précisément l'offre qu'espérait Isabel, qui possédait fort peu d'argent. La robe grise qu'elle portait datait de l'époque où elle étudiait avec sa gouvernante, et celles qu'elle avait héritées de sa mère étaient beaucoup trop osées pour une jeune fille élevée à la campagne.

— Mais que dira votre père ?

— Il sera ravi. Papa est l'homme le plus gentil et le plus généreux du monde. Vous verrez.

Isabel ne pouvait croire cela d'Hathaway, ni d'aucun autre aristocrate. Son frère avait abusé d'Aurora, avait joué de son insatiable besoin d'affection.

Et pourtant... Toute sa vie, elle avait souffert du manque de père, d'un père qui la prendrait dans ses bras quand elle aurait de la peine, qui la borderait dans son lit le soir, lui raconterait des histoires, l'écouterait parler de ses espoirs, de ses craintes. Elle avait envie de l'intimité, de l'amour qu'elle entendait dans la voix de lady Helen.

Le triomphe qu'elle avait éprouvé se dissolvait, lui laissait un goût amer. Hathaway avait-il cédé à son chantage pour protéger sa réputation et celle de son frère ? Ou tout simplement afin d'épargner le scandale à sa précieuse princesse ? La réponse rendait Isabel malade, comme si elle avait souillé cette demeure heureuse.

— Je suis tellement contente que vous soyez venue chez nous ! s'écriait Helen en s'agenouillant près d'elle pour lui prendre les mains. Nous allons être les meilleures amies du monde. Vous serez la cousine, non, la sœur, dont j'ai toujours rêvé.

Le contact de ces petites mains chaudes, confiantes, augmenta encore le malaise d'Isabel. Elle parvint toutefois à esquisser un sourire. Pourtant, si elle parvenait à prouver que Raymond avait empoisonné Aurora Darling, Helen connaîtrait la vérité.

En attendant, Isabel avait un autre traître à démasquer. Aurora avait tenté de taire sa véritable identité, mais Isabel avait découvert des indices dans les Mémoires. Et elle avait deviné qui était son père.

À présent, il fallait le traquer et l'abattre.

3

Le grand soir était enfin arrivé.

Isabel descendit du carrosse des Hathaway, aidée par un jeune valet de pied. Un instant, elle retint sa main gantée tandis qu'elle levait les yeux vers le manoir auquel les fenêtres illuminées donnaient des airs de château de conte de fées. Son cœur battait la chamade. Elle allait enfin pénétrer la haute société, danser avec l'élite, laisser derrière elle le commun des mortels qui se massait dans la rue en poussant des exclamations enthousiastes devant les somptueux attelages et leurs élégants passagers.

Le valet dégagea doucement sa main, la ramenant à la réalité. Elle lui offrit un sourire chaleureux.

— Merci beaucoup.

Le jeune homme s'empourpra.

— Je vous en prie, madame.

Madame. Elle en ressentit de la satisfaction. Elle avait passé les quinze derniers jours à se préparer, à se remémorer les règles strictes de la bonne éducation. Elle avait appris à danser avec un professeur, elle avait adoré les nombreux essayages pour sa nouvelle garde-robe, dont elle étrennait la plus belle toilette ce soir. Mais tout cela était facile. Elle en arrivait maintenant au point crucial. Parviendrait-elle à donner le change à ces aristocrates ?

Isabel se joignit à la file des invités dans le doux bruissement de sa robe de soie vert jade. On entendait le murmure des conversations, des rires légers, et elle en ressentit une joyeuse excitation. Son père appartenait à cet univers !

Elle monta les marches la tête haute. Elle avait le droit de se trouver là. Elle serait enfin traitée comme la fille d'un gentilhomme, non comme celle d'une courtisane.

Une main gantée lui serra rudement le bras, et elle sortit de son rêve pour lever les yeux vers le visage sombre de lord Kern. Aussitôt son estomac se noua.

La blancheur éclatante de sa cravate rehaussait son teint hâlé, les lumières des torches donnaient un reflet inquiétant à ses yeux verts. L'homme charmant qui avait conversé avec Helen et elle dans la voiture s'était transformé en individu hostile et menaçant.

— Pour l'amour du Ciel, murmura-t-il à son oreille, montrez un peu plus de discrétion.

Il dissimulait à merveille sa véritable nature, il réservait l'aspect brutal de sa personnalité à la seule Isabel ! Elle n'aimait pas qu'on la déteste, et, bien qu'elle eût appris à le cacher après des années de brimades, cela lui faisait encore mal. Aussi rétorqua-t-elle de son air le plus hautain :

— Je vous demande pardon ?

— Si vous tenez absolument à flirter avec le petit personnel, ayez au moins la décence de le faire en privé.

— Flirter ?

Elle comprit qu'il faisait allusion au valet de pied et se hérissa. Comme une dame devant eux se retournait, elle baissa le ton.

— Je suppose que vous n'avez jamais adressé une parole aimable à un domestique, sinon vous ne vous tromperiez pas sur cette manifestation de gentillesse.

— Oh, votre gentillesse est légendaire, grommela-t-il. Surtout envers les messieurs très riches.

— Votre grossièreté est tout aussi légendaire, grinça-t-elle en lançant un regard noir vers la main qui lui serrait toujours le bras. Lâchez-moi. Vous trouverez bien quelqu'un d'autre à escorter.

— Helen est derrière nous avec son père, donc je crains bien que vous et moi ne soyons obligés de jouer votre jeu.

— Merveilleux ! Mais dès que nous serons entrés, je vous serais reconnaissante de me laisser tranquille.

Il se pencha pour lui parler de plus près, et elle reçut une bouffée de parfum qui la troubla malgré elle.

— N'y comptez pas, miss Darling. Je n'ai pas l'intention de vous quitter une seconde des yeux.

Elle frémit. Qu'entendait-il par cette remarque ? Lord Kern avait le pouvoir de tout faire basculer. Un mot de lui et on la chasserait à jamais de cet univers.

Leur entourage rendait la conversation difficile. Quand ils franchirent les doubles portes, ils sc débarrassèrent de leurs manteaux et se dirigèrent vers l'appariteur. Helen bavardait avec son père et lord Kern se tourna vers eux, éclata de rire à une remarque amusante de sa fiancée. Quand il souriait à Helen, son visage se métamorphosait, il devenait charmant et chaleureux.

Isabel se sentit soudain vide, horriblement seule.

— Miss Darcy ?

Lord Hathaway lui offrait son bras pour l'accompagner vers leurs hôtes. Elle chercha sur ses traits la même hostilité que chez Kern mais n'y lut qu'une froide politesse. Quand elle était arrivée chez le marquis, il lui avait opposé un silence glacial. Pourtant, ces derniers temps, il s'était quelque peu adouci. La veille, il l'avait même complimentée sur ses bonnes manières. Et ce soir, dans la voiture, il avait ajouté quelques réflexions flatteuses aux compliments que faisait Helen sur sa transformation. Peut-être finissait-il par éprouver une certaine sympathie pour elle...

— Vous paraissez un peu intimidée, dit-il. N'ayez pas peur, les Winfrey ne mordent pas.

Isabel posa la main sur son bras avec un sourire venu du fond du cœur.

— Merci, Monseigneur. Vous vous êtes montré particulièrement accueillant, et je tenais à vous dire combien je suis touchée par votre attitude.

Le marquis ne souriait pas et son regard se voila, comme s'il regrettait sa galanterie.

— Tout ce que j'ai fait, c'est dans l'intérêt d'Helen. Ne l'oubliez pas.

— Bien sûr.

Quelle folle d'avoir un instant cru à son amitié, d'avoir espéré être vraiment acceptée ! L'habit ne fait pas le moine, elle aurait dû le savoir. Elle demeurait une réprouvée.

En parfait gentilhomme, le marquis la présenta aux Winfrey comme une parente éloignée, et ils la reçurent avec cordialité, ce qui lui mit du baume au cœur. Elle avait franchi avec succès la première épreuve.

Ensuite, Hathaway se joignit à une discussion politique tandis que lord Kern escortait les deux jeunes filles jusqu'à la salle de bal.

Le vaste salon était décoré en souk égyptien, avec des toiles de tente, des palmiers, et de grands lustres de cristal qui brillaient comme autant d'étoiles sur le plafond sombre. Dans une alcôve, les musiciens accordaient leurs instruments, tandis que des valets en djellaba passaient des plateaux de rafraîchissements. Il y avait de l'effervescence dans l'air, et Isabel retrouva sa gaieté.

Elle était là, parmi les privilégiés de ce monde ! Elle se mit à battre la mesure du bout du pied sur le parquet ciré. Tout pouvait arriver, ce soir. Elle était fascinée par le monde qui s'ouvrait à elle comme Ali Baba devant sa caverne.

Même la présence menaçante de Kern ne pouvait gâcher sa joie. Elle avait enfin une chance de voir avancer son projet, et elle avait bien l'intention d'y prendre plaisir en même temps. Contre sa jambe, elle sentait le léger poids du journal de sa mère qu'elle avait caché dans la poche de son jupon. Elle le portait sans cesse sur elle, ainsi qu'un petit poignard. À partir d'aujourd'hui, elle allait pouvoir rencontrer un certain nombre des hommes cités dans les Mémoires d'Aurora.

À commencer par le goujat qui pourrait bien être son père.

Lord Kern s'inclina devant elle.

— Je requiers l'honneur de votre seconde danse.

— Je vous remercie, mais ce n'est pas nécessaire, répondit nettement Isabel. Je comprends tout à fait que vous préfériez la compagnie de votre fiancée.

— Oh, Justin m'a déjà promis le premier quadrille, ainsi qu'une valse un peu plus tard, intervint Helen. Vous devez lui accorder également deux danses. Ainsi les autres messieurs seront jaloux de sa bonne fortune et se précipiteront pour vous inviter à leur tour.

Isabel eut un petit rire faussement intimidé.

— Vraiment, tout cela est fort impressionnant, pour une jeune campagnarde comme moi. Peut-être vaudrait-il mieux que je reste dans l'ombre, pour le moment.

— Cachée derrière un palmier ? demanda joyeusement Helen. Ne dites pas de sottises, Isabel ! Vous êtes une des plus jolies personnes de l'assistance. Vous ne trouvez pas, Justin ? Ma cousine n'est-elle pas une véritable beauté ?

C'est une vipère. Un fourbe et séduisant serpent déguisé en dame.

Kern serrait les dents. Comment Helen pouvait-elle être aussi naïve ? Tout était faux chez Isabel Darling.

Bien que sa jeunesse lui conférât une certaine fraîcheur, elle était beaucoup trop voyante, trop exotique avec la robe couleur vert jade qui mettait son buste en valeur. Elle n'avait certes pas besoin de bijoux pour attirer l'attention sur son généreux décolleté. Sa toilette rehaussait son teint, ses yeux d'un brun doré, ses boucles aux reflets cuivrés. Personne n'aurait pu la prendre pour une innocente jeune fille.

Sauf Helen, la douce et crédule Helen, dont Kern préférait mille fois la délicate beauté à la sensualité d'Isabel.

Il baisa la petite main gantée.

— J'avoue, ma chérie, que je n'admire que vous, dit-il. Mais sans aucun doute miss Darby doit plaire à certains messieurs, ajouta-t-il.

— Miss Darcy, rectifia Helen un peu sèchement. Vraiment, Justin, vous devriez faire un effort pour vous rappeler le nom de ma cousine. Et vous partageriez mon admiration pour elle si vous veniez un peu plus souvent nous rendre visite. Maintenant, je tiens à ce que vous soyez bons amis, tous les deux.

Irrité qu'Isabel ait à ce point conquis Helen, Kern parvint malgré tout à proférer une vague excuse.

— Je vous demande pardon, miss Darcy.

— Je vous en prie. Moi non plus, je n'ai pas la mémoire des noms.

Elle se dirigea vers une oasis de palmiers où avaient été disposés des sièges pour les personnes âgées.

— Le bal va commencer, je vais chercher une place pour assister au spectacle.

Helen tirait Kern par le bras.

— Vite, Justin ! Il faut présenter Isabel.

— La présenter ?

— Évidemment ! Vous savez comme moi qu'elle ne pourra pas danser si elle n'a pas été présentée dans les règles à un cavalier. Il faut en trouver un de qualité !

Elle balayait du regard la salle où déjà les couples se mettaient en place pour le quadrille.

— Ne vous donnez pas tout ce mal, intervint Isabel. Je serai très heureuse de regarder…

— Oh, voilà ! coupa Helen. M. Charles Mobrey, là, tout seul. Vous étiez à Eton avec lui, n'est-ce pas, Justin ?

— Malheureusement, oui, répondit Kern.

— C'est l'héritier du vicomte Eslington, et il a vingt mille livres de rente, confia Helen à Isabel. Il est un peu collet monté, mais je suis sûre que vous parviendrez à le dégeler. Venez, dépêchons-nous !

Helen dans le rôle de marieuse ? Kern n'aimait guère cette nouvelle initiative que prenait sa fiancée naguère si docile. Sans doute l'influence d'Isabel, se dit-il en les suivant à contrecœur. Elle mettait de drôles d'idées dans la tête d'Helen. Quant à son attitude réservée, il ne s'y laissait pas prendre. C'était encore une ruse afin de se faire passer pour une naïve jeune fille de la campagne, alors qu'elle était à la recherche d'un riche époux.

En tout cas, Charles Mobrey était trop élitiste, il ne succomberait pas à ses attraits pervers. Kern se le rappelait comme un garçon sérieux, qui se piquait de poésie et cédait volontiers à des accès de mélancolie. En effet, Mobrey haussa les sourcils tandis que Kern procédait aux présentations. Ensuite, il recula pour observer la jeune femme qui déployait tout son charme. Et Kern eut la désagréable surprise de voir Charles Mobrey fondre comme neige au soleil et prier Isabel de lui accorder la première danse.

L'orchestre attaquait le quadrille, et Kern conduisit Helen à la longue file de jeunes gens. Elle fit la révérence, joyeuse, les joues roses de plaisir.

— N'est-ce pas merveilleux ? chuchota-t-elle. M. Mobrey ne daigne jamais inviter une dame en dessous de sa condition, mais notre Isabel a su le ferrer.

— C'est un snob, pas un poisson. Et il se dégagera de l'hameçon dès qu'il s'apercevra que l'appât ne cache rien d'intéressant.

Au lieu de voler au secours d'Isabel, Helen fronça les sourcils.

— C'est bien ce qui m'inquiète, dit-elle. Il faudra que j'en touche deux mots à papa.

Kern l'entendit à peine car il contemplait Isabel qui évoluait sur la piste de danse comme si elle avait fait ça toute sa vie. Ses cheveux brillaient, sa robe caressait ses formes, et Charles Mobrey n'avait plus du tout l'air de s'ennuyer. Au contraire, ses traits hautains portaient tous les stigmates de l'admiration la plus totale. Chaque fois que les figures de danse les amenaient près l'un de l'autre, Isabel inclinait la tête, lui disait quelques mots et lui souriait comme s'il avait capturé son cœur.

Kern en avait le souffle coupé. Quelle garce ! Cela prouvait que les toilettes et les bonnes manières ne pouvaient cacher le naturel. Pourtant, il n'aurait jamais imaginé que la première conquête de miss Darling serait Charles Mobrey !

Elle se pencha pour lui murmurer quelques mots à l'oreille, et Kern le vit porter la main à son cœur.

Dieu ! Lui donnait-elle déjà rendez-vous ? Non, elle n'oserait pas se montrer si directe ! Mais que diable pouvait-elle bien lui dire ?

— Jamais je n'aurais imaginé danser avec une personne de votre rang, susurrait-elle, une note de respect dans la voix. Vous devez connaître toute la bonne société.

— Ce ne sont que des poules caquetantes, rétorqua-t-il avec un coup d'œil à sa poitrine avant de revenir à son visage. Tandis que vous êtes un oiseau de paradis. Un soleil éclatant qui chasse l'ennui de cette triste assemblée.

Isabel jugea mal venu de lui faire remarquer qu'il mélangeait un peu les métaphores.

— Vous allez me faire rougir, monsieur. Je préférerais parler de vous plutôt que de moi.

— La modestie rehausse encore votre beauté. « Mon amour est comme une rose rouge éclose en juin. Mon amour est comme une mélodie… »

Le jeu de la danse les sépara, libéra provisoirement Isabel de son soupirant. Mettant un frein à son impatience, elle se demanda quel était le meilleur moyen de découvrir ce qu'elle voulait savoir. Comme elle laissait errer son regard sur les danseurs, elle croisa celui de Kern.

Je n'ai pas l'intention de vous quitter une seconde des yeux.

Espérait-il la voir commettre une gaffe ? Elle n'envisageait pourtant pas de s'aventurer au-delà de la plus élémentaire bienséance.

Du moins pas en sa présence.

La danse la ramenait vers son cavalier. À l'instant où il lui prenait la main, elle lui adressa son sourire le plus séduisant.

— Si je puis me permettre, dit-elle doucement, vous êtes vraiment charmant. Vous devez avoir beaucoup d'admiratrices.

Il bomba le torse.

— Beaucoup apprécient mes qualités exceptionnelles. Vous, miss Darcy, vous possédez une rare intuition.

Il serrait ses doigts dans les siens, une mèche folle tombait sur son front, et elle se dit qu'il était prêt, plus que prêt, à accéder à toutes ses volontés. Les yeux baissés, elle murmura :

— Comme vous êtes indulgent. Peut-être… Oh, non, je n'ose vous le demander.

— Demander quoi ? Dites-le-moi, je vous en prie.

— J'aimerais solliciter une faveur, mais nous ne nous connaissons pas suffisamment.

— Demandez tout de même, ma rose rouge. Pour vous, j'irais chercher de la lave brûlante, les joyaux de la couronne du tsar, une étoile dans le ciel…

— Il ne s'agit de rien de si héroïque, coupa vivement Isabel. Mais comme je viens seulement d'arriver en ville, je me sens un peu perdue. Puisque vous connaissez tout le monde, je me disais que vous pourriez peut-être me présenter à quelques personnes.

Il haussa les sourcils, désemparé.

— Si ma compagnie vous déplaît…

— Oh, il n'est pas du tout question de ça ! Vous êtes le plus délicieux des cavaliers. Non, je souhaiterais seulement retrouver certains anciens amis de ma pauvre chère maman.

Ils changèrent de partenaire, et Isabel sentit un sanglot lui monter à la gorge. Comme sa mère aurait été heureuse de danser ainsi sous le regard amoureux d'un gentilhomme !

Mais aucun de ses amants ne lui avait procuré la respectabilité et, quand elle avait menacé d'exposer leurs vilains petits secrets au grand jour, l'un d'entre eux l'avait tuée. Or, il était fort possible que le meurtrier fût le père d'Isabel.

La vieille douleur menaçait de la submerger. Elle avait brusquement envie de s'enfuir en courant, de se réfugier dans la chaleur familière de sa demeure.

Lâche ! Il fallait qu'elle mène à bien la tâche qu'elle s'était fixée le plus vite possible, comme on avale une potion amère. Elle avait vécu trop longtemps dans le rêve, elle devait désormais affronter la réalité.

On lui serrait de nouveau la main, et elle leva les yeux vers l'aristocratique visage de Charles Mobrey.

— Si vous voulez bien me permettre de vous présenter quelqu'un de l'assistance, je serais le plus heureux des hommes, dit-il.

La réussite était à portée de main. Le quadrille arrivait à son terme, et Isabel n'avait aucune intention de s'attarder, et de courir ainsi le risque de devoir danser avec lord Kern. Il serait certainement bien soulagé, lui aussi, d'éviter cette corvée.

Je n'ai pas l'intention de vous quitter une seconde des yeux. Elle adressa à Mobrey son plus éblouissant sourire.

— Alors, si nous allions nous promener vers le salon de jeu ? À mon avis, le gentilhomme que je souhaiterais rencontrer doit s'y trouver. Mais promettez de me laisser aborder le sujet de ma mère quand je le jugerai bon.

Tandis qu'elle s'éloignait avec Mobrey, elle se préparait mentalement. Si tout allait bien, elle n'allait pas tarder à se trouver face à son père.

Les danseurs empêchaient Kern de voir Mobrey et Isabel, aussi rongeait-il son frein pendant que lady Helen bavardait avec la vénérable duchesse de Covington.

Il était convenable qu'une jeune fille retourne près de son chaperon à la fin de chaque danse, toutefois Hathaway avait renoncé à en emmener un. Il craignait que l'on ne cherche à en apprendre davantage sur Isabel et que la scandaleuse vérité n'éclate au grand jour. Lorsqu'il ne pouvait escorter sa fille dans les boutiques ou à des réceptions, c'était la vieille miss Gilbert, la gouvernante d'Helen, qui s'en chargeait. Or, elle tenait beaucoup trop à son poste pour se permettre de poser des questions déplacées.

Miss Gilbert était restée à la maison, ce soir-là, et Hathaway lui-même s'était lancé dans des discussions politiques auxquelles Kern aurait bien aimé participer également si les circonstances ne lui avaient fait jouer le rôle d'accompagnateur.

Les danseurs se dispersèrent, d'autres prirent leur place, mais Isabel et Mobrey avaient disparu. Où pouvaient-ils bien être ?

Helen et la duchesse discutaient mode. Cependant, avec son plus charmant sourire, Kern s'excusa auprès de la vieille dame et prit le bras d'Helen.

— Enfin, Justin, protesta-t-elle comme ils se frayaient un chemin dans la foule, je n'avais pas terminé ma conversation. J'étais en train de convaincre la duchesse que, si la plume qu'une femme porte à son chapeau est plus longue que son visage, elle est absolument ridicule.

— Voici la musique qui recommence. Vous avez promis cette danse au jeune Blakey, si je ne me trompe ? Ah, le voilà !

L'orchestre attaquait une contredanse endiablée, et Kern, soulagé, remit Helen entre les mains du comte de Blakey.

— Excusez-moi, ajouta-t-il, je vais chercher votre cousine pour notre danse.

Il constata que Isabel et Mobrey avaient quitté la salle de bal. Dans le corridor, il vit deux dames mûres se diriger vers les toilettes. Dans la salle à manger, on dressait les tables pour le souper. Il se pencha à la balustrade du grand escalier, vit des retardataires arriver dans le hall, mais toujours pas d'Isabel. Avait-elle entraîné Mobrey dans un coin sombre ?

Nerveux, Kern descendit au rez-de-chaussée, jeta un coup d'œil dans la bibliothèque où les passionnés de politique s'étaient réunis dans l'agréable fumée des cigares, puis il se dirigea vers le salon de jeu. De nombreuses tables étaient occupées par des hommes et quelques dames.

Elle était là, au fond de la pièce. Charles Mobrey, ridicule, se perdait en courbettes, la faisait asseoir, se précipitait pour lui chercher un rafraîchissement. Un autre homme, que Kern ne connaissait pas, était déjà assis à cette table. Trapu, la joue traversée par une cicatrice, il avait posé sa jambe atteinte de goutte sur un tabouret.

Kern aurait dû se féliciter de voir Isabel lancée dans une partie de cartes, mais elle se concentrait sur l'étranger, et son sourire beaucoup trop avenant le fit se méprendre sur ses intentions. Il vint la rejoindre.

— Ah, miss Darling ! s'écria-t-il. Auriez-vous besoin d'une quatrième personne ?

Elle lui lança un bref coup d'œil contrarié. Soit il ne l'aimait pas du tout, soit il avait de mauvaises idées en tête. Elle esquissa cependant un sourire poli et, la sentant sur le point de refuser sa proposition, il s'assit sans attendre d'y être invité.

Mobrey revenait avec deux coupes de champagne.

— Kern, mon vieux ! J'ignorais que vous aimiez le jeu.

— C'est nouveau, en effet. Mais je me suis trouvé abandonné par ma cavalière.

Isabel rougit légèrement.

— Il est curieux qu'une dame ait osé vous faire faux bond. Mais je suis certaine que si vous retournez au salon, Monseigneur, d'autres jeunes femmes seront heureuses de la remplacer.

— N'est-elle pas délicieuse ? demanda Mobrey sans s'adresser à personne en particulier, avec un regard rempli d'amour. « La beauté est la vérité, la vérité est la beauté. »

Isabel battit des cils.

— Vous me flattez, monsieur.

— « La beauté excite les voleurs plus encore que l'or », cita à son tour Kern.

— Alors dépêchez-vous de fuir la tentation, contra Isabel. Je suis sûre que nous trouverons un quatrième joueur plus expérimenté que vous.

Son sourire le troubla. Il l'imagina au lit, vêtue d'un peignoir vaporeux, sa chevelure étalée sur l'oreiller. Bien qu'il fût, contrairement à d'autres, capable de dominer ses bas instincts, il détesta la réaction que cette image éveillait en lui.

— Allons, allons, mon espiègle dame de cœur, intervint Mobrey, lord Kern est peut-être nouveau venu aux tables de jeu, mais cela équilibrera notre partie de whist. Kern, puis-je vous présenter à votre partenaire, sir John Trimble ?

Kern adressa un signe de tête à l'homme assis en face de lui. Il avait le nez épaté d'un boxeur et d'épais sourcils qui se rejoignaient au-dessus de ses petits yeux en boutons de bottine.

— C'est un plaisir, grommela Trimble. Mais je vous préviens, je n'ai pas les moyens de miser gros.

— Parfait ! approuva Kern. Nous jouerons simplement pour le plaisir de gagner.

Trimble battit les cartes de ses petits doigts boudinés, tandis qu'Isabel l'observait intensément. Kern ne parvenait pas à comprendre pourquoi elle s'intéressait à cet individu, qui venait d'admettre de surcroît qu'il n'avait guère de moyens. À moins que...

Non. Il ne pouvait avoir été l'amant d'Aurora Darling. Celle-ci choisissait des hommes riches et influents. Elle n'aurait pas perdu son temps avec un triste sire comme John Trimble.

Il revint à Mobrey. En réalité, la salle de jeu donnait une meilleure occasion à Isabel d'exercer ses talents pervers sur le jeune homme que la salle de bal, car il était malséant de danser deux fois de suite avec le même partenaire.

Trimble distribua les cartes, et Kern observa son jeu. Il en avait appris les rudiments lorsqu'il était au collège, à l'époque où il imaginait que s'il s'adonnait au vice, il pourrait gagner l'estime de son père.

Il chassa ces sombres souvenirs qui ne voulaient plus rien dire, à présent. C'était tout juste une leçon durement apprise.

— Le carreau est l'atout ! annonça Mobrey. Ce qui veut dire qu'il gagne sur les autres couleurs.

— Je connais un peu le whist, dit Isabel.

En fait, elle se débrouillait assez bien, même si Kern décelait une certaine distraction dans sa façon de jouer. Il sentit sa robe contre son genou alors qu'elle tapotait du bout de son pied le tapis. Elle commit quelques erreurs, perdit la partie. Au bout d'une heure, Mobrey et elle n'avaient gagné que deux jeux, et elle abandonna avec un sourire d'excuse.

— Dieu merci, nous n'avons pas misé d'argent, dit-elle. Sinon, je me serais ruinée... ainsi que mon partenaire.

Mobrey posa la main sur la sienne.

— Avec vous à mes côtés, miss Darcy, je serai toujours le vainqueur.

— Il faut du temps pour apprendre les coups gagnants, ajouta sir John. Je joue moi-même depuis plus de trente ans.

Isabel se pencha vers lui, lui offrant un aperçu de son décolleté.

— Alors peut-être accepteriez-vous de me les enseigner, ces points gagnants ?

Visiblement surpris par l'attention que lui portait cette ravissante jeune femme, Trimble fronça ses sourcils broussailleux. Contrairement à Kern, il ignorait qu'Isabel Darling ne pouvait s'empêcher de séduire tous les hommes qu'elle croisait.

— Eh bien... ce serait un honneur, miss Darcy, mais je pars demain rendre visite à un ami à la campagne pour une ou deux semaines. À mon retour, peut-être ?

— Avec plaisir.

— Votre cousine va s'inquiéter de votre absence, intervint Kern. Nous devrions retourner dans la salle de bal.

Il se leva, lui offrit son bras, et elle adressa un dernier regard à Trimble avant d'accepter son aide. La main d'Isabel était petite, mais ferme, dans la sienne, et il se demanda combien d'hommes elle avait caressés, par quelles ruses elle les aguichait, combien de temps il lui fallait avant de céder…

Torturé par ces fantasmes, il n'avait pas remarqué que Charles Mobrey avait mis un genou en terre devant Isabel et qu'il la regardait avec des yeux éperdus d'adoration.

— Me permettrez-vous de vous rendre visite, miss Darcy ?

Elle sourit.

— Bien sûr, je…

— Une autre fois, aboya Kern avant d'entraîner vivement la jeune femme hors de la pièce.

Elle lui lança un regard noir.

— Est-il absolument nécessaire de vous conduire comme une brute ?

— Seulement lorsque vous vous conduisez comme une courtisane.

— Je n'ai rien fait d'incorrect.

— Vous n'êtes pas obligée de séduire tous les hommes que vous rencontrez.

— Oh ? Vous aurais-je séduit ?

Elle se moquait de lui. *Elle osait se moquer !*

— Il n'y a pas là matière à plaisanter, dit-il à voix basse. Je veillerai personnellement à ce que vous n'attiriez pas le déshonneur sur la famille Hathaway.

Isabel tourna vers lui un visage plein de défi.

— C'est une menace, Monseigneur ?

— Une promesse. Voyez-vous, je n'ai pas l'intention de vous laisser piéger qui que ce soit.

Elle baissa les yeux, lui dissimulant son expression.

— Si vous le dites, Monseigneur.

Quel talent ! Pourquoi avait-il le sentiment que sa jolie tête cachait d'insondables secrets ? Mais non, son but était vieux comme le monde et facile à deviner. Elle voulait la fortune, un rang social que ne lui obtiendrait jamais la vie dissolue qu'elle menait. Et peu lui importait de blesser autrui au passage.

Il l'attira dans une alcôve déserte et lui releva le menton, la forçant à le regarder. Elle avait la peau douce et tiède.

— Je vous préviens, miss Darling. Si vous poussez un naïf gentilhomme à commettre des indiscrétions, je serai là, et, en quelques mots, il comprendra ce que vous êtes réellement : une catin, une remueuse de boue et un maître chanteur.

Les insultes fusèrent, sur fond de musique joyeuse. Isabel se tenait toute raide, le regard droit, les lèvres décolorées. Kern avait atteint son but, mais il n'en éprouvait aucune satisfaction. Plutôt un malaise proche de la honte. Il savait qu'il ne se trompait pas sur elle, pourtant il avait envie de lui caresser la joue, de baiser sa bouche pour lui rendre son sourire.

Sans un mot, elle passa devant lui et se dirigea vers la salle de bal, laissant derrière elle une traînée de son parfum. Devant la dignité de son attitude, il se sentit le plus méprisable des hommes.

Et il avait bien du mal à se rappeler pourquoi il la haïssait.

Endurer le dédain de la bonne société est l'une des premières leçons que doit apprendre une courtisane. Cette vérité m'a sauté aux yeux très tôt dans ma carrière.

Alors que j'essayais un chapeau dans un magasin de Bond Street, M. Terrence D. est entré. Comme nous avions passé d'agréables moments ensemble la semaine précédente, je suis allée vers lui. Il s'est détourné, a murmuré quelques mots à l'oreille de la modiste qui, aussitôt, m'a arraché le chapeau des mains et m'a poussée hors de sa boutique.

Je suis rentrée à la maison dans un état de fureur épouvantable. Comment l'un de mes clients osait-il se considérer tellement supérieur à moi ?

J'étais encore bouleversée et en larmes lorsque sir John T. est venu me rendre visite. Devant mon désespoir, il m'a prise dans ses bras, sans rien demander d'autre, comme un véritable ami. Il m'a écoutée tandis que je laissais exploser mon amertume.

Cependant, un homme et une femme ne peuvent rester longtemps ainsi enlacés sans que la nature reprenne ses droits. Aussi, mes pleurs taris, l'ai-je emporté vers les sommets élyséens. Ses délicates caresses me donnaient l'impression d'être une déesse créée pour être adorée.

Ceux qui le trouvent repoussant s'arrêtent à son physique, mais il comprend merveilleusement le cœur d'une femme. Hélas, sa triste situation financière l'a obligé à épouser une riche héritière. Néanmoins, je me console en sachant que c'est moi qu'il a aimée la première. C'est un gentilhomme, et il serait grandement ennuyé que je révèle au monde nos petits rendez-vous clandestins. Mais je ne pourrais confier à ce cahier l'histoire de ma vie sans dire que sir John T. est l'unique homme en qui j'aie toute confiance. Lui seul connaît mes secrets, lui seul connaît la terrible vérité au sujet de mon enfant.

Une vérité que j'emporterai avec moi dans la tombe.

Les Confessions d'une fille de joie

4

— Eh bien, il était temps que tu rentres ! s'écria Callie en arpentant la chambre d'Isabel comme une furie.

Isabel ferma la porte. La délicieuse lassitude de son premier bal s'évanouit quand elle regarda Callie plus attentivement. Les cheveux blonds bouclaient librement sur ses épaules, le bas de sa robe jaune était taché de boue, et sa poitrine débordait de son décolleté.

— Tu es habillée comme une gourgandine, la réprimanda-t-elle. Pourquoi ne portes-tu pas ton uniforme de cameriste ? Ne me dis pas que tu es sortie !

Callie caressa la courbe pleine de ses hanches.

— Et quand bien même ? Il est injuste que tu t'amuses à un bal pendant que je me morfonds ici.

— Tu es censée jouer ma femme de chambre, nous nous sommes mises d'accord là-dessus.

— Uniquement parce que je veux t'aider à retrouver l'assassin d'Aurora. Mais peut-être que tu nous as raconté des histoires et que tu cherches en réalité un mari opulent et respectable.

Isabel ôta ses gants. Lord Kern l'avait accusée de la même forfaiture quelques heures auparavant.

— Je te l'ai dit, dans ses Mémoires, maman a raconté qu'elle avait peur d'être empoisonnée. Je te les montrerais volontiers, mais...

— Mais je ne sais pas très bien lire, termina Callie avec un haussement d'épaules. Malgré tout, Aurora n'a fourni aucune preuve formelle.

— Plusieurs de ses anciens amants lui ont rendu visite durant les semaines qui ont précédé sa mort. L'un d'entre eux a fort bien pu mettre de l'arsenic dans sa nourriture ou sa boisson. Minnie dit avoir vu un homme pénétrer dans sa chambre la veille du jour où elle est tombée malade.

— Et alors ? s'étonna Callie. Il s'agissait sans doute d'un client.

Isabel s'impatienta.

— Les symptômes de la maladie de maman ressemblent à ceux de l'empoisonnement par l'arsenic. Même le médecin que j'ai consulté a dit que c'était probable.

— Hum ! Ça ressemble aussi aux symptômes des fièvres, soupira Callie. En tout cas, elle a souffert, la malheureuse. J'étais là, je l'ai vue…

Isabel se souvenait aussi. Elle se rappela son atroce sentiment d'impuissance tandis que sa mère perdait peu à peu ses forces. Le docteur avait été incapable d'atténuer ses souffrances, de lui redonner la vitalité qui avait fait d'Aurora Darling la plus éblouissante créature du demi-monde.

La gorge serrée, Isabel alla à la cheminée où se consumaient des braises encore rougeoyantes. Malgré les sarcasmes et le mépris, jamais elle ne laisserait sa détermination s'éteindre. Jamais !

Au bal, ce soir, elle avait entamé le combat en se faisant présenter sir John Trimble, et cette rencontre l'avait perturbée, et quelque peu désemparée. Elle avait voulu le détester pour l'avoir ignorée toutes ces années. Elle avait voulu lire dans ses yeux toute la cruauté d'un assassin.

Mais, au lieu de ça, il l'avait traitée avec une courtoisie amicale, et elle était obligée de faire un effort pour se rappeler qu'elle le soupçonnait de meurtre.

Était-il son père ? Les Mémoires étaient flous, sur ce point, et Isabel avait dû lire entre les lignes. Dans plusieurs passages, Aurora faisait référence au père d'Isabel sous le nom d'Apollon. Or, curieusement, sir John Trimble était le seul de ses amants qui n'eût pas été gratifié du nom d'un dieu. Pourtant, il était le seul homme à l'avoir aimée sincèrement, à avoir connu ses secrets. Isabel était persuadée qu'Apollon et sir John Trimble ne faisaient qu'une seule personne.

Toutes les questions qu'elle se posait à ce propos frustraient Isabel plus cruellement que jamais. Dès qu'il serait rentré de la campagne, elle lui parlerait en privé. Elle découvrirait une bonne fois pour toutes ce qu'il savait de la mort d'Aurora.

Je serai là, et, en quelques mots, il comprendra ce que vous êtes réellement : une catin, une remueuse de boue et un maître chanteur.

Ces quelques paroles portaient gravement atteinte à sa confiance en elle. Kern pouvait détruire sa réputation, lui supprimant toute chance de découvrir l'assassin de sa mère. En outre, il l'avait blessée, elle devait bien le reconnaître. Il lui avait rappelé qu'elle ne serait jamais, au grand jamais, admise dans son univers. Quel que soit le nombre de réceptions auxquelles elle serait invitée, le nombre des aristocrates à qui elle donnerait le change, son passage parmi eux ne serait que temporaire.

Callie vint la serrer affectueusement contre elle.

— Assez de cet air sombre ! dit-elle. Si ça te fait du bien de parler à ces messieurs, je ne t'en empêcherai pas, mais fais attention. En dérangeant un essaim de guêpes, on risque d'être piqué.

— Il faut que j'obtienne justice pour ma mère, insista Isabel. Et toi, il faut que tu te comportes comme ma femme de chambre. Je t'en supplie, ma petite tante, il s'agit seulement de quelques semaines.

— Rassure-toi. Personne ne verra mes allées et venues. D'ailleurs, j'étais allée faire un tour à la maison, c'est tout. Oh ! J'oubliais… L'état de Perséphone a empiré. Elle te réclame.

— Tante Persy ?

Cette pensée chassait tous les autres soucis d'Isabel qui saisit Callie aux épaules.

— Dis-moi. Qu'est-ce qui ne va pas ?

— Elle a terriblement mal au ventre, et cette vieille chouette de Minnie refuse d'appeler le médecin sous prétexte que c'est un bon à rien.

— Ô mon Dieu !

Isabel se débarrassa du spencer lamé qu'elle portait chez les Winfrey, prit une cape bleu marine qu'elle jeta sur ses épaules, dont elle rabattit la capuche sur sa tête. Puis elle revint vers Callie qui se limait les ongles à la lumière d'un chandelier.

— Viens ! la bouscula-t-elle. Montre-moi la sortie de service.

— Ah, maintenant, c'est toi qui me demandes de me promener en catimini dans cette maison ?

— Uniquement le temps de m'indiquer la bonne porte. Ensuite tu reviendras m'attendre ici.

— Il n'est pas très prudent de sortir seule la nuit en ville, dit Callie avec un délicieux frisson. Tu risques d'être accostée…

— J'ai mon poignard, répondit Isabel en tapotant la poche de son jupon.

Tant qu'elle n'aurait pas démasqué le meurtrier d'Aurora, elle le garderait sur elle ainsi que le précieux cahier.

— Assez perdu de temps ! ajouta-t-elle.

Callie s'empara du chandelier et se glissa dans le corridor.

Toutes les deux se dirigèrent vers l'arrière de la maison, le long de couloirs ornés de portraits de famille. Comme elles passaient devant la porte de lady Helen, elles entendirent le son atténué de sa voix flûtée. Sans doute racontait-elle la soirée à sa gouvernante.

Dieu merci, on n'entendait aucun bruit au rez-de-chaussée. À leur retour, Helen et Isabel avaient laissé les messieurs dans le hall tandis qu'un valet allait chercher le cheval de Kern à l'écurie. Isabel avait senti sur elle son regard hostile alors qu'elle montait l'escalier.

Comme il aimerait la prendre en défaut, dénoncer sa trahison au monde entier !

Elle frotta ses bras nus sous la cape. Elle n'avait rien à craindre. Il s'était écoulé un bon quart d'heure depuis leur retour, aussi le comte était-il sûrement parti depuis un moment.

Dans la bibliothèque, Kern refusait l'alcool que lui offrait le marquis. Celui-ci s'en servit un verre avant de s'asseoir dans un fauteuil près de la cheminée, la tête appuyée au dossier.

— Ah, ce genre de manifestation n'est plus de mon âge, soupira-t-il. Un bon cognac et un livre, cela me suffit pour passer une excellente soirée.

Nerveux, Kern arpentait la pièce tapissée de livres reliés.

— Je ne sais pas comment vous pouvez passer d'agréables moments avec cette aventurière sous votre toit.

Hathaway se raidit.

— Cessez de marcher de long en large, ordonna-t-il d'un ton sec. Et cessez également de critiquer mon invitée. Ce qui est fait est fait, il n'y a pas à revenir en arrière.

Kern se laissa tomber dans un fauteuil.

— Mais si, vous pouvez revenir en arrière. Renvoyez-la. Racontez qu'elle doit retourner à la campagne, elle ne manquera à personne.

— Et alors elle publiera les Mémoires.

Kern serrait les accoudoirs de son siège.

— Oui. Ce n'est pas votre faute si lord Raymond a frayé avec une catin.

— Nous en avons déjà parlé. Je ne veux pas de scandale, cela lui ôterait toute chance d'obtenir un jour l'archevêché de Londres.

En d'autre temps, Kern aurait été réduit au silence par le regard intraitable d'Hathaway, mais il était trop furieux pour en tenir compte.

— Alors, pensez à Helen, insista-t-il, miss Darling n'est en aucun cas une compagne convenable pour ma future épouse.

— Miss *Darcy* s'est fort bien comportée, ce soir. Elle est intelligente, elle a reçu une bonne éducation, sa mère l'a fait élever par une gouvernante. Et elle a promis de partir à la fin de la saison.

— Vous y croyez ? Elle va s'arranger pour se faire demander en mariage par un quelconque fou. Et en toute conscience, vous ne pouvez laisser un gentilhomme l'épouser.

— Je m'en occuperai si le cas se présente.

— Il se présentera, soyez-en sûr. Raison de plus pour la chasser tout de suite, avant que quelqu'un ne découvre ses véritables antécédents. Avant que les gens n'apprennent que vous avez failli à votre intégrité.

— Je vous interdis de douter de mon honneur, Justin !

Les doigts du marquis de Hathaway se crispaient sur le pied du verre en cristal, et Kern jugea plus prudent de changer l'angle d'attaque.

— Je ne voulais certes pas vous manquer de respect, mais Isabel Darling n'appartient pas à notre monde. C'est l'enfant naturel d'une prostituée.

Hathaway termina son alcool et reposa le verre sur un guéridon avec un petit bruit sec.

— Nous ne pouvons rien aux conditions de notre naissance. De même que mon frère ne peut plus rien à ses errances passées. Il faut nous en accommoder.

— Alors laissez lord Raymond payer pour ses fautes. Comme je laisserai mon père payer.

— Ne soyez pas aussi intransigeant, Justin. Tous les hommes ont leurs faiblesses.

Le visage fermé, Hathaway se tourna vers la cheminée, son profil aigu dessiné par les flammes.

— En vérité, reprit-il, mieux vaut céder à la passion que de nier son existence.

Kern bondit sur ses pieds.

— C'est vous qui dites ça ? Vous qui avez mené une vie exemplaire ?

— Je ne suis pas un héros à mettre sur un piédestal.

Kern allait protester, mais Hathaway se passa une main lasse sur le visage. Il semblait soudain vieux, fatigué.

— Je n'ai pas envie de discuter ce soir. Rentrez chez vous, Justin, et ne parlons plus jamais de tout ça.

Kern savait d'expérience que, une fois sa décision prise, Hathaway n'en changeait pas et, ravalant sa morgue, il souhaita bonne nuit à son hôte avant de quitter la demeure.

Mais lui, il ne se sentait pas obligé d'accepter Isabel Darling, se dit-il en montant à cheval. Au contraire. Elle avait bouleversé son existence, elle s'était hardiment insinuée dans la bonne société avec l'espoir de se faire épouser. Cette idée le rendait fou ! Il ne la laisserait pas faire, pas plus qu'il n'aurait pu laisser un gredin commettre un crime dans la rue devant lui.

Oui, il mettrait tout en œuvre pour empêcher Isabel Darling d'obtenir une place dans son univers.

Comme il allait franchir la vaste grille du château, il oublia momentanément ses préoccupations.

Une silhouette menue venait de sortir de l'allée latérale.

Quelques minutes plus tôt, à la lumière vacillante de la chandelle, Isabel était descendue par l'escalier de service. Les jeunes dames n'avaient pas le droit d'entrer dans les quartiers des domestiques, aussi ne s'y était-elle encore jamais aventurée.

— Où ce couloir mène-t-il ? demanda-t-elle à Callie.

— À l'office. Attention au majordome, il dort devant l'argenterie.

— Il… Pourquoi ?

— Il veille sur l'argenterie, expliqua Callie en souriant. Et il s'assure qu'aucun membre du personnel ne se sauve la nuit.

— Mais alors, comment allons-nous…

Déjà Callie ouvrait la porte. Elle jeta un coup d'œil à l'intérieur puis fit signe à Isabel de la suivre.

La pièce, tout en longueur, était tapissée de placards et d'étagères sur lesquelles luisaient faiblement les plats en argent, et un solide ronflement y retentissait.

Isabel distingua vaguement le lit de camp et la forte silhouette de Botts, le majordome, sous la couverture. Priant pour qu'il ne se réveille pas, Isabel suivit Callie qui avançait comme si de rien n'était.

Ensuite, elles traversèrent bon nombre de pièces sombres jusqu'à la salle à manger des domestiques qui sentait l'anguille fumée.

Enfin, elles se retrouvèrent dehors, dans l'air glacé de la nuit.

Callie montra à Isabel un sentier qui contournait le jardin.

— Sors par cette grille, puis tourne à droite. Fais attention, c'est boueux.

Elle s'interrompit, la main autour de la bougie.

— Est-ce que je ne ferais pas mieux de t'accompagner ?

— Non. Reste ici, au cas où l'on viendrait frapper à ma porte. Si je ne suis pas rentrée au matin, tu diras que je me repose.

Isabel se hâta sur les pavés de l'allée, dans le brouillard et l'odeur de terre mouillée. Elle ouvrit enfin la petite grille, se félicitant qu'elle ne grince pas.

Un cheval renâcla à l'écurie, puis le silence retomba. Tout le monde devait dormir, à présent. Elle se dirigea vers une place un peu moins sombre qui marquait le bout de l'allée.

Elle avait mal aux pieds, et ses fins souliers de bal ne la protégeaient guère des cailloux pointus. Pourtant Isabel savait qu'elle ne trouverait pas le repos tant qu'elle n'aurait pas vu tante Persy. En une demi-heure, elle devrait être chez elle afin de lui apporter aide et réconfort. Ensuite, elle rentrerait chez Hathaway avant le lever du soleil.

Elle se dirigea vivement vers le square, où le brouillard était encore plus dense, troué par les branches dénudées des arbres. Comme c'était étrange de se trouver dans une rue déserte, sans fiacres sur la chaussée, sans charrettes de livraison, sans domestiques en train de faire des courses ! Une affreuse sensation de solitude la fit frissonner.

Hâtant le pas, Isabel glissa la main dans sa poche où se trouvait le poignard. Elle ne quittait pas des yeux un réverbère à l'angle du square, tout en pensant à tante Persy. Minnie se souvenait-elle que les tisanes de menthe et de sauge la soulageaient ? Lui avait-elle administré la bonne dose de laudanum ?

Elle avait atteint le réverbère et s'étonna de trouver tant de réconfort dans un si petit cercle de lumière. Elle descendait le trottoir en soulevant le bas de sa jupe afin d'éviter une flaque lorsqu'un bruit de sabots la fit sursauter.

Un cavalier fonçait droit sur elle.

Elle poussa un cri étranglé, sortit le poignard et bondit en arrière, heurtant le réverbère. Le cavalier s'arrêta juste avant la lumière, grand, impressionnant.

—Ainsi c'est bien vous, miss Darling, dit-il.

Lord Kern. Elle aurait reconnu ce ton moqueur entre mille. À présent, elle distinguait l'arrogant port de tête, bien que l'obscurité dissimulât ses traits. Le premier choc passé, elle sentit la colère exploser en elle.

—Que vous prend-il de m'effrayer ainsi ?

—Je vous ai vue vous sauver comme une voleuse par l'allée dérobée, dit-il en calmant son cheval qui dansait sur place. Rangez ce couteau.

Malgré l'envie qu'elle avait de le plonger dans son cœur, elle le remit dans sa poche.

—Je ne suis pas une voleuse, alors vous pouvez passer votre chemin.

—Que faites-vous là ?

—Je me promène. Je n'arrivais pas à dormir.

—Les dames ne se promènent pas seules au beau milieu de la nuit. Mais évidemment, les vieilles habitudes ont la vie dure.

—J'en ai assez de vos insultes !

—Et moi, j'en ai assez de vos folies.

Comme il s'apprêtait à mettre pied à terre, elle en profita pour traverser la rue.

—Ne vous inquiétez pas ! lança-t-elle par-dessus son épaule. De toute façon, s'il m'arrivait malheur, vous seriez ravi d'être débarrassé de moi.

Il poussa sa monture en avant et demeura à sa hauteur.

— Si on vous voit, il y aura des ragots. Vous ne renonceriez pas à votre plan diabolique pour une simple promenade dans le parc, je suppose.

Elle se raidit. Un terrible instant, elle craignit qu'il n'eût deviné qu'elle menait enquête sur un meurtre. Mais non. Il croyait seulement qu'elle cherchait un riche époux. Elle reprit sa marche.

— Si vous redoutez le scandale, rentrez chez vous et ne vous occupez plus de moi.

— Je veux savoir où vous vous rendez.

— Nulle part.

— Vraiment ? Ne serait-ce pas à un rendez-vous avec Mobrey ? insista-t-il, la voix dure. Il aurait au moins pu vous envoyer une voiture !

Elle serra les poings. Pourquoi fallait-il qu'il imagine toujours le pire ?

— Bravo, vous avez découvert mon secret. Sa calèche m'attend au prochain coin de rue. Aussi pouvez-vous me laisser en toute bonne conscience. Je vais sortir de votre vie sans le moindre effort de votre part.

Le regard fixé droit devant elle, elle marchait, le menton levé. Ça devrait le satisfaire ! S'il avait un tant soit peu de sens commun, il l'abandonnerait enfin à son sort.

Il jura entre ses dents et disparut un instant de son champ de vision. Elle allait se retourner quand elle se sentit saisie à la taille et hissée sur la selle.

Elle se retrouva les jambes pendantes, serrée entre le pommeau et lord Kern. La cape entortillée autour d'elle la coinçait encore davantage et chaque tentative de mouvement la rapprochait encore de son corps robuste.

Furieuse, elle renversa la tête en arrière afin d'exiger qu'il lui rende sa liberté, mais les mots s'étranglèrent dans sa gorge. Il était sombre, intimidant. Elle respirait son odeur virile : cuir et musc, ombre et danger. Elle avait soudain une folle envie d'attirer son visage vers elle, de toucher ses joues, de goûter à ses lèvres…

Elle se raidit, horrifiée. Ce n'était qu'un désir charnel, un besoin sexuel, celui dont elle avait entendu ses tantes discuter quand elles se croyaient seules. C'était seulement l'envie secrète qui la taraudait dans le secret de ses nuits. Elle avait pourtant juré de ne pas suivre l'exemple de sa mère, de ne pas se donner à la légère. Elle se garderait pour l'homme qui saurait gagner son estime et sa confiance.

Alors comment pouvait-elle désirer cette brute arrogante ?

Elle lui martela le bras de coups de poing.

Il la serra davantage, presque douloureusement, tandis que le cheval faisait un écart.

— Cessez de gigoter ! ordonna Kern. Vous effrayez ma monture.

— Où m'emmenez-vous ?

— Je vous raccompagne chez Hathaway, afin d'éviter tout risque de scandale.

Et Perséphone ?

— Non, attendez ! Vous n'avez pas compris !

— Si vous êtes inquiète pour Mobrey, rassurez-vous. Je serais étonné qu'il renonce facilement à vous. Il se traînera à vos pieds dès demain matin en vous couvrant de fleurs et de poèmes lyriques.

— Si vous voulez le savoir, grinça-t-elle, ce n'est pas lui que je vais voir. Alors lâchez-moi.

Kern tira sur les rênes. La façade de la résidence des Hathaway se profilait dans le brouillard, sombre, imposante. Mais pas aussi impressionnante que l'homme qui retenait Isabel prisonnière.

Elle fut soudain paniquée par le réel danger qu'il représentait. S'il pouvait se douter qu'elle portait le journal sur elle, il n'hésiterait pas à retrousser sa jupe pour s'en emparer. Elle retint sa respiration en imaginant la main de Kern le long de sa cuisse.

Il lui releva le menton, les yeux brillants dans la pénombre, et de nouveau elle eut cette affreuse envie de nouer les bras autour de son cou, de se fondre en lui.

— Vous mentez, dit-il.

Elle mit un moment à se rappeler de quoi il s'agissait.

— Non, répondit-elle enfin.

— Je peux le prouver en cherchant son attelage sur-le-champ.

— Si ça vous chante, mais vous ne le trouverez pas.

— Alors où vous rendiez-vous ? Et ne me répétez pas que vous vous promeniez sans but.

Elle ne se débarrasserait jamais de lui !

— C'est ma tante Persy, avoua-t-elle. Elle est malade, elle a besoin de moi.

— Où habite-t-elle ?

— Chez moi... avec mes autres tantes.

— Ah, vos *tantes* !

— Oui. Vous les méprisez sans doute, mais elles sont toute ma famille.

Désespérée, elle sentit des larmes brûlantes lui monter aux yeux et elle se détourna pour les lui dissimuler.

— Maintenant, laissez-moi reprendre ma route. J'ai perdu assez de temps.

Kern remit le cheval au trot.

— Restez tranquille, pour l'amour du Ciel. Je vous y emmène.

— C'est inutile !

— Cessez de discuter, ça ne sert rien.

Il n'aurait pas dû la croire, se dit Kern en guidant sa monture à travers un dédale de rues sombres. Isabel Darling était une aventurière, une chercheuse d'or. Cependant, même si elle était la plus immorale des créatures, il ne pouvait laisser une femme seule en ville au milieu de la nuit.

Il avait le cœur bien trop tendre. Un bref instant, il aurait juré voir des larmes dans les yeux d'Isabel. Des larmes !

C'était sa proximité qui lui jouait des tours. Bien qu'elle se tînt raide, il ne pouvait ignorer le contact de ses hanches contre lui. Si seulement pour une fois, une seule fois, il avait été capable d'oublier ses scrupules, de l'emporter dans une auberge pour lui faire l'amour avec passion, jusqu'à ce qu'elle cesse de hanter son corps et son esprit.

Mieux vaut céder à la passion que nier son existence.

Eh bien, il ne niait pas l'existence de la passion. Comment l'aurait-il pu, quand il avait les reins en feu ? Mais s'il laissait ses vils instincts diriger sa vie, il deviendrait semblable à son père.

Sa respiration s'accélérait, ses paumes étaient moites sous les gants de cuir... Il y avait trop longtemps qu'il n'avait goûté aux plaisirs de la chair, voilà tout. Il lui fallait une épouse, et vite. Il lui fallait la douce et charmante Helen.

Quand ils arrivèrent devant la paisible maison proche de Regent's Park, Kern avait l'impression d'écumer autant que sa monture. Il déposa Isabel à terre et la vit courir vers le porche avant même qu'il fût descendu à son tour. Elle ouvrit la porte et disparut à l'intérieur.

Kern fit quelques pas en caressant l'encolure de son cheval.

— Que penses-tu de ça, mon vieux ? lui dit-il. Elle a disparu sans un mot de remerciement !

Le rouan cligna des yeux et renifla avec sympathie.

— Elle imagine sans doute que nous allons l'attendre là, dans le froid, la moitié de la nuit. Comme si nous n'avions rien de mieux à faire !

Le cheval secoua sa crinière.

Kern attacha les rênes à la barrière de fer forgé.

— Ah, les femmes ! marmonna Kern. Tu as de la chance de ne pas connaître ce problème !

Cette fois, l'animal tapa du sabot.

Après une dernière caresse sur le cou de son compagnon, Kern alla frapper à la porte et se mit à marcher de long en large sous le porche jusqu'à ce que le battant s'entrouvre.

Une grande femme mince en déshabillé lui lança un regard hostile.

— Qui êtes-vous ?

— Je suis venu pour miss Darling.

— Vous n'êtes pas au courant ? Miss Darling est décédée.

Un instant, il fut paralysé d'horreur, puis il se ressaisit.

— Je parle de la jeune miss Darling.

— Elle est occupée.

La femme rousse s'apprêtait à lui claquer la porte au nez, mais Kern la bloqua du pied.

— C'est moi qui l'ai amenée ici. Laissez-moi entrer.

Elle obtempéra de mauvaise grâce. À la lumière de la chandelle, elle le contemplait comme si elle avait affaire au diable en personne.

— Ça ne va pas plaire à Minnie, grommela-t-elle. On ne reçoit pas de messieurs en goguette, ici.

Elle le prenait pour un libertin ? C'en était presque

comique, alors qu'il avait envie de hurler à la lune tellement il se sentait frustré.

— Vous êtes Diana, n'est-ce pas ?

— Qui vous a dit mon nom ?

La première fois qu'il était venu, la personne qu'il avait payée pour laisser la porte de service ouverte lui avait tout dit sur les pensionnaires de la maison.

— Peu importe. Allez prévenir miss Darling que lord Kern l'attend.

— Vous le lui direz vous-même. Elle est là-haut, rétorqua Diana avec un geste vers l'escalier. Mais ne faites pas de bruit, nous avons une malade.

Munie du chandelier, elle monta l'escalier avec un balancement exagéré des hanches.

Kern demeura au rez-de-chaussée. Il n'avait pas l'intention d'entrer dans la chambre d'une femme sans y avoir été invité. Encore que cela ne l'ait pas empêché, la fois précédente, de pénétrer dans le boudoir d'Isabel.

Malgré l'heure tardive, il se sentait énervé, trop plein d'énergie. Il entendait vaguement un murmure, mais personne ne se manifestait, aussi se contenta-t-il d'arpenter le petit salon, les poings sur les hanches.

La cheminée était nette de toute cendre et, malgré la pénombre, il constatait que la pièce était meublée avec un goût aussi détestable que le reste de la demeure. Statues de dieux et déesses à demi nus, tentures or et rose aux fenêtres, sièges groupés... pour des orgies ?

Il s'efforça de chasser l'image d'Isabel, la jupe remontée jusqu'à la taille tandis qu'il s'inclinerait devant elle et que ses jambes fines se noueraient autour de ses reins...

Avec un juron, il se laissa tomber dans un fauteuil, dénoua sa cravate. La pendule rythmait le temps et, de toute la force de sa volonté, il parvint à dominer ses désirs.

Il s'interdisait d'imaginer les plaisirs illicites qui étaient autorisés dans cette maison. Il allait se discipliner, se concentrer, ne plus penser à rien...

— Elle s'est enfin endormie, murmura Isabel.

Tante Persy avait soudain l'air d'une très vieille personne, avec ses joues creuses, ses paupières aux veines bleutées, son bonnet de nuit qui couvrait à demi une chevelure grisonnante. Sa respiration irrégulière soulevait à peine la couverture.

Minnie fit signe à Isabel de la suivre, et la jeune fille prit le chandelier ainsi qu'une tasse vide avant de venir la rejoindre sans bruit dans le corridor.

— C'est la première fois qu'elle prend un peu de repos depuis deux jours, la pauvre chérie. Et elle n'a cessé de te réclamer.

— Tu aurais dû m'envoyer chercher plus tôt, chuchota Isabel. Je serais venue tout de suite.

— Que tu quittes tes riches amis pour soigner une vieille prostituée ? J'ai cru que tu avais oublié celles qui t'avaient élevée.

— Bien sûr que non ! Je suis seulement partie depuis deux semaines.

Minnie prit la tasse et la posa sur un guéridon surmonté d'un tableau représentant Cupidon et Psyché.

— Hum ! Et pas une seule visite pendant tout ce temps. M'est avis que maintenant que tu as goûté à la belle vie, tu vas avoir des idées bien au-dessus de ta condition !

— Je veux trouver l'homme qui a tué ma mère. Je veux qu'il paye.

— C'est absurde ! Combien de fois faudra-t-il te le répéter ?

— Ce n'est pas absurde du tout. Tu l'as dit toi-même, tu as vu le meurtrier entrer dans la chambre de maman.

— J'ai vu un homme, c'est tout, et je ne te l'aurais certainement jamais dit si j'avais pu envisager que tu te mettrais aussitôt à pourchasser une ombre, protesta Minnie, fortement contrariée. À supposer qu'un de ces beaux messieurs ait en effet empoisonné ta mère, tu crois qu'il va avouer son crime bien gentiment juste parce que tu le lui demandes ? Il te tuera plutôt, oui !

Isabel réprima un frisson.

— Je dois découvrir la vérité, s'entêta-t-elle.

— Sainte Mère de Dieu, un peu de bon sens ! Aucune cour de justice ne t'accordera la moindre foi contre un homme de la haute société ! Et ne crois pas que tu pourras les tromper. Tu es la fille d'une catin, et ce n'est pas une robe élégante qui y changera quelque chose !

Les paroles de la brave femme frappèrent Isabel en plein cœur, et elle resta un moment incapable de répondre. Les réflexions de ce genre, elle s'y attendait de la part de lord Kern, mais certes pas dans la bouche de Minnie. Minnie qui venait si souvent la voir à la campagne quand Aurora était trop occupée à poursuivre ses propres rêves pour lui rendre visite. Elle s'efforça de ravaler son ressentiment. Elle ne pouvait en vouloir à sa vieille amie.

— Je sais qui je suis, tante Minnie, dit-elle enfin.

— Tu es sûre, chérie ?

Minnie la serra contre sa poitrine.

— Oh, pardonne-moi d'être brutale, mais je m'inquiète tant pour toi ! Je voudrais te protéger de toutes les cruautés du monde...

Isabel se dégagea doucement.

— Je suis une femme, à présent. Je peux me défendre toute seule.

— Tu crois ? Moi, je suis sûre que tu ferais mieux de rentrer ici, à la maison, soupira Minnie. J'ai réfléchi, au sujet de ces Mémoires. Si tu as juste l'intention de faire un peu de chantage, je fermerai les yeux. Après tout, nous aurions bien besoin d'argent pour acheter cette maison à la campagne... C'est la seule chance qu'ait Persy de recouvrer la santé.

Cette révélation pesait une tonne sur le cœur de la jeune fille.

— Je m'arrangerai pour trouver de l'argent, promit-elle. Mais d'abord, je dois démasquer l'assassin de maman.

— Tu es devenue aussi têtue qu'Aurora ! marmonna Minnie, mécontente. Maintenant, je suppose qu'il faut que tu rentres chez les Hathaway. Je vais aller chercher Diana pour qu'elle vienne veiller Persy.

— Non. Je... je reste encore un peu.

— Comme tu veux. Mais j'espère que nous te reverrons avant quinze jours !

Sur ce, Minnie s'éloigna dans le couloir sombre et disparut dans sa chambre.

Isabel avait envie de la rappeler, de s'excuser. Mais pourquoi ? Elle ne faisait rien de mal, elle exigeait seulement que justice soit rendue, elle refusait que le crime d'un aristocrate reste impuni. Puisque Trimble s'absentait, elle allait se concentrer sur lord Raymond Jeffries, le duc de Lynwood et un autre suspect possible.

Elle retourna dans la chambre, posa le chandelier sur la table de nuit et lissa sa robe de bal, tristement chiffonnée.

Tu es la fille d'une catin.

Kern non plus ne lui laissait pas oublier ses origines. Il l'avait accusée d'avoir un rendez-vous clandestin avec Mobrey. Malgré tout, quand il l'avait prise sur sa selle, elle avait eu tellement envie de ses mains sur elle, de sa bouche contre la sienne !

Le désir brûlait encore en elle, bien qu'elle refusât d'accepter que sa chair fût aussi faible que celle de sa mère. Heureusement que Kern était reparti chez lui !

Épuisée, Isabel s'effondra sur un tabouret au chevet de Persy qui dormait à présent paisiblement. Elle avait néanmoins de larges cernes sous les yeux et la chemise découvrait ses avant-bras décharnés. Lorsque Isabel était petite, tante Persy avait toujours quelques bonbons cachés dans sa poche pour elle. Ce souvenir lui fit monter les larmes aux yeux.

Très doucement, elle prit le pouls de la vieille femme. Il battait vite, comme le cœur d'un oiseau. La panique s'empara d'Isabel. Un an auparavant, sa mère était alitée, elle aussi, trop faible pour ouvrir les yeux.

Mais non, ce n'était pas pareil. Tante Persy n'avait pas été empoisonnée, elle souffrait d'une maladie inhérente à son métier, une maladie qui provoquait ce genre de crise.

Soudain, les doigts maigres se refermèrent sur ceux d'Isabel, et Persy poussa un très léger soupir, comme si la présence de la jeune fille la réconfortait.

Isabel soupira aussi et elle se pencha pour poser la tête sur la courtepointe. Elle était à la campagne quand sa mère était tombée malade, et elle avait failli arriver trop tard. Maintenant, elle priait Dieu qu'il ne fût pas trop tard pour tante Persy.

La pendule sonna cinq heures.

Kern cligna des yeux dans le noir. Il avait dû somnoler. Engourdi, gelé, il se leva et s'étira. Dans les bonnes maisons londoniennes, les domestiques n'allaient pas tarder à allumer les feux.

Bon sang ! Que faisait donc Isabel ?

Il demeura un moment au pied de l'escalier, la main posée sur la boule de cuivre, tenté de la laisser là. Elle trouverait bien son chemin pour rentrer chez Hathaway et elle n'aurait plus qu'à expliquer pourquoi elle arrivait au milieu de la journée encore vêtue de sa robe de bal !

Mais Helen en souffrirait. Et, malgré ses dures paroles de la veille, Kern aurait détesté qu'elle apprenne l'odieuse vérité au sujet de sa « cousine ».

Il fallait qu'Isabel parte d'ici, et tout de suite. Qu'elle le veuille ou non.

Il monta l'escalier sans bruit et, une fois dans le couloir, se dirigea vers la porte d'où filtrait un peu de lumière.

Une chandelle gouttait sur la table de nuit. Une vieille femme dormait dans un lit à colonnes, fragile, menue. Le drap bougeait imperceptiblement, sinon il l'aurait crue morte. Une main crochue s'accrochait à celle d'Isabel, qui dormait, elle aussi, la joue contre la couverture. Les yeux clos, la bouche entrouverte, les cheveux défaits, elle était totalement vulnérable, et Kern en ressentit une bouffée de tendresse tout à fait incongrue.

Il traversa la chambre, s'approcha d'elle, et effleura son épaule nue, délicieusement tiède. Du fond de son sommeil, elle eut un petit soupir heureux, et il la secoua plus rudement.

Ses cils battirent, elle s'étira langoureusement, comme pour trouver une position plus confortable, puis elle se tourna vers lui et ouvrit les yeux.

Les prunelles agrandies, elle était visiblement déconcertée par sa présence. Kern ne l'avait jamais vue sans son masque de défi et, malgré lui, il se pencha, irrésistiblement attiré vers elle. Au réveil, elle alliait l'innocence d'une enfant à la sensualité d'une femme, et il mourait d'envie de la prendre dans ses bras, de la couvrir de baisers.

— Il est l'heure de rentrer, marmonna-t-il.

— Chut ! Je ne peux pas laisser tante Persy.

— Vous n'avez pas le choix. À moins d'être prête à renoncer à vos charmants petits projets.

Elle dégagea doucement sa main de celle de la vieille dame. Il savait que l'argument ferait mouche. Isabel Darling tenait à ses intérêts ! Elle remonta les couvertures sur sa tante, et il se demanda, cynique, pourquoi elle se donnait la peine de jouer cette comédie de la compassion.

Elle lui montra la porte.

— Je reste encore un peu, chuchota-t-elle. Je serais descendue vous le dire plus tôt si j'avais su que vous attendiez, mais je vous croyais parti.

— Tout le monde se demandera où vous êtes ! protesta-t-il.

— Je trouverai bien une explication, répliqua-t-elle en se mordillant la lèvre. Je ne peux pas la laisser maintenant, sans savoir si le médecin va venir…

— De quoi souffre-t-elle ?

Elle leva le menton comme pour lui interdire d'émettre des commentaires désobligeants.

— La syphilis. Elle a des poussées de temps en temps.

— Je vois.

— Vraiment ? demanda Isabel, amère. C'est un gentleman qui l'a contaminée. Quelqu'un de votre monde si parfait. Et nous n'arrivons pas à faire venir ici un docteur digne de ce nom. Le seul qui accepte de nous rendre visite insistera pour la saigner, alors qu'elle est déjà terriblement faible !

— Je lui enverrai celui de mon père. Il n'y en a pas de meilleur dans toute l'Angleterre, déclara spontanément Kern.

Il regretta aussitôt ses paroles, mais déjà le visage d'Isabel s'éclairait d'une joie teintée d'incrédulité.

Elle prit ses deux mains dans les siennes avec ferveur.

— Vous feriez cela pour elle, Monseigneur ?

Pour vous, pensait-il. Pour vous.

Troublé, il se dégagea.

— Ne vous trompez pas sur mes intentions, dit-il froidement. Je veux que vous rentriez immédiatement chez Hathaway. Avant de provoquer un scandale.

5

Où était Kern ?

Inquiète pour Persy, Isabel offrit un sourire distrait au nouvel arrivant qui se dirigeait résolument vers elle à travers le salon bondé. C'était la fin de l'après-midi, et une quarantaine d'invités sirotaient leur thé en grignotant les petits fours proposés par des valets en livrée.

L'homme roux et maigre qui s'inclinait devant elle ne lui était pas inconnu mais, pour son plus grand désarroi, elle ne parvenait pas à retrouver son nom. Près de lui se tenait sa mère, imposante personne vêtue de chintz brun, qui semblait veiller sur son fils comme un chien de garde.

— Chère miss Darcy, quel plaisir de vous rencontrer de nouveau !

Il lui tendait un bouquet de lys noué par un ruban.

— Permettez-moi de vous offrir ce modeste présent.

— Je… je vous remercie… sir Woodbane, dit-elle, heureuse de s'être enfin rappelé son identité.

Comme elle faisait la révérence d'usage, la mère du jeune homme l'observait à travers son face-à-main.

— Nous avons seulement échangé quelques mots au bal, hier, dit-elle, et je suis fort curieuse d'en apprendre davantage sur votre passé. J'ai une cousine dans le Northumberland, or, je ne l'ai jamais entendue prononcer le nom de Darcy…

— Mon père n'aimait guère le monde, mentit Isabel avec aisance. Il passait son temps plongé dans ses chères études. Nous avions une fort importante bibliothèque, au château.

— Un château ? Dans quelle région du comté ?

— Au nord, loin de toute agglomération.

Isabel baissa modestement les yeux.

— Je suis affreusement rustique, je le crains. Je n'ai ni votre culture ni votre raffinement, madame, ajouta-t-elle.

— Au contraire, vous êtes charmante ! intervint le baron avec chaleur. Absolument délicieuse. Vous apportez une bouffée d'originalité à notre insipide société.

— Et la famille de votre mère ? insista la douairière. J'aimerais bien connaître ses origines.

S'ils savaient la vérité, ils se sauveraient en courant ! Un instant, Isabel eut la tentation de la leur révéler, juste pour le plaisir de voir leurs expressions scandalisées lorsqu'elle leur apprendrait que sa mère avait reçu quelques-uns des gentlemen les plus respectés de Londres, que l'un d'entre eux lui avait fait un enfant. Et que l'un d'entre eux l'avait tuée. Peut-être le même homme.

Helen s'approchait, ravissante dans sa robe de mousseline ivoire.

— Oh, ces lys sont magnifiques ! s'écria-t-elle en se penchant vers les fleurs pour en humer le parfum. J'avoue hésiter entre les roses et les lys, pour mon mariage. Ainsi qu'avec les gardénias. C'est une décision extrêmement difficile à prendre !

— Pourquoi ne pas les mélanger ? suggéra Isabel, soulagée par l'intervention d'Helen. Merci infiniment, monsieur, pour ces fleurs.

— Ce n'est qu'une piètre manière de vous témoigner ma vive admiration, miss Darcy. En acceptant cette danse, hier, vous avez fait de moi le plus heureux des hommes.

Sa mère eut un petit reniflement autoritaire, et il se tut aussitôt, le visage du même rouge brique que sa chevelure.

La vieille dame haussait un sourcil sévère en direction d'Isabel.

— Ces lys ont été cueillis dans ma serre, et il faut les mettre immédiatement dans l'eau, sinon ils vont se faner… À présent, Timothy, j'aimerais aller m'asseoir.

— Certainement, mère.

Après avoir lancé un regard ému en direction d'Isabel, il guida la douairière vers un groupe de dames d'âge mûr.

À peine se furent-ils éloignés qu'Helen chuchota à l'oreille d'Isabel :

— Woodbane est positivement fou de vous !

— Et sa mère est positivement terrifiante ! répliqua la jeune fille en tendant le bouquet à un serviteur qui alla l'installer dans un vase et le posa sur un guéridon. J'ai l'impression qu'elle ne m'apprécie guère.

— Elle n'apprécie aucune des jeunes femmes qui posent les yeux sur son précieux fils.

— Je n'ai dansé avec lui qu'une fois. Cela ne fait certes pas de moi une chercheuse de mari !

Isabel se garda bien d'ajouter qu'elle n'aimait pas du tout les vieilles personnes qui n'avaient rien de mieux à faire que de plonger dans le passé des autres !

— Ma foi, il a dix mille livres de rente, déclara légèrement Helen. Son grand-père a fait fortune dans le commerce. Nous devrions pouvoir trouver mieux. Venez, faisons le tour du salon.

Elle prit le bras d'Isabel et elles passèrent de groupe en groupe. Lorsqu'un jeune homme fit mine de se joindre à elles, Helen l'écarta avec un charmant sourire.

— Le vicomte Lipscomb, murmura-t-elle. Il ferait de vous une vicomtesse, mais il est bien trop petit, vous seriez ridicule à l'autel, près de lui.

Isabel étouffa un petit rire impertinent.

— Helen ! Je n'ai aucune envie de me marier !

— Sornettes ! Toutes les jeunes filles ont envie de trouver un mari convenable. Sinon, que ferions-nous ?

Devant le regard pétillant d'Helen, Isabel ne put retenir un affectueux sourire. Elle n'avait jamais eu de véritable amie. Au village où elle avait grandi, on se moquait d'elle à cause de ses origines, aussi s'était-elle vite réfugiée dans la solitude. Ici, au moins, au milieu de ces gens qui la prenaient pour une des leurs, elle se sentait à l'aise. Elle se serait bien vite habituée à cette existence confortable de visites chez la modiste, promenades au parc et bavardages du soir... s'il n'y avait pas l'inquiétude qui la taraudait au sujet de Persy. Elle avait hâte d'interroger Kern sur le verdict du médecin de son père.

— À propos de mariage, où est donc votre fiancé, aujourd'hui ?

Helen haussa les épaules.

— Oh, Justin n'aime pas beaucoup ce genre de réception. Il considère que c'est une perte de temps.

— Viendra-t-il dîner, alors ?

— En principe, oui. Mais, comme papa, il est souvent retenu au Parlement.

— Et votre oncle ? insista Isabel. A-t-il accepté votre invitation à souper, cette fois ?

Depuis quinze jours, le révérend Raymond Jeffries l'évitait comme la peste, et on ne l'avait pas vu chez les Hathaway.

Helen secoua ses boucles.

— Il a de nouveau refusé. Je ne comprends d'ailleurs pas pourquoi vous avez envie de le voir. Il est affreusement ennuyeux, avec ses sermons sur la vie spirituelle qui me donnent envie de dormir.

— J'ai vu en effet que vous fermiez les yeux à l'église, dimanche, pendant le prêche.

— Vraiment ? J'espérais que personne ne l'avait remarqué !

Elle s'interrompit, puis éclata de rire.

— Oh, vous plaisantiez ! Mais soyez un peu sérieuse, voulez-vous ? Nous sommes censées vous chercher un soupirant digne de ce nom. N'est-ce pas passionnant ? ajouta-t-elle. Je suis sûre que tous les jeunes gens qui vous ont invitée à danser hier soir sont venus aujourd'hui pour vous revoir.

Sauf un, pensa Isabel tandis qu'elles continuaient à se promener dans le grand salon. Aucun de ces jeunes aristocrates n'avait connu Aurora Darling, et elle ne pouvait avancer dans son enquête.

—J'ai joué aux cartes avec sir John Trimble, objecta-t-elle, et il n'est pas là.

Helen fronça les sourcils.

—Sir John… ? Je ne pense pas le connaître.

—Il sort sans doute assez peu, car il souffre de la goutte.

—Mon Dieu, il doit avoir à peu près l'âge de mon père, dans ce cas. Vous n'allez tout de même pas vous intéresser à lui !

—J'ai toujours eu un faible pour les hommes mûrs, mentit Isabel, sachant que l'excuse lui resservirait dans les semaines à venir. Ils sont plus posés, moins portés vers le jeu et les folies.

—Comme Justin. C'est un parangon de sagesse.

La comparaison surprit Isabel.

—Lord Kern n'est pas vieux ! Il n'a sûrement pas plus de trente ans.

—Vingt-huit. Je suppose que je l'ai toujours considéré comme un frère aîné. Il est si gentil, si affectueux, sans cesse prêt à me remettre dans le droit chemin dès que je m'en écarte…

Elle soupira, ralentit l'allure.

—J'ai un aveu à vous faire, ma chère cousine, mais jurez-moi que vous n'en soufflerez mot à personne.

—Promis.

Helen se pencha pour murmurer à l'oreille d'Isabel :

—Parfois, il m'arrive de rêver d'aventuriers. Pas un des hommes qui se trouvent ici, mais des héros de légende. Ô, être enlevée par un superbe pirate ! Ou emportée sur le cheval d'un bandit de grand chemin !

Isabel se mordit la lèvre. La nuit précédente, elle avait été emportée par un homme vêtu de noir. Qui était le fiancé d'Helen.

Vous ne connaissez pas le véritable lord Kern. Il est sombre, dangereux, aussi hardi qu'un pirate.

Une bouffée de honte lui serra le cœur. Comment pouvait-elle désirer le futur mari de son amie ? C'était stupéfiant, déloyal, honteux ! Et pourtant... Elle l'avait bel et bien désiré quand il l'avait enlevée sur son cheval, elle avait dû lutter contre la même pulsion lorsqu'il l'avait raccompagnée à l'aube.

Un simple moment d'égarement, sans doute, une pure réaction physique. À la lumière du jour, il lui semblait impossible d'avoir envie d'un homme qui la méprisait !

— Être kidnappé n'est sûrement pas aussi romantique que vous l'imaginez, dit-elle. Un bandit de grand chemin se montrerait grossier, brutal, et à mon avis vous le détesteriez au lieu de tomber follement amoureuse !

Helen soupira de nouveau.

— Chère Isabel, toujours si réaliste ! Mais ne croyez surtout pas que je m'ennuie avec Justin. Nous sommes fiancés depuis l'enfance, il est charmant, il est beau, et je l'aime énormément.

Elles arrivaient dans le hall quand Helen changea brusquement de conversation.

— Hé, vous avez vu ?

— Quoi ?

— Là, dans le coin, M. Charles Mobrey qui ne vous quitte pas des yeux.

En effet, Mobrey se tenait tout seul, avec sa cravate empesée qui remontait sous son menton fuyant, ses cheveux filasse encadrant un visage maussade. Il était arrivé le premier, avait offert à Isabel un bouquet de violettes et avait déclamé un long poème ennuyeux destiné à louer sa beauté.

— Ah, dit-elle, c'est l'homme qui compare ma bouche à des cerises mûres et mes yeux à des crottes en chocolat !

Helen pouffa.

— Cela prouve combien il s'est entiché de vous. À mon avis, il ne tardera pas à faire sa demande.

— De quelle demande s'agit-il ? demanda derrière elles une voix grave.

Isabel fit volte-face et son cœur s'affola quand elle vit lord Kern, plus beau que jamais. La longue veste à basques bordeaux mettait en valeur ses larges épaules et l'élégance de sa cravate blanche. Personne n'aurait pu supposer que quelques heures auparavant il l'avait enlevée sur le dos de son cheval et serrée contre lui comme un amant.

— Justin ! s'écria Helen en lui offrant sa main à baiser. Quelle merveilleuse surprise ! Vous n'êtes donc pas au Parlement ?

— Je ne pouvais rester plus longtemps loin de vous, répondit-il galamment avant de se tourner vers Isabel. En outre, je pensais que miss Darcy avait peut-être besoin que l'on veille sur elle.

Je n'ai pas l'intention de vous quitter une seconde des yeux.

Devinait-il qu'elle éprouvait pour lui de l'attirance ? En tout cas, une chose était sûre, il n'éprouvait rien pour elle.

— Quelle délicate attention, dit Helen en souriant. Mais cette pièce est pleine de jeunes gens prêts à se battre pour un sourire de ma cousine.

— Je vois... Maintenant de quelle demande parliez-vous ?

— Rien du tout, répondit vivement Isabel. Juste un bavardage sans intérêt.

— Et prématuré, ajouta Helen avec un clin d'œil à Isabel avant de prendre son fiancé par le bras. Ô

Justin, je suis si heureuse que vous soyez venu ! J'avais besoin de votre avis sur une question primordiale.

Il jeta un coup d'œil soupçonneux à Isabel avant de revenir à Helen.

— Un ennui ?

— C'est le plus cruel des dilemmes, et vous m'aiderez peut-être à le résoudre. Préférez-vous des lys ou des roses pour décorer l'église le jour de notre mariage ? Isabel suggère que nous mélangions les fleurs, ce qui est une excellente idée, mais je voudrais avoir votre opinion sur le sujet.

— Je suis certain que votre choix sera le meilleur. J'ai confiance en votre bon goût, dit-il en lui tapotant la main.

Il souriait avec une chaleur qui lui était totalement étrangère, et, à les regarder, lui le prince sombre et elle la fragile princesse blonde, Isabel se sentit exclue. Ils étaient nés dans cet univers privilégié alors qu'elle faisait semblant de lui appartenir. Que cela lui plaise ou non, il faudrait bien qu'elle retourne à son ancienne vie.

Tu es la fille d'une catin.

Surtout qu'elle ne se prenne pas au jeu, qu'elle ne se berce pas d'illusions ! Elle devait à tout prix se rappeler sa mission : trouver l'assassin de sa mère. Or, le père de Kern était en tête sur la liste des suspects.

— Comment se porte Sa Grâce le duc de Lynwood ? demanda-t-elle avec détermination.

Toute chaleur disparue, Kern répondit, hautain :

— Assez bien. Et vous, passez-vous un bon moment à recevoir tous vos admirateurs ?

— Ma cousine en a plus que n'importe quelle autre jeune fille, déclara Helen, toute fière. N'est-ce pas merveilleux, Justin ? Elle a un succès fou ! Nous avons reçu des tonnes d'invitations à des bals, des soirées, des dîners…

— Merveilleux, en effet, coupa-t-il froidement.

— Puis-je vous demander, insista Isabel, pourquoi nous ne sommes jamais invitées chez vous, Monseigneur ? Si votre père va mieux, n'est-il pas mal élevé que nous n'allions pas le saluer ? À mieux y penser, il me semble que ma mère l'a connu, autrefois, et j'aimerais beaucoup le rencontrer.

— Vous ne m'aviez jamais dit ça ! s'écria Helen, aux anges. Comme le monde est petit !

— Nous sommes en train de vous accaparer, ma chérie, décréta Kern d'un ton aimable mais ferme. Occupez-vous de vos hôtes, je tiendrai compagnie à votre cousine.

— Comme vous voudrez.

Helen serra la main d'Isabel dans les siennes.

— J'aimerais tellement que vous deveniez amis, tous les deux, ajouta-t-elle avant de s'éloigner en souriant vers ses invités.

Sans se soucier des regards curieux qui les accompagnaient, Kern attira Isabel dans un coin désert, près du pianoforte. Là, il la lâcha brusquement, et lui déclara à voix basse :

— Je vois clair dans votre jeu, miss Darling.

— Je ne joue pas, Monseigneur. Les jeux sont bons pour les oisifs.

— Vous voulez tourmenter mon père au sujet des Mémoires de votre mère. Vous espérez toujours lui soutirer de l'argent, mais je ne le permettrai pas.

Le menton haut, elle posa enfin la question qui lui tenait tant à cœur.

— J'aimerais parler au médecin du duc. L'avez-vous envoyé examiner tante Persy ?

— Oui.

— Alors ? Qu'a-t-il dit ? Comment va-t-elle ?

— Aussi bien que possible vu les circonstances. Le docteur Sadler a été étonné par la sévérité soudaine de la crise. Il en a conclu qu'elle n'est pas très robuste.

— Elle l'était, naguère. A-t-il prescrit des médicaments ?

— De la morphine pour atténuer la douleur. Et il doit retourner la voir demain. Je crains qu'il n'y ait rien d'autre à faire que d'attendre une amélioration.

Bien qu'il n'éprouvât guère de respect pour Isabel Darling, Kern détestait être porteur de mauvaises nouvelles. Mince, ravissante dans sa robe vert amande, elle s'appuyait au piano comme si elle ne pouvait tenir debout sans soutien. Elle se mordillait la lèvre, et il sentit une dangereuse pulsion s'emparer de lui, une envie de la consoler... Il n'aimait pas du tout imaginer qu'elle pût s'inquiéter de quelqu'un d'autre que de sa petite personne. Il était beaucoup plus simple de la considérer comme une aventurière qui s'adonnait au chantage.

— Souriez, miss Darling, souffla-t-il, sinon les gens vont croire que nous nous disputons.

Elle se redressa, le dos bien droit, et parvint à esquisser un sourire.

— Excusez-moi de vous ennuyer en montrant mon inquiétude. Maintenant, si vous voulez bien me communiquer l'adresse de votre médecin, je lui enverrai ses honoraires.

— Ce problème est déjà réglé, dit-il sèchement.

— Je ne veux pas de votre charité !

— Alors considérez-le comme un cadeau à ma future belle-cousine.

Elle plissa les yeux.

— Vous refusez que je contacte le docteur Sadler, c'est ça ? Vous craignez que je ne lui pose des questions sur le duc ?

— Laissez mon père en dehors de tout cela.

— Alors dites-moi de quoi il souffre. La syphilis, comme tante Persy ? C'est pour ça que vous avez suggéré que son médecin la soigne ?

— Non !

Kern prit de profondes inspirations pour se calmer. Seuls lui et quelques fidèles serviteurs savaient que le duc était atteint de crises de démence passagères. Il se pencha pour lui parler à l'oreille.

— Écoutez-moi, miss Darling. Écoutez-moi bien...

Une voix perçante l'interrompit.

— Qu'est-ce que vous mijotez, tous les deux ? s'écriait une grosse dame, calée dans un fauteuil doré à quelques mètres de là. Vous vous comportez comme des conspirateurs, miss Darcy et vous, lord Kern.

Lady Woodbane, cette vieille chipie ! Derrière elle se tenait son fils, qui couvait Isabel d'un regard adorateur.

— Ah, vous allez gâcher ma surprise ! répondit Kern. Miss Darcy me donnait une idée pour le cadeau de mariage que je vais faire à ma fiancée.

Non loin de là, il vit Helen rougir de plaisir en joignant les mains sur sa poitrine. Elle était charmante, excitée comme une petite fille ! Elle ne méritait certes pas qu'on lui mente, et il se promit de lui faire le plus beau cadeau de mariage qu'on pût imaginer.

— Pardonnez mon indiscrétion, dit la baronne. Je voulais seulement vous demander si miss Darcy accepterait de se mettre au piano pour nous ?

Kern recula afin de permettre à Isabel l'accès au tabouret, mais elle ne bougeait pas, soudain très pâle.

— Je regrette, je ne sais pas jouer, dit-elle.

— Vous ne savez pas ? s'étonna la vieille dame. Allons donc ! Pas d'excès de modestie. Toutes les dames jouent du piano et chantent.

— Je suis désolée, madame, je n'ai jamais appris. Mes parents considéraient que ce n'était pas indispensable.

— Quelle curieuse éducation ! s'écria la douairière en jetant un regard significatif à son fils. Bien étrange, en vérité.

— Moins étrange que celle des gens qui n'ont jamais appris les bonnes manières, intervint Kern. Helen, voulez-vous jouer pour nous ? demanda-t-il à sa fiancée qui venait les rejoindre.

Lady Woodbane, déconcertée, se demandait si elle venait de se faire remettre à sa place, tandis qu'Isabel se tenait la tête haute.

Helen s'assit au piano.

Pourquoi Kern avait-il volé au secours d'Isabel ? Il n'y comprenait rien et il s'irritait de cette attirance qui l'avait irrésistiblement poussé à prendre sa défense. Elle était tout aussi capable de souiller son honneur que de le remercier.

Comme les premières notes s'élevaient, égayant l'atmosphère, Kern se pencha vers Isabel.

— Comme je vous le disais, je vous interdis d'entrer en contact avec mon père.

— Vous me l'interdisez ? répéta-t-elle dans un battement de cils. Quel drôle de vocabulaire, Monseigneur, de la part d'un homme qui n'a aucun droit sur moi.

Il serra les dents.

— Quoi qu'il en soit, si je vous trouve près de Lynwood, vous le paierez, et au centuple !

Le plus ardent de mes amants était Jupiter.

Contrairement à ces messieurs plus prudents, il n'était pas homme à prendre son plaisir dans l'inti-

mité de ma chambre puis à partir sous le couvert de la nuit. Parfois, il aimait que nous nous aventurions au cœur de la bonne société, et je m'amusais fort de ses petites plaisanteries destinées à ceux qui jettent l'anathème sur les femmes de ma condition.

L'une de ces escapades mémorables eut lieu à l'Opéra, dans la très confortable loge du duc. Là, dans l'ombre projetée par les feux de la rampe en dessous de nous, le duc a soulevé ma robe et m'a procuré bien du plaisir, sur le fond musical d'un robuste ténor et d'une ravissante soprano.

Ensuite, je me suis occupée de lui, et nous avons ainsi passé une heure délicieuse. Personne n'aurait pu soupçonner que nous nous livrions à des amusements libertins, car le duc et moi feignions le plus grand intérêt pour le spectacle, alors que nos mains caressaient les régions adorées de Cupidon.

Nous nous sommes aimés dans des lieux aussi divers qu'une pelouse de St. James's Park par une nuit de pleine lune, la cabine d'essayage d'une modiste collet monté de Bond Street au beau milieu de l'après-midi. Une fois, il a même soudoyé un Suisse de l'abbaye de Westminster, et ce récit serait incomplet si je ne racontais pas comment nous avons pris notre plaisir sur la tombe de la Reine Vierge…

Les Confessions d'une fille de joie

6

—Vous êtes certaine que Justin approuvera? demanda Helen comme le carrosse d'Hathaway s'engageait dans Mayfair.

Nerveuse, Isabel parvint néanmoins à sourire.

— Il est toujours heureux de vous voir, prétendit-elle. N'aimeriez-vous pas qu'il vous rende visite à l'improviste ?

— Si, bien sûr que si ! Mais lui n'aime guère les surprises. Il préfère que tout soit bien organisé. Il a même fixé la date de notre mariage un an à l'avance !

— Alors, ça lui fera du bien de découvrir les joies de la spontanéité.

— Peut-être... Oui, vous avez raison ! décréta Helen, soudain déterminée. Il faut qu'il apprenne à éviter les emplois du temps trop stricts et à profiter de l'instant présent.

— Sa Seigneurie n'aime guère les dames impulsives, intervint miss Gilbert de sa voix haut perchée. Une jeune femme se doit d'être posée, et ne se rend pas quelque part sans y avoir été invitée.

La gouvernante se tenait face aux deux jeunes filles, enveloppée dans une triste cape brune, et portait sans cesse un mouchoir à ses lèvres décolorées.

— Ne vous inquiétez pas, Gillie, la rassura Helen en se penchant pour lui tapoter la main. Ma cousine a raison, Justin sera heureux de nous voir. C'est une excellente occasion pour reprendre la liste des invités au mariage. Nous allons nous mettre bientôt aux enveloppes, afin d'être sûres que les cartons arriveront en temps utile.

Comme la conversation roulait sur les préparatifs de cet important événement, Isabel se concentra sur un problème plus urgent. Depuis deux jours, Kern ne les quittait pas d'une semelle. Il les accompagnait à des thés, à des dîners, à des concerts. Il la regardait toujours de travers, bien qu'il se montrât courtois en présence d'Helen. Isabel se rappelait avec émotion le moment où il avait pris sa défense devant la baronne... Mais c'était uniquement parce qu'ils se trouvaient en public. En privé, c'était une tout autre affaire.

Je n'ai pas l'intention de vous quitter une seconde des yeux.

Isabel joua distraitement avec le ruban bleu de sa capote. Helen l'ignorait, mais, ce jour-là, Kern avait un rendez-vous au Parlement. Isabel était restée éveillée la moitié de la nuit à tenter de trouver un moyen de s'entretenir avec le duc de Lynwood. Impossible de s'échapper durant la journée, les jeunes femmes ne se promenaient pas seules dans Londres. Et même si elle parvenait à se sauver et à pénétrer clandestinement chez Lynwood, un domestique ne tarderait pas à la remarquer. Or, elle n'arrivait pas à inventer une raison plausible pour franchir la porte du duc, et moins encore pour pénétrer dans ses appartements privés. Finalement, elle s'était décidée pour l'action directe et avait persuadé Helen d'aller rendre visite à son fiancé.

Le carrosse s'engagea dans l'allée qui menait à Lynwood House et, quand elle mit pied à terre, Isabel retint son souffle tant elle était impressionnée par l'immensité de la résidence. C'était un véritable château avec de hautes fenêtres, d'imposants chapiteaux, de lourdes colonnes.

— Vous allez bientôt vivre ici, murmura-t-elle à Helen tandis qu'elles montaient le vaste escalier, miss Gilbert sur leurs talons. Cela vous plaît ?

Helen soupira.

— Oui, mais papa me manquera énormément. Le vieux duc est plutôt terrifiant.

— Vraiment ?

— Quand j'étais petite, chuchota Helen, il avait l'habitude de me pincer la joue et de me taper sur l'arrière-train. Et lorsque je voulais me cacher, il éclatait d'un rire énorme. Je n'apprécie guère l'idée de vivre sous le même toit que lui, bien que Justin m'affirme qu'il ne quitte plus ses appartements.

— Quand est-il tombé malade ?

— À l'automne dernier. Il a eu une crise d'apoplexie, et n'a reçu personne depuis six mois.

Isabel crispa les poings. Cela voulait dire que ce noceur était encore en pleine santé lorsque Aurora était morte...

Un jeune valet de pied en perruque leur ouvrit la porte.

— Madame, dit-il, surpris, je crains que lord Kern n'ait dû sortir.

— Sortir ? s'écria Helen avec une moue de désappointement. Quand rentre-t-il ?

— Sa Seigneurie ne l'a pas dit. Il n'a d'ailleurs laissé aucune instruction, hormis...

— Oui ?

— Il a dit que miss Darcy et vous ne deviez sous aucun prétexte l'attendre ici.

Helen fronça les sourcils.

— Quel étrange message ! Il ne nous attendait pas.

Isabel ne comprenait que trop bien. Kern l'avait devinée, et il avait été plus malin qu'elle. *Si je vous trouve près de Lynwood, vous le paierez, et au centuple !*

Pourtant, elle n'allait pas renoncer sans se battre.

— Vous avez certainement mal compris, dit-elle. Lady Helen sera bientôt l'épouse de lord Kern, jamais il ne lui interdirait sa porte.

Prenant Helen par le bras sans se soucier du claquement de langue désapprobateur de miss Gilbert, elle passa devant le jeune homme sidéré. Elles se retrouvèrent dans un immense hall à l'élégance discrète éclairé par un dôme vitré.

— Il ne faut jamais se laisser maltraiter par les domestiques, murmura Isabel à l'oreille de son amie. Où se trouve le salon ?

— À l'étage, répondit Helen en se dirigeant vers le grand escalier à la rampe blanc et or. Vous êtes merveilleuse, cousine, ajouta-t-elle. Moi, je serais partie sans discuter.

— Mon Dieu, mon Dieu ! gémissait miss Gilbert en triturant son mouchoir. Lord Kern sera furieux, et il me reprochera votre comportement indiscipliné.

— Certainement pas, Gillie, répliqua Helen qui montait déjà les marches de marbre. Il n'est pas votre employeur. En outre, je suis une adulte, à présent. Vous êtes mon amie, ma dame de compagnie, mais j'ai passé l'âge d'obéir à une gouvernante.

— Ou à un homme, renchérit Isabel, bien décidée à ce que Kern ne dicte pas sa conduite à la douce Helen. Une femme devrait exercer son libre arbitre, au lieu de suivre les directives qu'on lui impose.

— C'est très juste, et je le dirai à Justin dès qu'il arrivera.

— Peut-être pas tout de suite, conseilla Isabel. Il est parfois bon de laisser les hommes croire qu'ils sont les plus forts. Même si ce n'est pas le cas.

— Oh, je vois... Vous êtes tellement fine ! Comment êtes-vous arrivée à en connaître autant sur la vie ?

— Par la lecture et l'étude de l'âme humaine.

Afin de changer de sujet, Isabel s'écria :

— Oh, quelle jolie pièce ! Je parie que ce sera votre préférée quand vous serez mariée.

Le salon aux tentures de soie jaune rayonnait de gaieté. Des fauteuils entouraient des guéridons octogonaux couverts de bibelots, la cheminée de marbre blanc était flanquée d'un délicat secrétaire en bois de rose, et les hautes fenêtres offraient une vue à couper le souffle sur les allées cavalières de Hyde Park.

Helen commanda du thé et remit leurs châles à un serviteur, tandis qu'Isabel s'imprégnait de l'atmosphère de la pièce avec son odeur de cire, et le crépitement du feu dans l'âtre. Un instant, elle envia Helen qui bientôt pourrait venir lire dans ce salon, ou encore admirer la vue sur le parc... Mais elle serait en même temps sous la férule de lord Kern. Isabel frissonna.

Trop nerveuse pour s'asseoir près de sa compagne, elle essayait de trouver une excuse pour s'absenter un moment. Avec un peu de chance, il ne lui faudrait pas plus d'un quart d'heure pour mener son projet à bien.

La main pressée sur ses reins, elle s'approcha d'Helen.

— Je suis désolée, il faut que je me retire un instant.

Helen bondit sur ses pieds.

— Que vous arrive-t-il ? Vous êtes malade ? Dans ce cas, rentrons immédiatement à la maison.

Isabel baissa les yeux, pudique.

— C'est très urgent, murmura-t-elle. Je suis indisposée.

— Oh, ma pauvre ! Je vais sonner un valet.

Elle allait joindre le geste la parole, mais Isabel la retint.

— Non, je vous en prie. Je serais gênée de demander de l'aide à un homme. Je préfère chercher une femme de chambre.

— Bien sûr. Gillie, accompagnez ma cousine.

Isabel fit signe à la gouvernante de ne pas bouger.

— Buvez tranquillement votre thé, toutes les deux. J'insiste. Je suis parfaitement capable de me débrouiller seule.

Elle sortit vivement afin de couper court à toute objection. Elle la tenait enfin, sa chance, et elle avait bien l'intention de ne pas la laisser passer !

Si je vous trouve près de Lynwood, vous le paierez, et au centuple !

Relevant sa jupe bleu marine, elle grimpa vivement au deuxième étage. Que Kern aille au diable ! Il allait pester, tempêter, et après ?

— La prostitution est le fléau de notre société ! s'exclamait M. Bertrand Sweeney qui avait abordé Kern à la sortie de la Chambre des communes afin d'obtenir son soutien pour un nouveau projet de loi. On ne peut pas traverser le Strand sans être interpellé par une catin qui offre ses charmes contre quelques verres d'alcool. Il y a des milliers de maisons de plaisir, dans notre capitale. Il faut absolument les fermer, afin de préserver l'intégrité de notre grand pays.

Deux semaines plus tôt, Kern aurait applaudi des deux mains, mais à présent il ne pouvait s'empêcher de penser à la malheureuse Perséphone et à l'affreuse maladie contractée en exerçant son métier.

— Et que deviendraient ces femmes ? Comment gagneraient-elles de quoi subsister ?

— Cela ne nous regarde pas, mon ami, déclara Sweeney en assenant une claque dans le dos de Kern comme s'ils étaient de vieux camarades. Laissons-les donc se vautrer dans le ruisseau, c'est tout ce qu'elles méritent.

— Je ne saurais approuver une proposition qui aurait pour conséquence d'augmenter la foule des indigents déjà trop nombreux dans notre capitale.

Sweeney en restait bouche bée.

— Comment ? Vous devriez, vous et vos amis de la Chambre des lords, me soutenir activement ! Votre père, le duc, est un viveur notoire, et...

— Plus un mot, coupa Kern, glacial. Notre cité a besoin d'une police renforcée pour faire respecter les lois existantes. Montrez-moi un projet qui aille dans ce sens, et je le signerai volontiers. Au revoir, monsieur.

Laissant derrière lui un Sweeney écumant de rage, Kern se dirigea vers la porte principale, ses pas résonnant sur le sol de pierre.

Cette désagréable conversation l'avait irrité au plus haut point et, après une matinée passée à écouter des discours ampoulés, il était tenté d'abandonner la vie politique. Il avait envie de grimper en haut des collines de sa maison d'enfance, dans le Derbyshire, de respirer l'air pur de la campagne, d'échapper aux problèmes de la ville pour se concentrer sur les affaires de ses domaines. Le mariage n'aurait lieu que dans six semaines, et Helen ne lui reprocherait sûrement pas de s'absenter quelque temps. Peut-être ainsi arriverait-il à se débarrasser de cette tension qui ne le quittait pas.

Mais une chose, ou plutôt quelqu'un, le retenait à Londres.

Isabel Darling.

Helen et elle avaient prévu de passer la journée à choisir le trousseau de la jeune fille, et elle avait déclaré en riant qu'il n'était pas convenable que son fiancé les accompagne. Kern avait accueilli cette décision avec soulagement, car il n'aimait guère ce genre d'expédition dans les boutiques. En outre, Isabel ne pouvait rien faire de mal, pendant ce temps.

À moins que…

Elle rencontrerait peut-être cet imbécile de Mobrey. Alors ses yeux se feraient de velours, ses lèvres pleines s'illumineraient d'un sourire, elle ondulerait des hanches, elle le provoquerait, elle le séduirait…

Kern serra les poings. Il ne laisserait certainement pas Isabel Darling faire un mariage respectable. Jamais !

Et puis il y avait le danger que représentaient les Mémoires de sa mère. Pour l'instant, Isabel ne pouvait les publier sans mettre un terme à sa comédie.

Kern savait qu'elle n'hésiterait pas à recourir au chantage si elle en avait l'occasion, aussi avait-il donné ses instructions le matin même à son majordome. Alors pourquoi était-il inquiet ?

Il trouva au-dehors son élégante voiture noire attelée de deux chevaux gris pommelés. Un valet se précipita pour lui ouvrir la portière qui portait ses armes.

— À la maison ! ordonna-t-il au cocher.

Isabel jeta un coup d'œil par-dessus son épaule. Dans le long couloir, elle ne vit qu'une servante qui croulait sous une pile de draps et se dirigeait en sens inverse. Un silence de mort régnait à l'étage.

Isabel ôta sa capote, s'en noua les rubans au bras et colla son oreille à une porte blanche. À l'intérieur, elle perçut une voix coléreuse bien qu'elle ne comprît pas les mots. Le duc ?

Il n'y avait qu'un moyen de l'apprendre.

D'une main un peu tremblante, elle tourna la poignée dorée pour se trouver dans un salon sombre où flottait une odeur de médicaments. La voix venait de la pièce adjacente, et elle se dirigea sur la pointe des pieds vers la porte restée ouverte.

Des bûches brûlaient dans la cheminée de marbre vert. La chambre était luxueusement meublée d'ottomanes, de fauteuils, ornée de tableaux, et dominée par un imposant lit à colonnes drapé de velours bronze portant les armoiries du duc.

Un valet en livrée tentait de faire avaler une gorgée de potion à un vieillard alité. D'un geste brutal, le duc repoussa la cuiller, et le liquide sirupeux alla tacher le mur tandis que l'ustensile tombait des mains du domestique.

— Fiche le camp, chien galeux ! Tu veux m'empoisonner, hein ? Va chercher mes pistolets de duel, et bats-toi comme un homme !

Empoisonner ? Si le duc soupçonnait les autres de ce crime, n'était-ce pas une manifestation de sa mauvaise conscience ?

— Le docteur Sadler affirme que ce remède vous fera du bien, Votre Grâce, insista le valet qui ramassa la cuiller et prit une fiole sur la table de nuit.

Cette fois le duc ouvrit la bouche, mais il recracha aussitôt le sirop au visage du serviteur.

L'homme recula, s'essuya les yeux d'un revers de manche. Des taches brunes maculaient sa livrée bleu clair et son jabot de dentelle blanche.

Le duc éclata d'un rire mauvais.

— Tu crois que tu auras raison de Lynwood ? Ça t'apprendra à me garder prisonnier de ce satané lit.

Isabel saisit sa chance. Elle se précipita vers les deux hommes.

— Vous devriez aller vous changer, lui dit-elle. Je veillerai Sa Grâce jusqu'à votre retour.

L'homme se retourna d'un bloc, surpris.

— Aucun étranger ne doit pénétrer ici, miss.

— Tout va bien. Je suis une amie de la famille, la cousine de lady Helen Jeffries.

— Cousine, hein ? intervint le duc, en tapotant le lit. Assieds-toi, ma belle.

— On ne m'avait pas annoncé de visiteur, dit le domestique. Désolé, miss, mais je vais sonner pour demander qu'on vienne me remplacer.

— Comme vous voudrez, dit-elle. Ainsi tout le personnel saura que vous n'êtes pas compétent, que vous êtes incapable de vous occuper correctement de Sa Grâce.

Le valet hésita, la main sur le cordon rouge, et elle prit son air le plus sévère pour ajouter :

— Allons, dépêchez-vous ! Avec un peu de chance, vous n'en aurez que pour deux ou trois minutes.

— File, rat pestilentiel, renchérit le duc, qui se redressa contre les oreillers. Tu ne l'auras pas, elle est à moi !

Il saisit une tasse d'argent sur la table de chevet et la lança à la tête du laquais.

Celui-ci réussit à la rattraper au vol, mais le liquide trempa sa veste. Après un coup d'œil inquiet à Isabel, il quitta la chambre en claquant bruyamment la porte derrière lui.

Isabel était seule avec le duc de Lynwood.

Il était âgé, revêche, le visage couperosé, stigmates de la vie dissolue qu'il avait menée. Il portait une volumineuse chemise de nuit à poignets de dentelle dont le col ouvert révélait la toison grise de sa poitrine. Des boucles blanches ébouriffées encadraient un visage qui avait dû être beau. Elle remarqua également ses yeux verts à l'expression rusée.

Les yeux de Kern.

Mais cet homme ne possédait rien du sens de l'honneur inébranlable de son fils. Et cet immonde noceur avait été proche d'Aurora ! Isabel en avait la nausée. Bien qu'elle eût adoré sa mère, jamais elle ne pourrait mener une vie aussi frivole, remettre son bonheur entre les mains d'un homme qui refuserait de l'épouser, qui se considérerait supérieur à elle par la simple vertu de sa naissance.

— Ne reste pas plantée là, dit le duc. Approche-toi, laisse-moi te regarder un peu mieux.

Isabel avança d'un pas.

— Je suis venue vous poser quelques questions, Votre Grâce.

— Foutaises ! C'est moi qui pose les questions. Est-ce que c'est toi que j'ai envoyé chercher ?

— Chercher ?

— Peu importe... Dis-moi seulement ton nom.

— Isabel, répondit-elle en l'observant attentivement. Isabel Darling.

Il eut un petit rire graveleux.

— Alors viens, *darling*. Viens ici, ma belle garce.

Du doigt, il lui faisait signe d'approcher davantage. Elle en avait la chair de poule.

— Vous avez mal compris, mon nom de famille est Darling. Je suis la fille d'Aurora Darling.

Il cligna des yeux, un peu perdu.

— Aurora ? Aurora Darling ? répéta-t-il.

— Elle vous appelait Jupiter. Elle parle de vous dans ses Mémoires.

Il eut une moue dédaigneuse.

— Je me rappelle, maintenant. Cette effrontée a écrit des choses sur moi sans mon consentement. Et quand je lui ai dit d'arrêter, elle m'a chassé, comme un garçon d'écurie.

La rancœur qui déformait ses traits frappa Isabel. Était-ce lui, cet invalide à demi fou, l'assassin de sa mère ?

Elle choisit ses mots avec le plus grand soin.

— Vous deviez être furieux, en effet. Que faites-vous aux femmes qui vous irritent ?

— Je sais comment mater les fortes têtes, dit-il avec un mauvais sourire. Approche et je te montrerai.

Isabel demeura au pied du lit.

— Vous avez rendu visite à Aurora environ un mois avant sa mort, au printemps dernier. Y êtes-vous retourné ensuite ?

— Sa mort ? Qu'est-ce que c'est que ces fariboles ?

— Vous ne pouvez l'ignorer, elle est tombée gravement malade quelques jours après votre visite.

Isabel avait la gorge serrée, et sa voix n'était plus qu'un murmure.

—Vous lui avez peut-être apporté quelque chose à boire ou à manger…

Il mit la main en cornet derrière son oreille.

—Comment ? Que m'as-tu apporté à boire ? Je ne veux plus de ces maudits remèdes.

Le faisait-il exprès ? Le temps passait, le valet ne tarderait pas à revenir et Helen attendait au salon. Isabel décida d'aller droit au but.

—On a vu un homme pénétrer dans la chambre de ma mère la nuit qui a précédé le début de sa maladie. Quand l'avez-vous vue pour la dernière fois ?

—Maladie… grommela-t-il. J'en ai assez de parler de maladie. Va chercher le backgammon et nous allons faire une partie, toi et moi.

—Je ne suis pas venue pour jouer, Votre Grâce. Je suis seulement curieuse. Avez-vous offert un cadeau à ma mère ? Une boîte de chocolats, par exemple, ou une bouteille de vin ?

—Tais-toi un peu. Je n'aime pas les femmes qui bavardent tout le temps. C'est là, ajouta-t-il avec un geste vers l'autre bout de la chambre.

Isabel se retourna, s'attendant presque à voir un flacon de vin empoisonné, ou une confession écrite. Mais il n'y avait que le jeu de backgammon sur une table.

—Apporte-le ici, ordonna le duc, irrité, ou je te renvoie.

Quelle était son intention ? Pourquoi ne niait-il pas purement et simplement sa responsabilité dans la mort d'Aurora ?

Préférant ne pas le contrarier, elle alla chercher le jeu qu'elle posa au pied du lit.

—Non, ici, dit-il en tapotant le matelas tout près de lui.

Isabel s'approcha prudemment. Il semblait plutôt inoffensif, avec ses mains croisées sur son ventre. Et puis il était cloué au lit. Tout de même, elle était heureuse d'avoir le poignard dans sa poche.

— Peut-être au moins me direz-vous comment vous avez appris qu'Aurora rédigeait ses Mémoires, dit-elle en posant le jeu sur la courtepointe. Est-ce un autre de ses amants qui vous a averti ?

Il ne répondit pas, et elle leva les yeux pour surprendre une lueur perverse dans son regard. Soudain, il bondit en criant pour l'attraper et la plaquer contre lui.

Sa hanche heurta le jeu dont les pions se répandirent sur le tapis, et elle se débattit mais il la retenait avec une force surprenante.

— Je t'ai ! C'était une bonne plaisanterie, Aurora. Est-ce que j'ai bien joué comme tu le voulais ?

Il la prenait pour sa mère ! Il était fou, complètement fou !

— Vous vous trompez ! cria-t-elle. Je suis Isabel ! Lâchez-moi !

Il souriait.

— Tu as toujours aimé les courses-poursuites. Tu te rappelles le jour où j'ai fait semblant d'être un brigand et où je t'ai couru après dans les ruelles derrière Carlton House ? Nous avons eu de la chance que tes cris de plaisir ne réveillent pas le Régent !

— Je ne suis pas Aurora !

— Mais bien sûr. Tu es une vierge effarouchée que je vais violer.

Avec un rire inquiétant, le duc porta la main à ses seins. Elle voulut le frapper, mais son chapeau qu'elle avait toujours au bras empêcha le mouvement. Le ricanement du vieux duc redoublait.

La bile montait à la gorge d'Isabel. Si seulement elle pouvait sortir son poignard !

— Bon Dieu ! s'écria-t-il. Tu portes un corset ! Tourne-toi.

Luttant contre sa panique, Isabel feignit d'obéir. C'était peut-être sa seule chance de s'en sortir. Comme il s'écartait d'elle, elle plongea la main dans sa poche, et ses doigts tremblants se refermèrent sur le manche de l'arme.

7

Cette garce s'était introduite dans sa demeure !

Kern grimpa l'escalier quatre à quatre. Il venait d'arriver chez lui pour apprendre que lady Helen Jeffries et miss Darcy l'attendaient. Le majordome avait été durement morigéné.

Lui aussi avait expérimenté le pouvoir du regard sombre, hypnotique d'Isabel. S'il fallait punir quelqu'un, c'était elle, et elle seule.

Une tasse à la main, Helen l'accueillit avec un sourire angélique devant les portes ouvertes du salon.

— Justin ! Quel plaisir de vous voir !

— Madame…

Il s'inclina brièvement avant de jeter un coup d'œil dans la vaste pièce.

Isabel n'était pas en train de boire le thé ou de grignoter des biscuits. Elle n'était pas non plus dissimulée dans une embrasure de fenêtre ni en train de feuilleter un livre à l'écart.

Il n'y avait personne d'autre dans la pièce que miss Gilbert qui se leva vivement et esquissa une révérence.

— Monseigneur ! piailla-t-elle en se tamponnant

la bouche de son mouchoir. Ô mon Dieu, mon Dieu !

Kern se retourna vers Helen.

— Où est miss Darcy ?

Les joues toutes rouges, la jeune fille se pencha afin de poser sa tasse sur un plateau d'argent.

— Elle avait besoin de s'isoler un moment.

— Où ? insista Kern.

— Elle avait... une urgence.

En un éclair, il comprit la raison de l'embarras de sa fiancée... et salua l'habileté diabolique d'Isabel.

— Depuis combien de temps vous a-t-elle quittée ?

— Un quart d'heure, à peu près. Je suis certaine qu'elle ne tardera pas à revenir.

Bon sang !

Il se dirigeait à grandes enjambées vers la porte quand la petite main d'Helen se posa sur son bras.

— Asseyez-vous, Justin, dit-elle. Je vais vous servir une tasse de thé, et nous pourrons vérifier la liste des invités pour notre mariage.

— Plus tard.

— Maintenant ! rétorqua-t-elle avec une étonnante fermeté. Vous êtes contrarié que je sois venue vous voir malgré vos recommandations, je le sais. Cependant, en tant que femme indépendante, j'estime avoir le droit de prendre mes propres décisions.

Encore l'influence d'Isabel ! songea Kern, furibond. Elle s'était servie de la crédulité d'Helen pour s'infiltrer dans la demeure du duc et y semer la pagaille.

Tout ça dans le but d'exercer son chantage mesquin.

— Ce n'est pas à vous que j'en veux, soyez-en certaine, dit-il en lui caressant la main avec une douceur toute superficielle. À présent, excusez-moi, mais j'ai également une urgence.

Accroupie sur le lit, Isabel fixait le duc de Lynwood qui écarquillait les yeux comme un enfant à qui l'on vient de retirer son jouet. À l'opposé du violeur enragé de l'instant précédent, il se tenait parfaitement immobile.

Et pour une excellente raison.

Isabel tenait le poignard dirigé sur le bas de son ventre.

— Touchez-moi encore, et je vous émascule.

Priant pour qu'il ne prenne pas le risque, elle recula lentement sur la couverture sans le quitter des yeux, le cœur battant. Il n'y avait pas d'autre son que celui de sa respiration et le bruissement de sa jupe. Quand elle arriva au pied du lit, elle se leva doucement et alla vers la porte à reculons sans cesser de brandir le poignard. Elle sentait encore sur elle ces affreuses mains qui la souillaient. Des mains qu'avait aimées sa mère.

Non, elle ne voulait plus y penser. Mieux valait qu'elle profite de la soudaine docilité du duc pour pousser son avantage et lui poser d'autres questions.

D'une voix un peu tremblante, elle demanda :

— Maintenant que j'ai toute votre attention, Votre Grâce, peut-être allez-vous passer aux aveux. Avez-vous donné de l'arsenic à ma mère, d'une manière ou d'une autre ? En lui offrant des chocolats, par exemple.

Il la regardait, visiblement désorienté.

— Des chocolats ? Quand est-ce que je t'ai offert des chocolats ?

— Pas à moi, à ma mère, Aurora Darling. Elle a été empoisonnée.

Derrière elle, elle entendit la porte s'ouvrir ; une bouffée d'air frais envahit la pièce, des pas résonnèrent dans le salon.

Le valet de chambre.

Isabel sentit ses jambes se dérober sous elle, pourtant elle ne quittait pas le vieillard des yeux. Si seulement elle pouvait disposer encore de quelques secondes !

— Sortez, dit-elle sans se retourner. Sa Grâce et moi-même sommes en conversation privée.

— Attention ! cria le duc de Lynwood. Elle est armée !

Une main se referma sur le bras d'Isabel qui ne put retenir un cri de douleur tandis que le poignard tombait sur le tapis.

Elle se trouvait nez à nez avec lord Kern.

S'efforçant de rassembler son courage, elle lui rendit son regard mauvais, et un moment ils demeurèrent parfaitement immobiles.

Enfin il la lâcha, si brusquement qu'elle trébucha et alla heurter le mur contre lequel elle demeura appuyée.

Kern ramassa le poignard qu'il fourra dans sa poche.

Juste Ciel ! Elle avait été prise sur le fait ! Pourtant, curieusement, elle se sentait en sécurité, à présent, sauvée de la lubricité du vieux duc.

— Cette roulure menaçait de m'émasculer ! protesta le vieillard fou en posant la main à travers la chemise de nuit sur la plus précieuse partie de son anatomie. Je n'y comprends rien. Elle m'a cherché, elle me provoquait...

— Miss Darling adore ce genre de petit jeu, décréta Kern, glacial.

Elle releva le menton.

— Il est heureux que vous soyez arrivé à temps, Monseigneur, sinon votre père ne serait plus un homme, à l'heure qu'il est.

Lord Kern ne semblait pas l'écouter. Il alla vers le lit et recoucha confortablement son père.

— Reposez-vous, Votre Grâce. Elle ne vous importunera plus, je vous le promets.

— Tu ne me permets jamais de recevoir des catins, gémit le duc. Tu n'es qu'un sale garde-chiourme. Je suis ici chez moi, et j'inviterai qui je veux !

Kern versa calmement un peu de potion dans une cuiller qu'il porta à la bouche de son père.

— Buvez.

— Non !

— Buvez, répéta Kern.

— Ça me castrera aussi sûrement que le couteau de la petite !

— C'est votre maladie qui vous castre. Maintenant, avalez ça, dans votre intérêt.

Le duc faisait tourner indéfiniment le liquide dans sa bouche, mais Kern lui pinça les narines, l'obligeant à absorber le médicament. Il s'étrangla, et s'essuya avec sa manche.

— Espèce de bâtard ! Toi, tu ne te laisses jamais dominer par tes instincts !

— Là, vous vous trompez, répliqua Kern qui tournait le dos à Isabel. Je ne suis certainement pas un bâtard.

Elle eut à peine le temps de s'interroger sur l'hostilité qui régnait entre le père et le fils que déjà le valet de pied revenait, vêtu d'une livrée irréprochable. Lorsqu'il aperçut lord Kern, il se répandit en courbettes, tout en s'excusant avec une obséquiosité excessive. Kern lui donna quelques ordres avant de marcher sur Isabel qui retint son souffle.

Il était grand, imposant, superbe, implacable. Il la prit par le bras et l'entraîna dans le couloir. Elle se prenait les pieds dans son jupon, son chapeau abîmé toujours accroché au poignet.

Non, elle ne se laisserait pas intimider ! Avec

Helen au salon, il ne pouvait guère que la réprimander, et c'était un bien piètre prix à payer pour le privilège d'avoir parlé au duc.

Encore qu'elle n'eût rien appris de capital. Il faudrait qu'elle s'arrange pour revenir…

—Lynwood est fou, dit-elle. C'est pourquoi vous le confinez à sa chambre.

Kern avait le regard sombre.

—En ce moment, ce n'est pas lui qui est fou.

Sur cette déclaration sibylline, il ouvrit l'une des nombreuses portes et la poussa dans une immense chambre aux rideaux tirés, au mobilier couvert de housses.

Il la lâcha enfin et se mit à faire les cent pas devant la cheminée.

Face à cette rage mal contenue, Isabel sentit son courage vaciller.

—J'aimerais aller rejoindre lady Helen, dit-elle. Elle doit se demander pourquoi je suis si longue.

—Vous inventerez bien un autre mensonge, dit-il en lui barrant le passage.

—Il n'est pas correct que nous nous trouvions seuls dans cette pièce. Cela risque de provoquer un scandale.

—Vous auriez pu y penser avant de taquiner un vieil homme, dit-il, méprisant. Vous avez sans doute tenté d'adoucir votre chantage en vous offrant à lui. Sachez que c'est moi qui ai le contrôle légal des affaires du duc, aussi vos efforts ont-ils été vains.

—Je ne faisais pas de chantage.

—Vraiment ? Alors, vous espériez prendre la place de votre mère entre ses draps ?

Elle s'accrocha à une colonne du lit. Pourquoi ses insultes faisaient-elles si mal ?

—Je n'ai jamais provoqué votre père, il se l'est

imaginé, c'est tout. Vous connaissez ses faiblesses mieux que moi.

—Je connais aussi vos petites ruses. Vous êtes prête à vous donner à tout ce qui porte culotte.

—Votre mémoire vous abuse, Monseigneur. Lors de notre première rencontre, c'est *vous* qui m'avez fait des propositions.

—En effet. Et il est bien dommage que je n'aie pas profité de ce que vous offrez si librement aux autres.

Il avançait sur elle, et un long frisson la parcourut de la tête aux pieds. Il avait la puissance d'un dieu descendu sur Terre pour châtier un humain rebelle. Elle aurait dû avoir peur, cependant c'était plutôt une sorte de fascination qui la clouait sur place. Elle n'aurait pu bouger même si sa vie en avait dépendu.

Il l'enserra dans ses bras et posa brutalement la main sous son menton, mais avant qu'il n'eût recours à la force, elle s'était dressée sur la pointe des pieds et fermait les yeux. Afin de mieux savourer la proximité de ce corps musclé.

Elle fondit sous son baiser hardi. La passion qui l'envahissait la rendait plus consciente encore du vide intérieur qu'elle ressentait, du besoin qu'elle avait d'un homme, de cet homme.

Kern ! Dieu, elle embrassait lord Kern ! Avec fougue, sans la moindre retenue.

—Non, murmura-t-elle en se détournant. Arrêtez. C'est mal.

—Je me moque du bien et du mal ! gronda-t-il avant de reprendre ses lèvres.

Isabel retint son souffle quand elle sentit sa main se poser sur un de ses seins et le caresser. Ce qui lui avait paru odieux de la part d'un vieux libertin la bouleversait à présent. Elle aurait dû lui interdire de telles libertés, pourtant elle désirait de tout son être qu'il continue. Elle avait envie qu'il la caresse sur tout le corps. Elle voulait connaître ce dont ses tantes parlaient si souvent, elle voulait sentir sa peau contre la sienne.

Comme s'il avait deviné ses folles pensées, il défaisait les petits boutons au dos de sa robe, sans quitter sa bouche. Les mains de Kern tremblaient et Isabel elle-même frémissait d'excitation. Elle aimait le contact très légèrement râpeux de ses joues, la soie de ses cheveux. Comment pouvait-elle inspirer une telle passion chez un homme qu'elle avait cru sans cœur, hostile, glacial ? Et comment pouvait-elle éprouver une telle violence dans son propre désir ?

Elle avait l'impression qu'une autre personne habitait son corps, une créature sensuelle, lascive, sans retenue.

Elle frémit délicieusement quand elle sentit Kern délacer son corset et l'aida à le faire glisser sur sa taille. Bientôt son buste ne fut plus couvert que d'une mince chemise que Kern lui ôta également pour prendre un sein dans sa main.

— Dieu, dit-il, le regard voilé de passion, que vous êtes belle !

L'admiration qu'elle entendait dans sa voix un peu rauque l'emplit de bonheur. Il pencha la tête et prit le bouton rose entre ses lèvres. Elle crut s'évanouir et trébucha, l'entraînant avec elle sur le matelas de plume. Le poids de Kern sur elle lui coupa le souffle et la ramena à la réalité.

À travers les plis de sa jupe, elle sentait la virilité de Kern. Elle avait bien souvent entendu ses tantes parler du phénomène qui se produisait chez les hommes quand ils avaient envie de faire l'amour ! Elle était au bord de la catastrophe !

Elle posa les mains sur ses épaules et tenta de le repousser, mais autant essayer de remuer une montagne !

— Non, Kern ! Nous ne devons pas, nous ne pouvons pas !

— Oh, si, murmura-t-il contre son oreille. J'ai envie de vous. J'ai besoin de vous.

Ces mots qu'elle avait toujours rêvé d'entendre… Il baisait sa poitrine, et elle sentit fondre ses bonnes résolutions jusqu'à ce qu'il commence à relever sa robe.

Les Mémoires ! Il allait découvrir le cahier !

Cette pensée la ramena à la raison. Il était son pire ennemi, la seule personne capable de déjouer ses plans, de la mener à sa ruine.

— Écoutez-moi, supplia-t-elle, fiévreuse. Il faut arrêter.

— Taisez-vous, pour l'amour du Ciel…

Elle se mordit la lèvre afin de résister au plaisir intense qu'il faisait monter en elle et elle s'obligea à le regarder. La passion primitive qu'elle lut dans ses yeux était terrifiante… merveilleuse.

— Helen nous attend au salon, parvint-elle à articuler.

Il la contemplait, les yeux mi-clos, sans cesser de la caresser, puis soudain il reprit lui aussi ses esprits. Avec un grognement de frustration, il sauta à bas du lit.

Il traversa la chambre sombre pour aller s'appuyer des deux mains à un guéridon, le dos voûté. Sa respiration inégale remplissait l'atmosphère tandis qu'il tentait de se calmer.

Isabel se sentait soudain seule, vide, abandonnée. C'était absurde ! Elle aurait dû se féliciter d'avoir perturbé Kern, se réjouir de son trouble.

— Ne restez pas là vautrée sur ce lit, grommela-t-il par-dessus son épaule. Rhabillez-vous.

Elle se redressa d'un bond et rajusta sa tenue. Tandis qu'elle se débattait avec son corset, elle le vit se diriger vers un miroir, refaire son nœud de cravate. Quand il se retourna vers elle, il était redevenu un parfait gentilhomme à la tenue impeccable alors qu'elle avait l'impression de n'être qu'une masse de tissu froissé.

— Vous pourriez m'aider, lui reprocha-t-elle. Je n'arrive pas à attraper ces lacets.

Les lèvres serrées, il s'approcha d'elle.

— Tournez-vous.

Elle obéit, croisa les bras pour tenir le corset en place et prit une profonde inspiration afin de ne plus se laisser émouvoir par le contact de ses doigts.

— Trop serré ? demanda-t-il.

Prise d'une étrange pudeur, elle secoua la tête. C'était tellement bouleversant d'être habillée par un homme, par cet homme ! Que pensait-il d'elle ? Cela devait le conforter dans sa mauvaise opinion, il la condamnerait pour l'avoir entraîné sur le chemin du vice, et il se sentirait innocent de tout péché.

Mais il n'émettait aucun commentaire. Enfermé dans son silence, il boutonna la robe et attendit qu'elle eût fini de remettre de l'ordre dans sa coiffure, redonné forme à sa capote. Ensuite, en parfait gentleman, il alla lui ouvrir la porte.

Elle en fut irritée ! C'était comme si leurs quelques instants de passion n'avaient jamais existé, et Isabel avait envie de briser cette attitude rigide qu'il s'imposait, de lui rappeler qu'il était un homme comme les autres.

Elle caressa sa joue, ses lèvres tièdes.

— Ne craignez rien, Monseigneur. Je ne trahirai pas notre petit secret. Pas pour l'instant, en tout cas.

Un éclair passa dans les yeux verts.

— Je n'ai pas de secrets.

— Maintenant, non, dit-elle avec un sourire malicieux. Mais qui sait, je pourrais écrire mes Mémoires, un jour.

Icare m'a toujours rendu visite en secret.

Plus furtif encore que mes autres amants, le révérend lord Raymond J. prend son plaisir au milieu de la nuit, quand personne ne risque d'être témoin de son manquement à la morale, quand il peut se laisser aller à ses fantasmes, s'habiller de mes sous-vêtements et feindre d'être un ange déchu.

Je me rappelle plus particulièrement une de ses visites. J'avais passé une agréable soirée en compagnie d'un gentilhomme de Cornouailles et je m'étais mise au lit après son départ lorsque j'ai été réveillée peu avant l'aube par des mains sur ma peau et des propositions obscènes murmurées à mon oreille.

Icare portait mon plus beau boa, une chemise de soie et mes bas, mais cela ne m'importait guère car ce que l'on devinait sous cet accoutrement était bel et bien viril. Quelles merveilles nous avons partagées dans ce lit, quelles joies érotiques ! Quand nous avons été tous les deux assouvis, il s'est éclipsé comme si notre accouplement passionné avait fait fondre ses ailes.

Vous devez vous demander, cher lecteur, comment je pouvais tolérer un amant qui avait honte d'être vu en public avec moi ? C'est peut-être parce que j'étais la fille d'un sévère vicaire de campagne et que cela m'amusait d'entraîner le Clergé dans le lucre. Ou peut-être – oh oui ! – peut-être était-ce simplement pour consoler mon cœur brisé, pour combler le vide laissé par la perte de mon premier véritable amour.

Mon Apollon bien-aimé.

Les Confessions d'une fille de joie

8

Lorsque Kern pénétra dans la chambre de son père, le lendemain matin, il le trouva entouré d'un essaim de soubrettes.

Les draps traînaient sur le tapis tandis que le duc était assis, vêtu d'un peignoir de soie, les jambes nues, dans un fauteuil près de la fenêtre. Deux jeunes servantes se disputaient son attention en riant. Il avait glissé sa main sous la jupe de l'une et enfouissait son visage dans le corsage de l'autre.

Kern se croyait habitué aux turpitudes de son père, mais, après une nuit passée à se reprocher son propre manque de moralité, il perdit patience. Il se dirigea vers le trio et tira les jeunes femmes par le nœud de leur tablier. La plus dodue tomba à genoux.

—Ne me renvoyez pas, Monseigneur. Nous ne faisions rien de mal.

—Ne me jetez pas à la rue ! cria sa compagne. Je ne sais pas de quoi je vivrais !

—Je vous interdis de remettre les pieds dans cette chambre ! déclara Kern. Maintenant, disparaissez.

Elles ramassèrent les draps sales et se précipitèrent vers la porte sans demander leur reste.

Le duc croisa les bras sur son peignoir froissé.

—Ne fais pas cette tête-là, mon garçon. On a bien le droit de prendre un peu de plaisir de temps en temps. À vrai dire, ça ne te ferait pas de mal à toi non plus. Depuis combien de temps n'as-tu pas eu de femme ?

Faire défiler sa vie devant ses yeux donnait le tournis à Kern.

Plutôt que de se disputer avec son père, il alla à la

fenêtre, s'appuya au chambranle. Dernièrement, son père avait dû subir les assauts de la maladie, il ne parvenait pas à se rappeler son nom, ni ne reconnaissait son propre fils. Mais ce matin-là, il semblait avoir toute sa tête.

— Où est Mullins ? demanda Kern. Aucune servante ne doit entrer ici lorsqu'il n'y est pas.

Lynwood grimaça un sourire.

— Il y a eu un léger incident juste avant l'arrivée des petites. Je crois bien que j'ai raté le pot de chambre et que je l'ai éclaboussé d'urine.

Kern se retint de rire. Il n'allait tout de même pas encourager son père dans ses espiègleries puériles !

— Eh bien, il faut qu'il y ait des vêtements de rechange dans cette pièce. Maintenant, j'aimerais que vous me parliez de votre visiteuse d'hier, miss Isabel Darling.

— Joli petit lot, hein ? Dommage que tu n'apprécies pas les catins.

Si, Kern les appréciait. En tout cas, celle-là. Le souvenir de son corps si voluptueux l'avait torturé la moitié de la nuit. La douceur de ses baisers, le satin de sa peau quand il l'avait écrasée sur le lit. Le désir remontait en lui rien qu'à cette pensée.

Il avait les mêmes pulsions que n'importe quel homme, mais jusqu'à présent il était arrivé à les dominer. Dieu, comment avait-il pu oublier l'existence d'Helen ?

— Je suis troublé, reprit-il. Miss Darling affirme qu'elle n'a pas essayé de vous faire chanter. Est-ce vrai ?

Le duc cligna des yeux.

— Me faire chanter ? Sous quel prétexte m'extorquerait-elle de l'argent ? Je n'ai jamais couché avec elle. Et même si c'était le cas…

— Elle possède les Mémoires d'Aurora, sa mère.

Êtes-vous certain qu'elle ne vous a pas menacé de les publier ?

— Je ne me rappelle pas qu'elle ait parlé de ça, dit le vieillard en passant la main sur son visage ridé. C'est curieux, un instant j'ai cru que c'était Aurora qui se trouvait près de moi. Jusqu'à ce qu'elle sorte ce satané poignard. Par moments, tu le sais, j'ai du mal à rassembler mes esprits.

Ravalant un élan de pitié, Kern revint à ce qui le tracassait.

— Alors elle a dû tenter de vous séduire. En tout cas, c'est ce que vous avez prétendu.

Cela n'avait pourtant aucun sens, avec tous les jeunes gens qui tournaient autour d'Isabel. Elle ne manquait certes pas de beaux et riches prétendants ! Alors ce vieillard décati...

— Sinon, insista-t-il, pourquoi serait-elle venue vous trouver ?

— Je vais te le dire. Elle m'a demandé si j'avais mis de l'arsenic dans une boîte de chocolats. De toute ma vie, je n'ai jamais offert de chocolats à une femme, ajouta le duc, ce que j'ai à proposer est beaucoup plus terre à terre et beaucoup plus agréable.

— De l'arsenic ?

Kern fut soudain glacé. À quel jeu sinistre Isabel jouait-elle ?

— Répétez-moi précisément ses paroles.

— Elle m'a menacé de m'émasculer, voilà ce qu'elle a dit, cette garce ! Tout ça parce que je la prenais pour sa mère.

Kern s'accroupit sur ses talons devant son père.

— Peu importe. C'est l'arsenic qui m'intéresse. Qui vous accuse-t-elle d'avoir empoisonné ?

— Sa mère, je crois, répondit le duc dont le visage se décomposa brusquement, mais jamais je n'aurais fait de mal à Aurora. On a passé de bons moments ensemble. D'excellents moments.

Il secouait la tête, effondré.

Kern se redressa, stupéfait. Isabel pensait que sa mère avait été assassinée.

Impossible !

Pourtant cette idée jetait une lumière nouvelle sur la détermination de la jeune femme à pénétrer dans la bonne société. Peut-être ne cherchait-elle pas un riche mari.

Peut-être cherchait-elle seulement à démasquer un meurtrier.

—Alors, tu le veux pour toi ? demanda Callie.

Le miroir de la coiffeuse reflétait son visage de poupée de porcelaine, avec le bonnet de domestique perché sur ses cheveux trop frisés.

Isabel posa sa brosse. Elle avait rêvé un instant, devant la glace, qu'elle se préparait pour son fiancé qui l'observait, allongé sur le lit. Elle avait volontairement évité de lui donner un nom, un visage, il n'était qu'une ombre qui attendait le moment de lui faire l'amour. Et soudain, il prenait une allure bien trop familière.

—De qui parles-tu ?

—De lord Kern, évidemment. Tu as tourné en rond dans la chambre toute la matinée en soupirant comme une adolescente en mal d'amour.

—Pas du tout ! protesta Isabel qui plantait une épingle dans son chignon, d'ailleurs il épouse Helen en juin.

—Quand même ! chantonna Callie, c'est elle qui a la corde qu'on lui passera au cou, mais c'est toi qu'il veut.

—Ne dis pas de sottises ! Il me méprise, il n'a qu'une envie, me jeter dehors.

— Il a plutôt envie de te jeter dans son lit ! insista Callie, je le sais, je vous ai vus ensemble, hier.

Isabel se raidit. Personne n'avait entendu parler de sa rencontre avec Kern à Lynwood House.

— Tu nous as vus ? Où ?

— Quand il vous a raccompagnées ici, lady Helen et toi.

Elle alla à la croisée et se retourna vers la jeune fille avec un sourire malin.

— Je vous ai observés de cette fenêtre lorsque tu descendais de voiture. Le comte offrait son bras à sa fiancée, mais il ne regardait que toi. Non, il te dévorait des yeux, comme s'il mourait d'envie de t'arracher ta robe et de te faire plein de vilaines choses…

— Ça suffit ! coupa Isabel qui se sentait envahie d'une brusque chaleur.

Il m'a déjà arraché ma robe, il a déjà posé ses mains sur moi, il m'a déjà caressée, et ce n'était pas vilain du tout. C'était merveilleux…

— Tu fais tout un roman d'un simple regard, ajouta-t-elle.

— Non, je ne crois pas. Au fait, tu as remarqué comme il a de grandes mains ?

— Non.

Oui, je me rappelle la douceur de ses doigts sur mes seins.

— Eh bien, moi, j'ai remarqué, et d'expérience, je peux te dire que lorsqu'un homme a de grandes mains, il a aussi… Bref, crois-moi, c'est un véritable étalon.

— Cela m'est complètement égal.

Mais je me souviens, quand il était allongé sur moi…

— Quelle petite oie blanche ! Il est grand temps que l'on t'initie aux mystères de la vie. Et lord Kern serait un excellent amant pour toi.

Un amant ? Le désir se faisait plus exigeant et, furieuse, Isabel s'empara d'un ruban qu'elle noua dans ses cheveux.

— Je ne veux pas d'amant, alors cesse tes élucubrations.

— Mon Dieu, mon Dieu ! Ne serions-nous pas un peu susceptible, aujourd'hui ?

Callie prit le fer à friser et entreprit de boucler les cheveux d'Isabel.

— J'espère que tu ne vas pas devenir une grande dame arrogante. Tu finirais par te trouver trop bien pour tes tantes.

Honteuse, Isabel pivota sur son tabouret et prit dans ses bras la taille rebondie de Callie.

— Pardonne-moi d'avoir été si brusque. Jamais je ne me considérerai supérieure à toi ni aux autres courtisanes. À propos, tu as eu des nouvelles de Persy ?

Callie eut un sourire plein de tendresse pour sa petite protégée.

— Elle remonte la pente. Diana te fait dire que Minnie et elle la veillent et que tu ne t'inquiètes pas.

— Si seulement je pouvais être là-bas !

Elle en avait assez de jouer les dames comme il faut qui ignorent tout des maisons de prostitution. Elle serait si heureuse de pouvoir s'arrêter chez elle dans l'après-midi, quand elle partirait avec Helen pour leur tournée de visites !

Mais Helen serait affreusement choquée, et leur amitié en pâtirait aussitôt.

Ce qui arriverait également si la jeune fille avait vent de l'épisode avec Kern. Comment Isabel avait-elle pu s'abandonner si complètement dans ses bras ?

Elle prit une profonde inspiration et se contempla dans le miroir. Elle avait les traits fins, le teint clair d'une dame, la courbe délicate de ses sourcils mettait en valeur ses yeux bruns. Pourtant, malgré sa robe couleur d'ambre et son élégant chignon, elle n'était pas une dame. Peut-être, tout au fond d'elle, avait-elle le même tempérament que sa mère... Une femme légère, une romantique frivole qui adorait les hommes.

Tu es la fille d'une catin.

Isabel bondit sur ses pieds. Non, elle n'oubliait pas qui elle était, elle ne l'oublierait jamais. Et sa réaction face au fils du duc de Lynwood le lui rappelait impitoyablement.

Elle sortit de sa chambre pour se diriger vers celle d'Helen. Devant la porte, elle s'arrêta un instant afin de composer son personnage. Elle avait de plus en plus de mal à jouer les innocentes cousines de province... Elle plaqua un sourire sur son visage et frappa.

Ce fut une miss Gilbert dans tous ses états qui lui ouvrit en gesticulant, le mouchoir à la main.

— Mon Dieu ! Quelle catastrophe ! C'est tout simplement épouvantable !

— Je vous demande pardon ?

Un instant, paniquée, Isabel crut qu'on l'avait démasquée, qu'on avait appris son escapade avec Kern. Puis elle s'aperçut qu'Helen était encore au lit. Les couvertures remontées jusqu'au menton, elle buvait une tasse de thé.

— Que se passe-t-il ? Vous êtes souffrante ?

Helen eut un pâle sourire.

— J'ai mal à la gorge et à la tête. Je ne vous ai pas prévenue parce que je pensais que mon état allait s'améliorer, mais je crois que vous devrez vous passer de moi cet après-midi.

— Je vous tiendrai compagnie ! déclara Isabel en posant la main sur le front de son amie. Vous avez de la fièvre. Voulez-vous que j'envoie chercher le médecin ?

— Non, c'est juste un rhume. Quelques jours de repos et je serai sur pied.

— Je vais vous faire la lecture, si vous voulez.

— Vous êtes un amour, mais à la vérité, j'ai surtout envie de prendre quelques gouttes de laudanum et de dormir toute la journée. Vous pouvez me laisser, Gillie et vous. Justin vous accompagnera. Il fait un temps superbe. Vous pourriez aller vous promener au parc, tous les trois.

La perspective d'une journée sans obligations mondaines plaisait infiniment à Isabel. Cela lui permettrait de pousser son enquête plus avant.

— Vous aviez parlé de passer à l'église discuter les détails de la cérémonie avec votre oncle Raymond. Si vous le souhaitez, je peux m'y rendre à votre place, suggéra-t-elle en dissimulant son excitation grandissante.

Ainsi elle interrogerait ce vieux satyre sur le meurtre.

— Oh, je n'oserais jamais vous charger d'une telle corvée. Non, cela attendra mon rétablissement.

— Préparer un mariage est très amusant ! À condition que vous me fassiez confiance.

— Évidemment ! s'écria Helen avec un sourire chaleureux. Je remettrais ma vie entre vos mains !

Et votre fiancé ? Isabel chassa le sentiment de culpabilité qui s'emparait d'elle. D'ailleurs, elle n'avait aucune vue sur Kern. Elle serait même ravie si on lui annonçait qu'elle ne le reverrait plus jamais. Pourvu qu'elle puisse s'échapper avant qu'il n'arrive !

Elle souhaita meilleure santé à Helen et descendit avec miss Gilbert. Trouvant le salon désert, elle se dirigea tout droit vers la porte d'entrée.

— Ne devrions-nous pas attendre lord Kern ? demanda la gouvernante qui trottinait pour rester à sa hauteur.

— Certes, non ! Il n'aura aucune envie de nous escorter si Helen n'est pas avec nous.

Un valet de pied leur tenait la porte, et Isabel sortit sur le perron à l'instant même où un phaéton s'arrêtait derrière le carrosse du marquis de Hathaway. Lord Kern sauta à bas du siège du cocher et lança les rênes à un palefrenier.

Le cœur d'Isabel se serra. Quelle malchance !

La brise printanière ébouriffa ses cheveux quand il monta les marches du porche, visiblement en colère.

— Où est Helen ?

— Oh, Monseigneur, nous sommes porteuses de mauvaises nouvelles, répondit miss Gilbert de sa voix suraiguë. La pauvre chère est malade !

— Gravement ?

— Un rhume, intervint Isabel, mais suffisamment mauvais pour qu'elle garde la chambre. Vous devriez courir chez le fleuriste et lui commander un bouquet afin de lui remonter le moral. Maintenant, si vous voulez bien nous excuser, miss Gilbert et moi allions partir.

Il lui barra la route, le regard soupçonneux. Ce regard qui brûlait de passion la veille…

— Pour aller où ?

— J'ai promis à Helen de m'occuper de certains détails concernant votre mariage. Nous serons de retour dans une heure ou deux.

Elle allait passer devant Kern, mais cette fois ce fut miss Gilbert qui lui mit involontairement des bâtons dans les roues.

— Miss Darcy et moi devons aller voir le révérend lord Raymond Jeffries, disait-elle. Enfin, si vous considérez qu'il est correct pour deux dames de rendre visite à un membre du Clergé.

Kern ne quittait pas Isabel des yeux.

— Il est parfaitement correct qu'un homme escorte la cousine de sa fiancée à l'église. Vous pouvez rester ici, miss Gilbert.

La gouvernante ouvrit la bouche pour protester, mais déjà Kern avait pris Isabel par le bras et l'entraînait vers la voiture. Elle sentit son cœur s'accélérer. Il était sombre, menaçant, et elle devinait que sa colère était près d'exploser. Il lui reprochait leur baiser de la veille, évidemment !

Elle releva le menton. C'était lui qui aurait dû avoir honte. Il était l'agresseur, après tout.

Et c'était lui aussi qui bousculait ses projets. Comment pourrait-elle interroger l'homme d'Église en présence de Kern ?

— Lâchez-moi, grinça-t-elle. Je n'irai nulle part avec vous.

— Eh bien, faites donc une scène, si vous l'osez.

Avant qu'elle puisse réagir, il l'avait saisie à la taille de ses grandes mains, ces mains qui signifiaient...

Troublée, Isabel ne protesta pas quand il l'aida à grimper sur le siège du phaéton avant de s'installer à côté d'elle. Il prit les rênes et engagea la voiture dans la circulation.

— Alors, dit-il sèchement, pourquoi allez-vous voir lord Raymond ?

— Helen m'a priée de vérifier quelques détails de la cérémonie avec lui.

— Non, je veux la véritable raison, s'impatienta-t-il. Vous avez l'intention de le harceler, comme vous l'avez fait avec mon père, je suppose.

— Et avec vous, coupa-t-elle, ne l'oubliez pas.

Après tout, il pouvait bien penser ce qu'il voulait !

Il fixa un instant ses lèvres et elle frémit.

— Ce regrettable incident n'a rien à voir avec ce que je veux entendre maintenant.

Il était blessant, et elle se défendit d'une voix pleine de colère.

— Oh, mais si, ce *regrettable* incident montre quel genre de femme je suis. Je séduis les hommes, je les prends dans mes griffes, je les conduis vers le péché. Je leur jette un sort, et ensuite je les déleste de leur argent.

Il haussa les sourcils.

— Quelle méchante humeur ! J'ai contrecarré vos projets, on dirait.

— Exactement ! Je voulais un rendez-vous galant avec lord Raymond.

Déterminée à le mettre hors de lui, elle lui adressa son plus sensuel sourire.

— Mais si ça vous intéresse, Monseigneur, nous pouvons peut-être envisager ça à trois.

Elle eut la satisfaction de voir un muscle se crisper sur sa mâchoire.

— Ne jouez pas avec moi, Isabel. Je sais ce que vous mijotez.

— Bien sûr. Du chantage. Je charme les hommes et ensuite je vole leur argent. C'est un moyen facile de gagner sa vie.

— Vous m'avez dit hier que vous n'étiez pas venue à Lynwood afin d'exercer un chantage sur mon père.

— J'ai dit ça ?

Prise de court, elle se réfugia derrière un rire léger.

— Eh bien, je mentais. Vous savez qu'il ne faut jamais croire un mot de ce que je dis.

— Je me le demande.

Ils étaient bloqués par une charrette de livraison,

et il se tourna vers elle. Sous son regard intense, elle se sentit mal à l'aise, comme s'il pouvait découvrir la vérité à travers son tissu de mensonges.

— J'ai eu une conversation intéressante avec mon père, ce matin. Et tout à fait surprenante.

— Vraiment ? Il vous a raconté comment je me suis glissée dans son lit ? Il vous a expliqué que, comme il refusait de payer la somme demandée, je l'avais menacé de mon poignard avec pour dessein de le faire céder ?

De plus en plus mal à l'aise sous le regard vert, elle s'agita sur son siège.

— Il prétend que vous l'accusez d'avoir tué Aurora Darling.

9

Isabel blêmit, ses yeux s'agrandirent sous le choc. Un frisson parcourut Kern. Bon sang, elle croyait réellement que sa mère avait été victime d'un meurtre !

Et elle pensait que l'assassin était le duc.

Elle baissa les yeux vers la chaussée où se pressaient domestiques et commerçants.

— Tué ma mère ? J'ignore où le duc est allé chercher cette idée ! dit-elle d'un ton trop innocent. Il est plus dérangé que je ne le croyais.

— Il répétait seulement vos paroles.

— Qu'en savez-vous ? Vous n'étiez pas là.

Frustré, il lui releva le menton.

— N'essayez pas de me duper, miss Darling. Si vous continuez à persécuter mon père de vos fausses accusations, je vous fais chasser de la bonne société et renvoyer dans la maison close qui est votre véritable foyer.

—Vous n'oseriez pas. Sinon, je publierais les Mémoires.

—Le feriez-vous vraiment ? Ou votre but est-il plutôt de démasquer un criminel ? Un criminel qui, selon vous, fait partie de l'aristocratie.

Elle se pinça les lèvres.

—Je n'ai aucune raison de vous confier mes projets. Alors si vous me laissiez descendre ? Je préférerais me rendre à l'église à pied.

—Pas question ! dit-il. Vous restez avec moi jusqu'à ce que j'aie obtenu toute la vérité.

Elle leva les yeux au ciel.

—Alors préparez-vous à passer un après-midi bien ennuyeux, Monseigneur.

Il avait envie de la faire parler, mais il se contenta de remettre son cheval au petit trot. Elle finirait par tout lui dire, il savait comment lui extirper la vérité.

Isabel se redressa quand ils quittèrent les quartiers huppés pour s'engager dans des rues plus étroites.

—Ce n'est pas le chemin de Saint-George, objecta-t-elle.

—En effet.

—Alors, où m'emmenez-vous ?

—Vous verrez bien.

Ils passèrent devant l'Opéra de Covent Garden, puis Kern arrêta la voiture en face d'un bâtiment de brique. Des gens entraient et sortaient par la porte principale. Un fonctionnaire en perruque blanche et costume noir, une femme qui pleurait dans son mouchoir, un voyou tenu fermement par un agent de police reconnaissable à sa veste d'uniforme rouge.

— Un commissariat ? murmura-t-elle, déconcertée. Pourquoi m'amenez-vous ici ?

— Puisque vous ne voulez pas être sincère avec moi, peut-être raconterez-vous votre histoire aux autorités. Mais je vous préviens, miss Darling, ajouta-t-il en se penchant vers elle, votre aventure fera le tour de Londres, et tout le monde apprendra d'où vous sortez.

Elle ouvrit la bouche, la referma et poussa enfin un soupir exaspéré tout en posant la main sur le bras de Kern alors qu'il faisait mine de descendre de voiture.

— D'accord, céda-t-elle, la voix vibrante d'émotion. Vous voulez la vérité ? Mettez-vous en route et je vous dirai tout.

Le phaéton s'ébranla.

— Je vous écoute.

— L'un des vôtres a empoisonné ma mère. L'un des vôtres l'a tuée afin qu'elle ne puisse continuer à rédiger ses Mémoires. Et vous pouvez me menacer tant que vous voudrez, rien ne m'empêchera de trouver le coupable, de le remettre entre les mains de la justice.

Kern était frappé par sa détermination et, malgré lui, il avait envie de la prendre dans ses bras, de la réconforter.

— Quelle preuve en avez-vous ?

— Quelques jours avant sa mort, ma mère a confié ses craintes à son journal. En outre, les symptômes de sa maladie correspondent à ceux d'un empoisonnement par l'arsenic.

— Si vous prétendez qu'elle a désigné mon père comme le coupable, dit fermement Kern, c'est une absurdité. Le duc a bien des défauts, mais ce n'est pas un meurtrier.

— Elle n'a pas mentionné son nom, cependant le

duc est l'un des nombreux... anciens amants qu'elle cite dans ses Mémoires. Ils sont tous venus la voir, les uns après les autres, pour lui ordonner de cesser d'écrire.

Elle s'interrompit un instant, rassembla son courage.

— Et Minnie a vu un gentilhomme entrer dans la chambre de ma mère la veille du jour où elle est tombée malade.

— Pourquoi n'avez-vous pas fait part de vos soupçons à la police ?

— Vous imaginez que quelqu'un, là-bas, me croirait ? Qu'on prendrait la peine d'ouvrir une enquête sur la mort d'une courtisane ? Non, on se réjouirait qu'il y ait une prostituée de moins dans la ville.

Kern eut un brusque élan de compassion pour la jeune femme assise bien droite à ses côtés, les sourcils froncés. Pour la première fois, il se rendit compte qu'elle avait aimé sa mère, qu'elle avait souffert de la perdre. Pourtant, il ne devait pas se laisser attendrir.

— Alors vous avez décidé de mener l'enquête vous-même. Grâce au chantage, vous vous êtes introduite chez le marquis de Hathaway, et maintenant, vous envisagez de questionner le révérend lord Raymond.

Elle croisa ses doigts gantés sur ses genoux.

— Si c'est le cas, ça ne vous regarde pas, Monseigneur.

— Excusez-moi, mais je ne suis pas de cet avis. L'oncle de ma fiancée est un homme respectable, tout dévoué à l'Église.

— C'est étrange. Ma mère le décrivait comme un débauché qui cachait de sordides secrets.

Parfois, en effet, Kern avait surpris lord Raymond couvant l'une ou l'autre de ses paroissiennes d'un regard salace, mais il n'avait aucune intention d'apporter de l'eau au moulin d'Isabel. D'ailleurs, lord Raymond n'avait rien d'un assassin. Autrefois il avait aidé Kern dans ses études, il lui avait offert une oreille complaisante lorsque Hathaway n'était pas disponible. C'était un homme chaleureux, bon. Il avait même fabriqué un jour une attelle pour l'aile cassée d'un moineau que Kern avait trouvé dans la campagne.

— De sordides secrets ? Si vous faites allusion au duel qui l'a laissé handicapé, c'est de l'histoire ancienne. Et cela plaide en sa faveur, car il a tiré en l'air plutôt que de risquer de blesser son adversaire.

— Je ne pensais pas à cet incident

— Alors de quels secrets pourrait-il s'agir ?

Elle regardait droit devant elle, fière, belle.

— Ce n'est pas à moi de les divulguer.

Ce mystère qui l'environnait exaspérait Kern. Il avait envie de l'embrasser, de la caresser jusqu'à ce qu'elle s'offre à lui, corps et âme.

Dieu, on aurait dû le fouetter au sang ! Malgré l'existence d'Helen, il désirait follement Isabel.

Il serra davantage les rênes du phaéton.

— Eh bien, nous questionnerons lord Raymond ensemble, déclara-t-il.

— Non ! Je refuse que vous vous mêliez de ça.

— Je suis impliqué, que vous le vouliez ou non. Maintenant, dites-moi quels autres hommes sont cités dans le journal de votre mère.

— Je vous en ai bien assez dit.

— Presque rien. J'aimerais lire ces fameux Mémoires. Où sont-ils ?

Elle sursauta comme s'il l'avait piquée avec une aiguille.

— Bien cachés dans un endroit sûr, où aucun snob comme vous ne serait tenté de chercher.

— Donc je dois vous croire sur parole. Vous pensez vraiment que je suis stupide !

Elle lui lança un coup d'œil dédaigneux.

— Certainement pas, Monseigneur, parce que je ne *pense pas du tout* à vous.

Quel toupet ! Et lui qui était resté éveillé la moitié de la nuit à cause d'elle !

Malgré cette insolence, il se rappelait l'ardeur avec laquelle elle avait répondu à ses caresses, comment elle l'avait aidé à ôter son corset pour qu'il puisse baiser ses seins...

Il posa la main sur les siennes et fut ému par la chaleur de ses doigts. Il en ressentit un désir au-delà de toute raison, de toute prudence.

— Menteuse, dit-il doucement. Avouez-le, vous avez autant envie que moi de vous offrir une petite récréation.

Elle en eut le souffle coupé.

Le soleil rehaussait le beau visage de Kern, lui donnait un aspect presque sauvage malgré sa tenue d'une parfaite élégance. Il tenait les rênes d'une main et conduisait avec aisance. Et, à sa grande honte, Isabel sentait son corps vibrer à son contact. Même là, en plein jour, elle avait envie de sentir sa main sur sa jambe, plus haut encore...

Elle voulait devenir sa maîtresse.

Elle repoussa sa main.

— Regardez où vous allez, sinon nous aurons un accident.

— Ce n'est pas ma façon de conduire qui vous causera du tort, mais votre penchant à formuler des accusations contre des personnages haut placés.

Elle fut heureuse qu'il ait changé de conversation.

— Ainsi, vous admettez que l'un de ces aristocrates ait pu tué ma mère.

— Je conviens que certaines crapules sont capables de meurtre. Mais ni mon père ni le révérend lord Raymond n'en font partie. Et j'ai bien l'intention de vous le prouver.

Si seulement il ne s'était pas imposé à elle ! Comment pourrait-elle interroger, sous son regard acéré, cet homme qu'il défendait ?

Ils étaient arrivés à Saint-George et Kern sauta à terre pour attacher le cheval avant de venir du côté d'Isabel. Elle ne voulait pas de son aide, il le savait, et une lueur moqueuse brillait dans ses yeux. Toutefois, elle n'aurait pu descendre gracieusement de son perchoir, aussi se laissa-t-elle prendre à la taille et déposer au sol. Aussitôt, elle s'engagea dans l'allée sans accepter son bras.

L'église sentait la cire et l'humidité, leurs pas résonnaient dans la nef. Les bancs étaient vides, les chandeliers éteints, mais le soleil filtrait par le vitrail au-dessus de l'autel.

Le pasteur écrivait dans son petit bureau, une bible reliée en cuir ouverte devant lui, sa canne à pommeau d'ivoire appuyée à son siège.

Quand il les vit, il sursauta, surpris, et la plume s'arrêta net. Son expression d'étonnement donnait un air juvénile à son visage.

Il se leva en se tenant au bureau et ses lèvres minces esquissèrent un sourire.

— Justin... et miss Darcy. Quelle bonne surprise !

— J'espère que nous ne vous dérangeons pas trop, dit Kern.

— Mais non, pas du tout. Je prenais quelques notes pour le sermon de dimanche. Asseyez-vous, je vous en prie. Qu'est-ce qui me vaut le plaisir de cette visite ?

Il regardait Isabel avec sévérité et elle lutta contre cette intimidation en l'imaginant vêtu d'un boa de plumes et d'une chemise arachnéenne dans le rôle de l'ange déchu.

— Lady Helen m'a demandé de venir, dit-elle doucement, car vous avez dernièrement refusé bon nombre de ses invitations. Elle s'inquiétait de votre santé.

— La paroisse me prend beaucoup de temps, répondit-il, raide. Présentez mes excuses à Helen et assurez-la qu'il viendra un jour où je pourrai de nouveau me rendre chez mon frère.

— Je vois.

Ce prétentieux ne mettrait pas les pieds chez Hathaway tant qu'elle y serait !

— Helen m'a aussi priée de revenir avec vous sur les détails de son mariage. Mais si vous êtes tellement occupé, cela attendra un autre jour. Pour l'instant, j'aimerais vous poser quelques questions au sujet de ma mère.

— Des questions ? J'ai rompu toute relation avec cette personne il y a des années. Je n'ai rien d'autre à dire.

— Mais si, intervint Kern, appuyé à une bibliothèque, les bras négligemment croisés sur sa veste bordeaux. Miss Darling est persuadée que sa mère a été empoisonnée. Et elle voudrait savoir si c'est vous qui l'avez tuée.

— Moi ? Un… un assassin ?

Bredouillant, le révérend se laissa aller contre le dossier de son fauteuil.

— C'est de la folie… de la diffamation !

Maudit soit Kern ! Isabel avait envisagé de mener l'interrogatoire avec subtilité, afin de juger de la réaction progressive de lord Raymond.

— C'est la vérité, dit-elle en lançant à Kern un

coup d'œil destiné à lui imposer le silence. Je souhaiterais savoir ce que vous avez fait le soir du 10 mai dernier, lord Raymond.

— Comment voulez-vous que je me le rappelle ? J'étais sans doute chez moi avec mon épouse. Je... je croyais qu'Aurora était morte de causes naturelles. Que Dieu ait pitié de son âme de pécheresse !

Il avait un certain aplomb de traiter sa mère de pécheresse ! Isabel se rappelait le rire joyeux d'Aurora, sa générosité. Mais cet homme ne s'était jamais donné la peine de chercher ce qu'il y avait de bon en elle.

— Le soir du 10 mai, elle a reçu une visite, très tard, et le lendemain, elle tombait malade. Or, vous veniez toujours la voir au milieu de la nuit, pour des raisons que nous connaissons, vous et moi.

Il devint aussi pâle que sa feuille de papier.

— Ce n'était pas moi. Et puis-je vous rappeler que vous avez promis à mon frère, en échange de son hospitalité, de ne plus parler de ces visites que je rendais à votre mère ?

— Ce sera le cas à condition que vous répondiez à mes questions.

Un instant, on n'entendit plus dans la petite pièce que la respiration irrégulière de lord Raymond.

— Je n'ai fréquenté ni Aurora ni aucune autre prostituée depuis quinze ans, dit-il enfin. Je le jure, ajouta-t-il, la main posée sur la Bible. Dieu m'en est témoin, j'ai consacré mon existence à l'Église.

— Pourtant, vous l'avez vue au moins une fois, insista Isabel. Comme Lynwood et les autres, vous lui avez interdit de publier ses Mémoires.

— Je ne suis resté avec elle que quelques minutes, se défendit l'homme d'Église, et c'était en avril, pas en mai.

Elle l'observait et lisait sur son visage de la rancune, ainsi que... quelque chose de sombre, de torturé. Du désespoir ? De la peur ?

— Un meurtrier n'hésiterait pas à mentir. Aussi me faut-il une preuve que vous dites la vérité.

— Ça suffit ! coupa Kern en venant près d'elle. Lord Raymond vous a dit tout ce qu'il savait. Cessez de le tarabuster.

— Ses réponses sont vagues. Je veux l'assurance qu'il n'était pas chez ma mère le 10 mai.

Kern la prit fermement par le bras.

— Vous avez sa parole de gentilhomme et de prélat.

Le pasteur se leva avec l'aide de sa canne.

— J'espère qu'elle ne parlera pas de cette affaire. Si l'ombre d'un scandale m'effleurait, même mon frère n'aurait plus le pouvoir de m'obtenir un archevêché.

— Elle se taira, j'y veillerai.

Sans cérémonie, il entraîna Isabel au-dehors. La jeune fille était furieuse. Elle se dégagea de son étreinte et s'arrêta sous un arbre.

— Vous dépassez les bornes ! lança-t-elle. Vous n'aviez pas à intervenir dans la conversation.

— Vous traitiez lord Raymond en criminel. Je connais cet homme depuis l'enfance et je sais qu'il est incapable de tuer.

— Je vois... Vous exigez la preuve que ma mère a été empoisonnée, mais je ne jouis pas du même privilège en ce qui concerne l'intégrité de lord Raymond.

— Non, en effet. Maintenant, venez, avant que la moitié de Londres ne nous voie en train de nous quereller.

Isabel s'aperçut qu'il y avait beaucoup de passants, d'élégants attelages... Et peut-être aussi des curieux aux fenêtres des maisons.

Ravalant sa colère, elle suivit Kern jusqu'au phaéton et lui permit de l'aider à monter sur le siège.

Le cheval trottait calmement quand Kern se tourna enfin vers elle.

— Dites-moi le nom de vos autres suspects.

Comme si elle allait lui donner l'occasion de s'en mêler une fois de plus !

— Au risque de me répéter, il s'agit d'informations confidentielles.

Il fronçait les sourcils.

— Je suppose qu'ils sont tous décrits dans ces maudits Mémoires que vous refusez de me montrer.

Elle serrait les lèvres. Qu'il reste donc dans l'ignorance. Il ne voulait pas l'aider, mais seulement prévenir ses pairs. Ils formaient un cercle fermé, ils se protégeaient les uns les autres.

Kern la fixait avec une telle acuité qu'elle craignit qu'il ne devinât où elle cachait le cahier. Mais il ne pouvait pas savoir. Personne n'était au courant, pas même Callie.

— L'un de ces messieurs est John Trimble, reprit Kern.

Il se rappelait la partie de cartes, le soir du premier bal. Mais elle ne voulait à aucun prix que Kern fouille dans le passé de Trimble, qu'il découvre que son propre père l'avait rejetée.

Elle rougit.

— Vous ne pouvez en être certain.

— Non, mais je ne devrais pas avoir trop de mal à le vérifier.

Il guidait son cheval vers le sud, dans la bruyante Regent's Street.

— Où allez-vous ?

— Je me souviens que Trimble appartient à un

club qui se trouve non loin d'ici. Il ne doit pas être difficile de mettre la main sur lui.

— Mais il n'est pas en ville ! protesta Isabel. Vous savez bien, il a dit qu'il partait pour la campagne.

— Alors nous verrons s'il est rentré.

Isabel avait envie de lui demander de la ramener à Hathaway House, mais elle craignait qu'il n'interroge Trimble lui-même, gâchant l'effet de surprise. Et elle voulait être là pour entendre ce qu'il avait à dire sur le meurtre de sa mère.

À St. James's Street, Kern arrêta la voiture devant une gracieuse demeure aux allures de manoir campagnard. Il adressa un signe impérieux au portier qui se hâta d'approcher.

En réponse à la question de Kern, le valet ôta son chapeau, se gratta le crâne.

— Un petit homme avec une vilaine cicatrice en travers de la joue ? Je crois l'avoir vu chez Boodle's une ou deux fois. Voulez-vous que je vérifie, Monseigneur ?

Kern lui lança une pièce que l'homme attrapa au vol avant de se précipiter de l'autre côté de la rue dans un club voisin. Il était de retour quelques minutes plus tard avec les coordonnées de sir John Trimble, qui habitait dans un quartier peu reluisant du côté de Haymarket.

Triomphant, Kern se lança aussitôt à la poursuite de sa proie. Bien que Isabel se tînt raide comme la justice, il la sentait grandement agitée. Elle savait sûrement où habitait Trimble, mais elle n'avait aucune intention de simplifier les recherches de Kern.

Ils se trouvèrent rapidement devant une rangée de petites maisons, et Kern se demanda comment un homme qui vivait dans un tel quartier avait pu s'offrir Aurora Darling. Il ne manquerait pas de lui poser la question.

Mais Trimble n'était pas chez lui, et la sèche gouvernante qui leur ouvrit annonça qu'il n'était pas encore rentré de la campagne. Kern la pria d'informer son maître qu'il repasserait le vendredi matin.

—Vous voyez ? Je vous avais dit qu'il s'était absenté, fanfaronna Isabel comme ils retournaient à la voiture. Et vous ne reviendrez pas ici sans moi. Cette fois, c'est moi qui mènerai l'entretien. Lord Raymond en aurait peut-être dit davantage si vous vous étiez montré un peu plus discret dans vos accusations.

—Oubliez-le. Ce n'est pas lui le criminel.

—Il en avait pourtant toutes les motivations. Et si vous voulez adopter la même attitude avec Trimble, je vous en prie, laissez-moi poser les questions.

—Bon Dieu, sûrement pas ! aboya Kern.

Il avait horreur de jurer devant les dames, mais Isabel le mettait hors de lui.

—J'ai bien l'intention de veiller sur vous, pour le cas où votre mauvaise éducation vous mettrait dans une situation délicate.

—Ma mauvaise éducation ? Quand on a un père comme Lynwood…

Refusant de relever le défi, Kern serra les dents.

—Votre mauvaise éducation, répéta-t-il. Si quelqu'un d'important vous voyait entrer chez un homme sans chaperon…

Il faillit dire : « vous ruineriez votre réputation », mais il se retint.

—… vous apporteriez le déshonneur sur lady Helen et son père.

Isabel releva le menton.

—Je sais parfaitement comment doit se comporter une dame. J'ai été élevée par une gouvernante qui m'a appris à faire la révérence et à minauder avec les personnes les plus importantes...

Kern suivit la direction de son regard, de l'autre côté de la rue, où une bande de galopins formaient un cercle en poussant des cris de guerre.

À la grande stupéfaction de Kern, Isabel s'empara du fouet posé sur le phaéton et se dirigea vivement vers le groupe d'enfants.

— Mon Dieu ! marmonna-t-il en lui emboîtant le pas.

Dans quels mauvais draps allait-elle encore se fourrer ?

Elle fit claquer le fouet et les garnements s'égaillèrent aussitôt dans toutes les directions. Quand Kern la rejoignit, elle se penchait pour ramasser un petit animal brun et gris.

Elle le berçait contre elle.

— Oh, Kern, n'est-elle pas adorable ?

— Il, rectifia Kern après avoir rapidement examiné le chiot afin de s'assurer qu'il n'avait rien de cassé. Et il est tout sale, vous feriez mieux de le poser par terre.

— Non ! Ces gamins reviendraient l'asticoter.

— Alors, qu'allez-vous faire de lui ?

— L'emmener à la maison. Je m'en occuperai moi-même.

— Puis-je vous rappeler que vous n'êtes pas chez vous à Hathaway House ? Vous n'avez aucun droit d'imposer ce bâtard au marquis.

Elle pâlit, mais ne lâcha pas le petit animal pour autant. Elle le caressait, et il se calmait peu à peu.

— Je sais où le confier, dit-elle. En attendant, je n'ai aucune intention de l'abandonner.

Déjà, elle revenait vers la voiture, et il la suivit, furieux de se sentir si mesquin. Qui était-il pour s'opposer à la générosité d'Isabel ? La méprisait-il au point de nier tout élan de gentillesse de sa part ?

Ils remontèrent en voiture. Isabel ne lâchait pas le chiot qu'elle caressait et cajolait. On aurait dit qu'elle voulait réparer les injustices de la vie. Et Kern se surprit à regretter qu'elle ne lui accorde pas la moitié de l'attention qu'elle offrait au petit chien.

Il fit claquer les rênes. Il était absurde d'être jaloux d'une minuscule boule de fourrure ! Il ferait mieux d'essayer de découvrir qui étaient les autres hommes qu'elle suspectait de meurtre. À qui s'était-elle intéressée particulièrement ces dernières semaines ?

Il y avait Charles Mobrey, mais elle s'était seulement servie de lui pour être présentée à sir John Trimble. Et puis nombre de jeunes gens l'avaient courtisée, mais il ne les imaginait pas fréquentant une demi-mondaine vieillissante quand il en existait de plus jeunes et de plus belles.

D'ailleurs, pourquoi s'intéressait-il à cette histoire ? Tant qu'Isabel n'accusait pas les membres de sa famille, il n'avait rien à y voir. Qu'elle se débrouille donc toute seule. Elle finirait bien par se trouver confrontée au meurtrier... à ses risques et périls.

Effrayé par cette perspective, Kern se tourna vers elle. Elle pouffait tandis que le chien lui léchait le menton. Elle riait comme une petite fille, et il eut le cœur serré. Il avait envie de la protéger, de lui interdire de poursuivre son enquête.

Elle sentit soudain le regard du jeune lord sur elle et son sourire s'évanouit bien qu'une lueur de défi s'attardât dans ses yeux.

—Milord, dit-elle.

— Oui ?
— C'est son nom.
Avait-elle deviné l'identité du meurtrier ? Kern se pencha vers elle.
— Qui ? Qui est cet homme ?
— Je ne parle pas d'un homme. C'est un nom parfait pour lui.
Avec un sourire espiègle, elle serra le petit chien tout sale contre elle.
— À partir de maintenant, il s'appelle Milord.

24 mai 1821

Bien que ma main tremble de faiblesse, je prends encore une fois la plume pour confier mes pensées à ce cahier... ou plutôt mes craintes. S'est-il vraiment écoulé deux semaines depuis que je suis tombée malade ? Clouée au lit, privée de mes forces, je me dis que le corps humain est terriblement fragile.

Hélas ! Jusqu'à ce que cette vilaine maladie m'atteigne, je jouissais de la santé et de l'énergie d'une jeune femme, je vivais pour le plaisir. Mais, à présent, tout m'a été volé.

On m'a empoisonnée.

Vous pouvez rire de mes soupçons, cher lecteur, mais écoutez-moi bien. Ces dernières semaines, tous mes amants sont venus ici, les uns après les autres, pour m'interdire d'écrire. Or, j'ai peur qu'il n'y ait parmi eux un lâche qui ait résolu de m'empêcher de terminer mes Mémoires.

Mais je ne m'arrêterai pas. Après avoir gaspillé amour et fortune, je me retrouve lasse et seule. Si Dieu le veut, l'argent que je tirerai de ce livre me permettra de quitter cette ville, de rejoindre ma fille chérie dans le comté d'Oxford. Là, nous serons enfin ensemble, elle et moi. Peut-être aussi trouverai-je auprès d'elle un peu de la paix que je n'ai jamais connue avec son père...

Les Confessions d'une fille de joie

10

Isabel, hésitante, se tenait devant la porte de la bibliothèque.

Milord se tortillait dans ses bras, le museau contre son cou. Le chien était tout propre, à présent, mais il lui faudrait quelques bons repas pour se remplumer. Après un bain dans la buanderie, qui avait laissé Isabel aussi trempée que son protégé, il avait le poil tout brillant. Un palefrenier avait trouvé un vieux collier aux écuries et une servante avait ciré la laisse de cuir. Quant à Botts, le majordome, il s'était tordu les mains en s'inquiétant de ce que le maître allait dire. Isabel lui avait assuré qu'elle obtiendrait l'autorisation de garder Milord.

Mais, après avoir mis sa plus belle robe d'après-midi, elle devait rassembler son courage pour affronter le marquis.

Angoissée, elle frotta sa joue contre la fourrure qui avait retrouvé une belle couleur miel. Ces dernières semaines, le marquis s'était montré tout à fait correct envers Isabel, surtout si on considérait qu'elle s'était introduite dans sa demeure grâce au chantage. Hathaway la traitait avec courtoisie bien qu'il gardât ses distances. Il aurait pu lui faire des allusions acerbes, mais il s'en était bien gardé. Au contraire, il lui avait offert une garde-robe et avait accepté – même si c'était à contrecœur – qu'elle servît de compagne à sa fille. Isabel en arrivait malgré elle à reconnaître que c'était un véritable gentleman, honnête et juste, voire admirable. Jamais elle n'aurait imaginé qu'un tel homme pût exister, particulièrement dans l'aristocratie.

Lord Kern, en revanche, était le parangon du snob arrogant et prétentieux. Il voulait se faire passer pour honorable, mais il manquait de tendresse, d'intégrité. Son baiser chez le duc en était la preuve.

Elle se sentit assaillie par des émotions tout à fait désagréables. Oui, elle avait envie de lui avec cette impudeur dont elle avait entendu ses « tantes » parler. Elle voulait ses mains sur sa peau, elle voulait connaître l'amour et que ce soit Kern qui le lui enseigne.

Seule une folle pouvait désirer l'unique homme capable de faire échouer son enquête !

Seule une garce convoiterait le fiancé de sa meilleure amie.

Seule une misérable oserait demander encore une faveur à lord Hathaway.

Le matin, elle avait agi impulsivement. Maintenant qu'elle avait pris le temps de réfléchir, elle savait qu'elle s'était précipitée pour défendre Milord pour plusieurs raisons. Sauver un animal martyrisé, certes, mais surtout – et pour rien au monde elle ne l'avouerait à Kern –, parce qu'elle avait vu dans le petit chien un fantôme d'elle-même quand elle était bousculée par les enfants du village.

Elle serra davantage Milord contre elle. Il était si petit, si vulnérable… Comme elle autrefois. Elle avait envisagé de le laisser dans sa chambre, mais il avait jappé, gémi, et elle s'était sentie fondre devant son regard suppliant.

Personne ne l'obligerait à se séparer de lui. Personne.

Elle levait la main pour frapper à la porte quand celle-ci s'ouvrit sur Hathaway qui sortait en trombe.

Elle fit un bond en arrière, heurtant le chambranle. Machinalement, il tendit la main pour la retenir, puis il recula.

— Vous ! dit-il d'une voix lourde de menaces.

Il se tenait très droit, comme toujours, et bien qu'il fût de taille moyenne, elle se sentait totalement dominée par sa formidable présence. Depuis le jour où elle leur avait parlé, à son frère et à lui, des Mémoires de sa mère, pas une fois le marquis ne l'avait regardée avec mépris.

Elle eut l'impression que son cœur s'arrêtait de battre. On avait dû lui parler du petit chien, bien qu'il n'accordât pas un coup d'œil à Milord. Pourtant, elle ne renonçait jamais sans se battre.

— Bonjour, lord Hathaway. J'aimerais vous parler un instant, s'il vous plaît.

— Non, c'est moi qui veux vous parler, jeune fille.

Il s'effaça et lui fit signe de pénétrer dans la bibliothèque. Elle n'était jamais entrée dans ce sanctuaire meublé de confortables fauteuils et de tapis argentés par l'âge, qui sentait le tabac et le cuir.

En d'autres circonstances, Isabel aurait eu envie d'explorer les rangées de livres qui tapissaient les murs, de contempler les portraits de famille accrochés au-dessus des étagères. Mais ce n'était pas le moment.

Maintenant, elle devait se soucier uniquement de l'avenir de Milord.

Rassemblant son courage, elle se tourna vers lord Hathaway alors qu'il fermait la porte.

— Je sais que mon statut d'invitée ne m'autorise pas certains privilèges, commença-t-elle, aussi dois-je vous prier de m'excuser si je vous ai contrarié…

— Contrarié ? coupa-t-il sèchement. Votre comportement est honteux, insupportable. Vous avez outrepassé les limites, miss Darling. Et je ne puis le tolérer.

Le chien se mit à grogner, et Isabel le caressa afin de le calmer. Elle était à la fois blessée et irritée par l'attitude de lord Hathaway. Était-il tellement opposé à la présence de cette petite créature dans sa demeure ?

— Je vous en prie, pardonnez-moi de ne pas être venue vous trouver tout de suite, mais j'ai pensé qu'il ne serait pas…

— Vous n'avez pensé à rien.

Hathaway arpentait nerveusement le sol en se passant la main dans les cheveux.

— Voyez-vous, je déteste autant les excuses que les mauvaises actions, poursuivit-il. Il faut assumer ses erreurs.

— Je vous offrais une explication, pas une excuse, rétorqua-t-elle, raide. J'ai considéré qu'il n'était pas très raisonnable de venir vous voir avant d'avoir fait prendre un bain à Milord.

Il s'arrêta net, très pâle, puis il s'empourpra violemment.

— Par le Ciel, si vous osez vous vautrer dans votre baignoire avec un homme, je vous ferai fouetter au sang !

Elle secoua la tête.

— Non, Monseigneur. Milord est mon chien ! Je l'ai sauvé d'une bande de garnements qui lui faisaient du mal.

— Votre chien…

— Oui, c'est bien de lui dont nous parlons. Il s'agit de savoir si vous m'autorisez à le garder ici ou non.

Aussi désorientée que lord Hathaway, Isabel insista :

— C'est ça, non ?

Le marquis cligna des yeux et regarda le petit chien qui se mit à japper en remuant la queue.

— Apparemment, c'est un quiproquo, grommela-t-il avant d'aller prendre sur son bureau quelques feuilles de papier qu'il agita sous son nez. Moi, je parlais de cette lettre que l'on vient de me remettre. Mon frère m'y raconte vos viles accusations.

Elle faillit éclater de rire tant elle était soulagée. Lord Raymond ! Il s'agissait de lord Raymond !

Mais, évidemment, il n'y avait pas là matière à se réjouir.

Elle posa Milord à terre sans lâcher sa laisse.

Le marquis serrait les poings.

— Vous n'avez rien à répondre, miss Darling ?

— J'ai en effet rendu visite au révérend lord Raymond ce matin, répondit-elle prudemment, et je lui ai simplement posé quelques questions sur la mort de ma mère.

— Des questions ! Vous lui avez menti ! Vous avez affirmé qu'Aurora Darling avait été empoisonnée.

Il tapa du poing sur la table de travail, faisant tressauter plumes et encrier.

— C'est une absurdité ! Une stupide et perverse ineptie !

Isabel, choquée par la violence de sa réaction, se demanda si tout le monde réagirait de la même façon en écoutant l'histoire du meurtre d'Aurora Darling.

— Non, ce n'est pas une ineptie, contra-t-elle. J'étais à son chevet quand elle est morte. Je sais…

— Vous ne savez rien du tout. S'il y avait eu crime, la justice aurait été saisie de l'affaire. Les journaux en auraient fait des choux gras, on n'aurait parlé que de ce scandale.

— La vérité est dans le journal de ma mère. Elle jure qu'elle a été empoisonnée par un de ses… de ses anciens amants.

Il devenait soudain capital pour elle de convaincre le marquis.

— Maman avait si bien caché le cahier que je l'ai trouvé seulement plusieurs mois après sa mort. Qui m'aurait crue, à ce moment-là ?

— Qui, en effet ? répéta Hathaway avec mépris. Et dire que Justin a été incapable de vous faire ravaler vos infamantes accusations ce matin ! Je lui dirai deux mots à ce sujet !

— Ce n'est pas son affaire – ni la vôtre – si j'ai décidé de retrouver l'assassin de ma mère. En outre, pourriez-vous prouver que lord Raymond n'est pas cet homme-là ?

Hathaway demeurait de marbre, pourtant elle sentait que la colère bouillonnait en lui.

— Je ne veux plus entendre parler de cette histoire ridicule ! dit-il en pointant vers elle un index menaçant. Écoutez-moi, écoutez-moi bien. Tant que vous serez sous mon toit, vous vous conduirez comme une dame, et vous éviterez de vous comporter en effrontée, vous vous abstiendrez d'accuser vos supérieurs d'une faute capitale. Est-ce assez clair ?

Bouleversée, elle parvint à esquisser un signe de tête tandis que le désespoir venait cruellement entamer sa confiance en elle. Elle avait un instant imaginé qu'il l'acceptait, qu'elle était sur un pied d'égalité avec sa fille. Comment avait-elle pu oublier que ce n'était que comédie, illusion ? En fait, comme Kern, il ne voyait en elle qu'une aventurière, elle ne comptait pas plus que la souillon qui frottait l'argenterie ou le garçon d'écurie.

Maudits soient tous ces nobles !

Pourtant, au milieu de son humiliation, elle ne pouvait s'empêcher de se demander pourquoi Hathaway semblait tellement bouleversé, comme s'il avait reçu un coup terrible. D'où venait cette émotion dans son regard ?

Puis elle comprit, et elle fit un pas en arrière.

Lord Hathaway était terrifié. Terrifié à l'idée que son pasteur de frère avait peut-être, après tout, perpétré un crime.

— Un meurtre ? Bah, Monseigneur, ce sont des inventions de jeune fille romanesque, rien de plus ! répondit Minnie.

À l'impitoyable lumière du jour, le salon ne pouvait cacher sa vulgarité flétrie. Le soleil avait fait passer la tapisserie des sièges et dédoré les franges des rideaux. Un châle était drapé sur une chaise cassée et de grands carrés clairs au mur indiquaient que les tableaux avaient été vendus.

Kern n'avait pas remarqué, lors de ses précédentes visites, à quel point la demeure était délabrée, car la pénombre et la faible lueur des chandelles avaient dissimulé la réalité.

Minnie lui disait-elle toute la vérité ?

Il observa la femme dodue qui se tenait bien droite dans un fauteuil à haut dossier. À part le corsage trop décolleté qui dévoilait une paire de seins lourds, on aurait pu la prendre pour une douairière. Diana, à l'autre bout de la pièce, mollement installée sur une chaise, jouait distraitement avec une boucle de ses cheveux couleur de flamme.

Plus vite Kern aurait résolu le mystère de la mort d'Aurora, plus vite Isabel disparaîtrait de sa vie.

—Inventions de jeune fille, répéta Kern. Vous voulez dire qu'Aurora Darling n'a pas été empoisonnée ?

—Dieu seul le sait.

Minnie poussa un soupir qui fit trembloter son impressionnante poitrine.

—Il n'est pas étonnant que la pauvre petite soit si perturbée. Elle adorait sa chère maman, même si Aurora ne le méritait pas.

—Expliquez-vous.

—Aurora ne s'est jamais beaucoup occupée de sa fille. Isabel était encore un bébé quand elle l'a envoyée à la campagne chez une nourrice. Et ensuite, elle ne la faisait venir ici que pour de rapides vacances. Bien sûr, moi, j'allais la voir chaque fois que j'en avais la possibilité. Il fallait que quelqu'un vérifie qu'elle se portait bien.

Le visage rond de Minnie exprimait toute son inquiétude quand elle se pencha vers Kern.

—Oh, renvoyez-la ici, Monseigneur. Ne la laissez pas continuer à se mêler de la vie des grands de ce monde, elle n'en tirera que des ennuis et du chagrin.

Kern le craignait aussi. Il aurait dû se concentrer sur les questions au sujet du crime, pourtant il avait besoin d'en apprendre davantage sur le passé d'Isabel. Il se tourna vers Diana.

—Et vous, vous êtes d'accord avec ce jugement sur Aurora ?

Diana se polissait les ongles sur son peignoir de soie.

—Aurora ne voulait pas que la petite soit élevée chez nous, avec tous les hommes qui entraient et sortaient. Je trouve qu'elle avait raison. Il y a bien trop de sales individus qui aiment les petites filles, ajouta-t-elle avec une moue hostile. Les hommes comme vous préfèrent les tendrons, en général.

Il eut l'impression qu'elle l'avait frappé au plexus. Jusqu'à présent, il n'avait jamais considéré Isabel comme une jeune fille entourée de prostituées. Mais où était la vérité ? Aurora avait-elle été une mère négligente, ou fallait-il au contraire la complimenter d'avoir eu le courage d'envoyer sa fille loin de cette atmosphère malsaine ? Il penchait pour la seconde solution, encore qu'il lui en coûtât d'éprouver la moindre admiration pour une courtisane.

Attentif à ne traduire aucune espèce d'émotion, il poursuivit à l'intention de Minnie :

— Vous dites qu'Isabel invente, mais vous-même avez vu un homme pénétrer chez Aurora la nuit où elle est tombée malade.

— C'était monnaie courante.

— Pourriez-vous le décrire, cet homme ?

Elle changea légèrement de position en prenant appui sur les bras du fauteuil.

— Non, Monseigneur. Il était plus de minuit, et je ne l'ai pas vu suffisamment pour savoir si c'était un habitué. À l'époque, je n'y ai pas prêté attention. Aurora n'aimait pas qu'on se mêle de ses affaires.

Il s'adressa alors à Diana.

— Vous l'avez vu, vous ?

— Je l'aurais dit, vous ne croyez pas ?

Elle secoua la tête et le soleil dévoila de tristes fils gris dans sa chevelure rousse.

— J'étais couchée, si vous voulez savoir, ajouta-t-elle.

— Seule ?

— Oui. Je reçois le moins possible. Les hommes sont de tels porcs !

Kern comprenait d'où Isabel tenait son mépris pour la gent masculine.

—L'une d'entre vous, insista-t-il, sait-elle où sont cachés les Mémoires d'Aurora ?

Diana haussa les épaules.

—C'est à Isabel qu'il faut poser la question.

Minnie fronçait les sourcils.

—Elle doit les avoir avec elle. Et c'est une folie d'aller agresser tous ces gens puissants simplement parce que Aurora a imaginé qu'elle était empoisonnée.

—Quelqu'un a-t-il essayé de voler le cahier ?

—Voler ?

—Oui. Je trouve curieux qu'un homme ait tué Aurora pour l'empêcher de publier ses Mémoires et soit parti sans les emporter.

Minnie se gratta le crâne.

—Je n'y avais jamais pensé... Mais le cahier est resté caché pendant des mois. Peut-être l'a-t-il cherché en vain.

—Peut-être.

Pourtant, Kern était perplexe. Le meurtrier n'aurait-il pas retourné la maison de fond en comble pour trouver ce satané volume ? Et que ferait-il quand il apprendrait qu'Isabel l'avait en sa possession ?

Un individu qui avait tué une fois n'hésiterait pas à recommencer...

Diana croisa les jambes en agitant nerveusement un de ses pieds chaussés de mules.

—C'est tout, Monseigneur ? J'ai plein de travail, avec Callie et Isabel qui ne sont pas là, et Persy encore convalescente.

—C'est vrai, tu n'as pas de temps à perdre en bavardage, dit Minnie, les yeux plissés. La soupe aux choux va brûler, et qu'est-ce que nous mangerons, alors ? On n'a pas les moyens de gâcher la nourriture.

L'allusion était claire, et Kern sortit de sa poche deux pièces d'or qu'il posa sur la cheminée près de la statue en plâtre d'une nymphe dénudée. Diana se redressa, tout ennui dissipé sur son visage griffé par l'âge. Une lueur avide brillait dans les yeux de Minnie.

— Maintenant, ordonna Kern, dites-moi tout ce que vous savez sur les amants d'Aurora.

Isabel arriva au bal bien trop tôt selon les critères de la bonne éducation. Quelques rares invités bavardaient dans le hall d'entrée en attendant que lord et lady Wilkins soient prêts à les recevoir solennellement. Un valet passait avec un plateau chargé de bouteilles tandis qu'un autre prenait la pelisse d'Isabel et le manteau de miss Gilbert.

— Ô mon Dieu, nous n'aurions pas dû venir seules ! murmura la gouvernante en portant un mouchoir à ses lèvres. Nous aurions mieux fait d'attendre lord Kern.

C'était précisément pour l'éviter qu'Isabel avait tenu à partir de bonne heure.

— Sottises ! rétorqua-t-elle. Il est parfaitement convenable qu'une personne assiste à un bal avec sa dame de compagnie.

— Mais un gentilhomme nous offrirait sa protection.

— Il serait indélicat de nous imposer à lui alors que lady Helen n'est pas encore remise de son indisposition. Il nous sera certainement reconnaissant de lui avoir épargné la corvée de nous accompagner.

Du moins Isabel l'espérait-elle. Elle n'avait

aucune envie de passer la soirée sous la férule de Kern, d'autant plus qu'elle avait appris le jour même l'arrivée en ville d'un gentleman qui avait connu sa mère. Pourvu qu'il soit invité, lui aussi, à cette soirée !

Elle n'avait pas besoin d'avoir lord Kern sur ses talons en permanence. Or, maintenant qu'il savait qu'elle voulait punir l'un de ses pairs, il ne la lâcherait pas un instant. Sauf si elle gardait de l'avance sur lui.

Tandis qu'elles montaient le grand escalier qui menait aux salons de réception, Isabel sentit une irrésistible excitation l'envahir. Elle était de nouveau une princesse qui allait retrouver son prince.

Depuis qu'elle avait pénétré dans la haute société, son vieux rêve d'enfant prenait forme, et bien qu'elle sût qu'il était irréalisable, elle ne pouvait s'empêcher de désirer ce qu'elle n'aurait jamais.

Un gentilhomme la salua, et elle inclina la tête avec la grâce d'une reine. Vivre comme une dame emplissait un vide dans son cœur. Illusion ou pas, elle aimait être considérée avec respect, admiration. Elle oubliait sa cruelle enfance, elle se sentait en sécurité. Quand la comédie se terminerait – et il le faudrait bien, un jour –, elle reviendrait à sa véritable vie. Elle serait de nouveau miss Darling, sensible, inadaptée, et seule vierge à habiter une maison close.

Tu es la fille d'une catin…

Elle chassa cette idée et, les yeux clos, elle tenta de capturer dans sa mémoire l'instant présent. Le bruissement de la soie, la douceur de la balustrade de marbre sous ses doigts, le son des voix distinguées. Plus tard, elle se rappellerait avec nostalgie qu'elle avait été une dame.

— Miss Darcy !

Elle ouvrit les paupières pour apercevoir Charles Mobrey qui surgissait dans le couloir comme un boulet de canon. Les plis élaborés de sa cravate cachaient presque entièrement son double menton et un tire-bouchon de cheveux cendrés dansait sur son front quand il s'arrêta devant elle.

— Bonsoir, miss Darcy !

Sans un regard pour Gillie, il prit avec ferveur la main de la jeune fille.

— Je vous attendais, fou d'angoisse ! Auriez-vous l'extrême bonté de m'accorder la première danse ?

Isabel réprima un geste impatienté. Certes, Mobrey n'avait rien d'un prince charmant, pourtant il fallait bien qu'elle tue le temps en attendant l'arrivée de sa proie.

— Si vous voulez, à condition que Gillie m'y autorise, répondit-elle.

Mobrey se tourna vers la gouvernante.

— Je vous en supplie, madame, acceptez, sinon je meurs sur-le-champ, le cœur brisé.

Miss Gilbert agita son mouchoir.

— Bien sûr, cher monsieur. Vous avez ma bénédiction, car je vous trouve tout à fait convenable.

— Soyez bénie, je vous remercie infiniment !

Cet échange de salamalecs était si cocasse qu'Isabel faillit éclater de rire.

— Cherchons d'abord un endroit où vous pourrez vous asseoir sans risque d'être bousculée, dit-elle à Gillie.

L'immense salle de bal commençait à se remplir. La lumière des chandeliers de cristal illuminait les messieurs en costume sombre, les dames en tenues éclatantes, les demoiselles à marier vêtues de blanc. Les musiciens accordaient leurs instruments, et l'atmosphère crépitait de joyeuse excitation. On se serait cru dans un conte de fées.

Mais Isabel ne rencontrerait pas son prince ce soir, elle avait plus important à faire. Elle allait terrasser le dragon.

Elle accompagna miss Gilbert jusqu'à un fauteuil capitonné, dans un coin où se rassemblaient chaperons et matrones afin d'échanger les derniers potins.

— N'oubliez pas de revenir près de moi à la fin de chaque danse, lui rappela la gouvernante, visiblement inquiète. Ainsi que doit le faire une jeune fille.

Pauvre chère Gillie ! Elle allait être bien mystifiée, ce soir, mais tant pis. Pour atténuer son sentiment de culpabilité, Isabel déposa un baiser sur sa joue ridée.

— Je ne vous ferai pas honte, je le promets.

Elle s'y efforcerait, en tout cas. Sinon, ce serait nuire non seulement à elle-même, mais aussi au marquis et à Helen. Or, elle était encore blessée par la dure condamnation d'Hathaway. Elle voulait lui prouver qu'elle était digne d'estime.

Mobrey la conduisit vers la piste où déjà les couples se formaient. Tandis qu'il la couvrait de compliments plus emphatiques les uns que les autres, elle scrutait la foule à la recherche d'une silhouette…

Restez à l'écart, Kern. Surtout ne vous mêlez pas de mes affaires aujourd'hui.

— Où est votre tuteur, ce soir ? demanda Mobrey.

— Je l'ignore. Mais comme sa fiancée est souffrante, cela m'étonnerait qu'il vienne.

— Fiancée ? répéta Mobrey, désorienté. Oh, vous parlez de Kern. Non, je voulais dire Hathaway.

Isabel se sentait ridicule.

— Pardon. Il est sans doute à son club.

— Quel dommage ! Je voulais lui demander un entretien privé.

Il lui prit la main et la porta à ses lèvres.

— Vous devinez pourquoi, je présume ? reprit-il.

Isabel secoua la tête.

— Peut-être aimeriez-vous entrer en politique ? suggéra-t-elle. Je suis certaine que lord Hathaway serait heureux de vous introduire dans cet univers.

— Vous vous trompez sur l'objet de ma passion, Isabel, et je vous aime plus encore pour votre modestie.

Il se colla à elle afin de lui murmurer à l'oreille :

— Je ne puis plus me taire davantage, mon précieux, mon inestimable trésor. Permettez-moi d'exprimer l'intensité de mon amour et l'admiration que je vous porte, à vous, la femme que j'ai choisie entre toutes pour être mienne.

— Chut !

Empourprée, Isabel regarda autour d'elle afin de vérifier que personne n'avait entendu la déclaration enflammée de Charles, puis elle l'attira vers une alcôve où ils pourraient s'entretenir en toute tranquillité.

— Je vous en prie, ne parlez pas ainsi en public, grinça-t-elle.

— Alors, oublions cette danse, mon amour. Allons dans le jardin où nous pourrons nous déclarer librement notre flamme. « Déposez un baiser au fond de la coupe, et je n'y chercherai pas le vin. »

Elle avait envie de le gifler, ce benêt, mais elle craignait de s'abîmer les mains sur sa cravate trop amidonnée. Bon sang ! Elle ne s'attendait pas que Mobrey l'aime de toute la force de son cœur. Ses attentions risquaient de mettre ses projets en péril.

— Non, déclara-t-elle fermement. Nous allons

rester ici et danser. D'autre part, vous n'avez pas à vous adresser à lord Hathaway en ce qui me concerne. Il n'a rien à voir dans ma vie.

— Mais c'est votre tuteur, et votre parent le plus proche.

— C'est une parenté lointaine, donc je suis seule maîtresse de mon destin.

Désireuse de mettre un terme à cette adoration que lui portait Mobrey sans toutefois le vexer, elle décida d'être honnête.

— Comprenez-moi, je n'ai pas la possibilité de vous épouser, ni vous ni un autre. Pour parler net, je n'ai pas une situation financière susceptible de tenter un gentilhomme.

Mobrey bondit en arrière avec une expression horrifiée fort comique.

— Hathaway ne vous a pas dotée ?

— Non, et l'on ne saurait le lui reprocher. Il ne va pas donner de l'argent à chaque cousine éloignée qui se présente sur son seuil. Il m'a offert ces quelques semaines à Londres, c'est déjà beaucoup. À la fin de la saison, je retournerai à la campagne où je possède une petite maison et quelques livres de rente, juste de quoi vivre.

Hélas, c'était bien proche de la vérité ! Comme prévu, Mobrey était scandalisé.

— J'ai de gros revenus, mais… Pas de dot ? Non, ça n'existe pas.

— Si, et j'en suis la preuve. Je crains que vous ne soyez obligé de chercher une épouse ailleurs.

— Vous avez raison. Je retire mon offre jusqu'à ce que j'aie découvert pourquoi Hathaway fait aussi peu de cas de vous.

Sur un signe de tête, il disparut dans la foule.

Au temps pour l'amour éternel !

Isabel ne s'attarda pas sur cette pensée cynique

et elle traversa lentement la salle de bal. Chaque fois qu'elle rencontrait quelqu'un de connaissance, elle s'enquérait discrètement de l'homme qu'elle cherchait, celui qui pourrait bien être l'assassin de sa mère.

Concentrée sur sa quête, elle écoutait tout ce qui se disait autour d'elle sans se départir de son éblouissant sourire. Elle dansa avec nombre de cavaliers, retourna de temps en temps auprès de miss Gilbert. Elle remarqua à plusieurs reprises que Mobrey s'entretenait avec d'autres invités. Chaque fois, ensuite, les dames chuchotaient derrière leurs éventails, les hommes se penchaient pour écouter leurs murmures. D'abord étonnée, puis peinée, Isabel s'aperçut qu'on la regardait avec une curiosité mêlée de pitié.

Ces gens avaient donc imaginé qu'elle était riche, simplement parce qu'elle était présentée par Hathaway ?

Elle avait eu tort de se montrer gentille avec Mobrey, au lieu de lui dire carrément qu'il ne lui plaisait pas. Cet individu était un goujat de la plus belle espèce, tout aussi doué pour répandre des ragots que pour déclamer des vers de mirliton. Elle aurait dû se méfier, après tout, c'était un aristocrate !

Elle redressa la tête et continua de sourire. Qu'il cancane donc, si ça lui faisait plaisir. Au moins, elle ne serait plus harcelée par les soupirants. Aucun gentilhomme, quelle que soit sa fortune, ne courtiserait une femme sans le sou.

Comme elle quittait la piste de danse, un homme s'inclina devant elle. Grand, maigre, il avait des cheveux gris qui se raréfiaient et des traits aristocratiques fortement marqués par les années.

— Miss Darcy ?

Elle acquiesça et il la dévisagea de ses petits yeux rusés qui lui donnèrent la chair de poule.

— Permettez-moi de me présenter. Terrence Dickenson. L'homme que vous cherchez, m'a-t-on dit...

11

Kern l'aperçut enfin, de l'autre côté de la piste de danse.

Dans la robe saphir qui dégageait ses fines épaules, elle se mêlait parfaitement aux aristocrates. Elle aurait pu naître pour tenir salon dans une luxueuse demeure comme celle-là. La flamme qui dansait dans ses cheveux était à son image : insaisissable, mystérieuse, infiniment séduisante.

Et justement, elle était en train de séduire, bon sang ! Un engageant sourire aux lèvres, elle posait la main sur le bras d'un homme efflanqué à la calvitie naissante. Il lui dit quelques mots à l'oreille et elle éclata d'un rire léger.

Malgré lui, Kern était une fois de plus irrésistiblement attiré par elle. Il avait envie de l'enlever, de l'emporter afin de lui montrer les avantages qu'elle aurait à choisir un homme plus jeune...

Soudain, il le reconnut. Cette vieille canaille était Terrence Dickenson, un ancien camarade de débauche de son père avec qui Aurora, d'après Minnie, avait eu des relations intermittentes.

Isabel le savait certainement.

Les dents serrées, Kern se dirigea vers le couple. Il la sauverait de sa folie.

Il avait fait seulement quelques pas quand on le tira par la manche. Il se trouva confronté à miss Gilbert, bouleversée, qui, après une révérence, se cacha le visage derrière son mouchoir.

— Dieu merci, Monseigneur, vous êtes là ! J'espérais de tout mon cœur que vous viendriez.

Il lui tapota la main.

— Nous bavarderons un peu plus tard. Pour l'instant, il est de mon devoir d'inviter miss Darcy à danser.

— Mais c'est justement d'elle que je veux vous parler, Monseigneur. Voyez-vous, il s'est passé une chose épouvantable, poursuivit-elle en baissant le ton. Tout le monde est au courant.

Cette fois, Kern lui accorda son entière attention.

— Au courant de quoi ?

— Je ne savais pas moi-même. Ô mon Dieu, que dira lord Hathaway quand il apprendra ce que l'on chuchote ?

Kern crispa les poings.

— Qui l'a accusée d'imposture ?

— Imposture ? Non, vous m'avez mal comprise, dit-elle en fronçant les sourcils. Ils racontent que miss Darcy n'a pas de dot. Qu'elle est pauvre comme Job.

— Ah ! soupira-t-il, rassuré. Il fallait bien que cela se sache un jour ou l'autre.

— Mais pas dans une réception, et sans vous ou le marquis pour faire taire les ragots. Oh, pitié pour elle ! Comment trouvera-t-elle un mari, à présent ?

Elle n'en trouvera pas, pensa Kern qui ne jugea pas utile de formuler cette opinion à haute voix. En effet, l'aristocratie était féroce envers les démunis, et plus encore s'ils étaient mal nés.

— C'est ma faute ! poursuivait Gillie. J'aurais dû la surveiller de plus près. Elle n'est pas habituée aux subtilités de cet univers. On ne parle plus que d'elle. Et regardez-la, elle sourit comme si de rien n'était.

Oui, elle souriait à ce gredin de Dickenson. Kern avait fait une petite enquête, d'où il ressortait que l'individu avait épousé quelques années auparavant une veuve fort riche et fort jalouse qui le gardait à la maison pieds et poings liés. Mais Kern ne la voyait nulle part.

— Calmez-vous, miss Gilbert. Je m'occupe de ce problème, et je vous promets que personne n'osera dénigrer miss Darcy en ma présence.

— Dieu vous bénisse, Monseigneur ! Vous êtes si bon, si généreux !

Kern s'éloigna en chassant son sentiment de culpabilité. Que dirait miss Gilbert si elle savait de quelle façon il avait l'intention de régler le problème ? Mais, évidemment, la gouvernante ne pouvait deviner d'où venait Isabel. Ni ce qu'elle mijotait.

Elle n'avait pas plus de cervelle qu'un moineau ! Elle aurait dû savoir qu'en s'attaquant à l'intimité de personnages haut placés, elle risquait sa vie. Sa vie ! Tout cela pour venger la mort d'une mère dépravée.

Il était sorti de la maison de plaisir, le jour même, animé d'une certaine indulgence vis-à-vis d'Isabel. S'il ne lui pardonnait pas sa hardiesse, au moins pouvait-il comprendre sa détermination. Elle aussi avait été élevée dans une atmosphère de décadence morale. Elle non plus, elle n'avait pas choisi sa naissance. Il était curieux qu'il établisse ce parallèle, alors qu'ils étaient nés dans des univers diamétralement opposés.

Une connaissance le salua et il répondit poliment sans toutefois s'arrêter. Il n'allait pas rester planté là sans rien faire quand elle risquait la catastrophe avec ses questions. Au besoin, il la bâillonnerait, la ligoterait et la renverrait dans cette maison close, là où était sa place.

Mais était-ce vraiment sa place ? N'était-ce pas plutôt dans ce salon auquel sa beauté apportait une bouffée de fraîcheur ?

Lumineuse, les yeux brillants, elle arborait un sourire radieux. Puis elle tourna la tête, aperçut Kern au milieu de la salle de bal, et son sourire se figea tandis que leurs regards se soudaient. La musique semblait soudain lointaine, atténuée.

J'ai besoin de vous.

Le souvenir des lèvres d'Isabel le torturait, l'obsédait. Il voulait retrouver la douceur de sa bouche, il voulait la sentir onduler sous lui…

Il s'efforça de penser à Helen, qui serait son épouse dans six semaines. Mais à sa grande honte, il n'arrivait pas à évoquer son image lorsqu'il contemplait la vibrante beauté d'Isabel.

Elle fit enfin volte-face et, prenant le bras de son cavalier, elle se dirigea vers une porte à l'autre bout du salon. Kern hâta le pas, ignorant délibérément ses connaissances et les murmures qui le suivaient. Il s'étonnait lui-même. Lui, toujours si convenable, si posé, pourchassait une femme dans un salon surpeuplé !

Et en se moquant complètement du qu'en-dira-t-on !

Il découvrit enfin le couple dans un corridor désert. Dickenson s'était arrêté devant un miroir pour lisser sa maigre chevelure tandis qu'Isabel le tirait par le bras.

— Miss Darcy ! appela Kern.

Elle se raidit et Dickenson fronça les sourcils en

jetant un coup d'œil par-dessus son épaule. Kern s'arrêta près d'eux.

—Avant que vous ne vous sauviez, laissez-moi vous présenter mes hommages, dit-il en prenant sa petite main gantée pour la baiser.

Elle sentait la rose, le frais, et il regretta qu'elle ne soit pas effectivement en train de se livrer à la chasse au mari. Il lui serait alors plus facile de la mépriser.

Elle se dégagea vivement.

—Lord Kern. Je pensais que vous resteriez chez les Hathaway, ce soir, afin de tenir compagnie à lady Helen.

—Helen est lasse, vous le savez, et son souhait le plus cher était que je *vous* tienne compagnie.

Il lança un regard plein de défi à Dickenson.

—Ah, je vous reconnais! s'écria celui-ci. Vous êtes l'héritier de Lynwood. La dernière fois que je vous ai vu, vous regardiez du haut de l'escalier à l'une des soirées de mon vieux camarade. Je n'avais jamais vu un petit garçon aussi désapprobateur, ajouta-t-il. Ni aussi fasciné par le spectacle.

Oui, Kern se rappelait cette soirée. Il était en vacances et pleurait encore sa mère, morte l'automne précédent. Incapable de dormir, il s'était aventuré en dehors de sa chambre pour découvrir son père, entouré d'un groupe d'amis, en train de caresser les seins nus d'une jeune femme...

—Vraiment? intervint Isabel. Quel âge avait-il?

—Une dizaine d'années, répondit Dickenson en haussant les épaules.

—Et le duc donnait des parties fines quand son jeune fils était à la maison?

—Lynwood faisait exactement ce dont il avait envie. Bien des garçons auraient aimé avoir un père comme lui, qui veillait à son éducation sexuelle.

Kern repoussa résolument les souvenirs plus sombres encore qui lui remontaient à la mémoire.

— Eh bien, ce qui me fascine aujourd'hui, c'est ce qui se passe ici, lança-t-il sèchement. Pourriez-vous m'expliquer pourquoi vous quittiez le bal avec miss Darcy ?

— Nous parlions d'un sujet personnel, commença Isabel.

— Laissez Mr. Dickenson répondre, je vous prie, coupa Kern.

— Cette jeune femme était un peu étourdie par le monde, et nous cherchions un endroit tranquille pour qu'elle se repose un instant.

— Bonne idée ! Allons-y... tous les trois.

Kern avait une expression si farouche que Dickenson recula d'un pas.

— Du calme, mon vieux ! La dame n'a pas besoin de deux cavaliers. À la réflexion, je vais retourner au salon.

— Non. Je tiens à vous parler d'abord. À vous deux, déclara Kern.

Il empoigna Isabel par le bras et l'emmena vers le bout du corridor où il ouvrit une porte. Il fit signe à Dickenson de les précéder.

Celui-ci s'arrêta sur le seuil.

— Enfin, Kern, qu'est-ce que c'est que cette comédie ? Vous n'êtes pas le tuteur de miss Darcy, que je sache !

— Vous avez raison, renchérit Isabel. Je pense que lord Kern ferait mieux de s'occuper de ses affaires au lieu de se mêler des nôtres.

— Eh bien, cessez de penser et contentez-vous d'avancer ! déclara Kern d'un ton sans réplique.

Isabel frissonna, inquiète, tandis qu'ils descendaient par l'escalier de service. Inutile de protester davantage. Si elle voulait interroger Dickenson, elle devrait le faire en présence de Kern.

Au rez-de-chaussée, ils pénétrèrent dans une pièce baignée par le clair de lune. Il s'agissait du salon de matinée, à en juger par la desserte destinée aux plats du petit déjeuner, les fauteuils installés en demi-cercle autour de la cheminée invitant aux travaux d'aiguille ou à de confortables conversations.

Mais il n'y avait rien de confortable dans la situation présente !

Isabel s'assit sur le bord d'une chaise pendant que Kern fermait la porte avant de se diriger vers un coin sombre de la pièce. De toute évidence, il était au courant des relations qu'Aurora entretenait avec Dickenson. Mais comment en avait-il eu connaissance ?

Dickenson s'immobilisa au milieu du salon, sortit une tabatière de sa poche et inhala une pincée de poudre.

— Je ne comprends pas cette crise d'autorité, dit-il enfin. Vous ne vous intéressez pas à cette jeune fille, puisque l'on vous dit fiancé à Loren, la fille d'Hathaway.

— Helen, rectifia Kern machinalement. Lady Helen.

— Cela n'a aucun rapport, intervint Isabel. Mieux vaut que vous le sachiez, Mr. Dickenson, nous avons besoin de vous pour une tout autre raison.

Nous. Sans réfléchir, elle avait inclus Kern, et en fait, elle était rassurée par sa présence.

À condition qu'il ait le bon sens de ne pas gâcher l'interrogatoire comme avec lord Raymond. Elle tenta de capter son regard pour lui faire comprendre qu'elle avait bien l'intention de mener les débats, mais il était concentré sur Dickenson.

Ce dernier eut une petite grimace.

—Une raison ? Mais quelle raison ? Je ne vous ai jamais nui, nous ne nous sommes jamais rencontrés... n'est-ce pas ?

Il la dévisageait de ses yeux de myope.

—Non, conclut-il, je me rappellerais une personne d'une telle beauté.

—Vous avez connu ma mère, dit Isabel. Et vous vous la rappelez sûrement. Aurora Darling.

Dickenson lâcha la tabatière comme si elle lui brûlait les doigts et la poudre brune se répandit sur le tapis. Il était stupéfait.

—Aurora... ? Impossible ! C'est une blague.

—Pas du tout, déclara Kern, appuyé à la cheminée. Nous savons tout sur votre aventure avec Aurora. Elle vous appelait Narcisse.

Et ça, comment l'avait-il appris ? Glacée, Isabel porta la main à la poche secrète où elle sentit le petit cahier de sa mère.

Isabel serrait les poings. Elle détestait cette lueur dans le regard de Dickenson, elle détestait que l'on sût d'où elle venait, elle avait envie de s'enfuir en courant.

—Ces satanés Mémoires ! dit enfin Dickenson qui se tourna vers Kern. Vous les avez entre les mains. Par le Ciel, vous devriez vous conduire en gentleman et les brûler.

—Il ne les a pas, coupa Isabel. C'est moi qui les détiens, et ils sont cachés dans un endroit où personne ne les trouvera.

—Alors, c'est donc ça ? Jamais je ne vous aurais pris pour un maître chanteur, Kern. Vous êtes encore plus vil que votre père.

Kern ne bougea pas, mais Isabel sentait l'onde de colère qui émanait de lui.

—Il ne s'agit pas de chantage, intervint-elle.

Nous avons juste quelques questions à vous poser.

— Des questions ?

Elle prit une profonde inspiration.

— Êtes-vous allé voir ma mère durant le mois précédant sa mort ?

— Les moments que nous passions ensemble étaient privés. Je payais ce privilège assez cher.

Isabel frémit à l'idée de sa mère frayant avec ce répugnant personnage. Elle s'exhorta cependant au calme.

— Êtes-vous allé chez elle ?

Dickenson fixait le plafond en silence et Kern dut le rappeler à l'ordre.

— Répondez. Êtes-vous oui ou non allé voir Aurora Darling pour lui parler de ces Mémoires.

Du bout du pied, Dickenson jouait avec le petit tas de tabac sur le tapis.

— Quand bien même ? Si vous avez l'intention d'importuner ma femme, je vous préviens : elle soigne sa sœur malade dans le Sussex et je ne supporterai pas qu'on la tracasse avec ce genre de ragots.

— Ce n'est pas notre but. Dites-nous seulement si vous vous rappelez la date précise de votre dernière visite à ma mère.

— La date ? Mais comment voulez-vous que je m'en souvienne ? C'était au printemps dernier. En avril. Ou en mai. Bon sang, je n'en sais rien ! Ce n'est pas le genre de rendez-vous que l'on note.

Isabel ravalait sa frustration.

— Lui avez-vous apporté un cadeau ? Des fleurs, un bijou… des friandises ?

Il haussa les épaules.

— Des chocolats, sans doute. Elle adorait ceux de chez Bell.

Le cœur battant, Isabel se pencha en avant. Il avait fort bien pu empoisonner les chocolats, car on n'avait aucun mal à se procurer de l'arsenic dans les drogueries. Cela aurait été un geste désespéré pour empêcher Aurora de publier les Mémoires, éventualité qui l'aurait mis en sérieuse difficulté avec son épouse.

— À quoi riment ces questions ? gémit Dickenson. À vrai dire, j'aimerais bien savoir comment vous êtes arrivée sous le toit d'Hathaway... et avec un faux nom. Vous avez dû utiliser un stratagème, car il n'est pas homme à recevoir chez lui la fille d'une catin. D'ailleurs, reprit-il avec un mauvais rictus, si vous ne détruisez pas ces Mémoires sur-le-champ, j'irai le voir pour le mettre au courant de vos sordides petites machinations.

— Vous n'en ferez rien ! dit Kern en s'approchant doucement de lui. Voyez-vous, nous souhaitons simplement découvrir qui a empoisonné Aurora Darling.

Dickenson vacilla, porta la main à sa cravate. Sa chevalière brilla un instant dans le clair de lune.

— Em... empoisonnée ? Vous voulez dire qu'elle a été... assassinée ?

— Oui.

— Et vous pensez que c'est moi le meurtrier ?

— Ça dépend. Pouvez-vous nous expliquer ce que vous faisiez le 10 mai dernier, le soir où Aurora est tombée malade ?

— Je... je... je vous l'ai dit, balbutia Dickenson, je ne tiens pas le compte de mes rencontres avec des courtisanes. Il faudrait être complètement idiot !

— Alors, nous devrons trouver cette information d'une autre manière, dit Kern, menaçant. En attendant, je vous suggère de ne pas quitter la ville. Les policiers risquent de vouloir vous interroger.

— Les policiers ? C'est absurde ! Vous ne devriez

pas aider cette petite garce, Kern, par respect pour ceux de votre rang.

Il était sur le point d'agiter sous le nez de Kern un doigt sévère, mais il y renonça et revint à Isabel.

—Quant à vous… Vous feriez mieux de retourner dans le ruisseau d'où vous sortez, au lieu de vous mêler aux respectables citoyens. Vous n'êtes pas plus une dame que ma lavandière.

Isabel ne bougea pas, toute droite, les mains croisées sur les genoux. Elle avait l'air d'une dame, certes, mais à l'intérieur, elle était redevenue la petite fille qui voulait être princesse tout en sachant que les contes de fées n'existent pas.

En pestant entre ses dents, Dickenson ramassa la tabatière qu'il fourra dans sa poche, puis il se redressa de toute sa hauteur pour lui adresser un regard méprisant.

—Compte tenu des circonstances, je ne suis pas surpris de ce qu'a dit Mobrey sur votre absence de dot. Mais attendez que tout le monde sache ce que je viens d'apprendre…

Kern bondit hors de l'ombre et saisit Dickenson au collet pour le plaquer contre le mur, renversant un guéridon au passage. Un vase de cristal explosa au sol.

—Dites un mot sur miss Darcy, et vous aurez affaire à moi.

Dickenson était au bord de l'étouffement.

—Je… je ne dirai rien. Lâ… lâchez-moi.

—Présentez d'abord vos excuses à madame.

—Je… je suis désolé.

—C'est mieux, dit Kern en laissant retomber Dickenson. Mais écoutez-moi bien. Si vous parlez de notre entretien à qui que ce soit, je n'hésiterai pas à révéler vos turpitudes passées. Votre femme en connaîtra tous les sordides détails.

— Oui… J'ai… compris.

Dickenson fit mine de rectifier l'ordonnance de sa cravate puis il quitta le salon à la hâte, claquant la porte derrière lui.

La musique guillerette d'un menuet leur parvenait, assourdie, de la salle de bal. Isabel serra les bras autour de sa taille pour s'empêcher de trembler.

Vous feriez mieux de retourner dans le ruisseau d'où vous sortez, au lieu de vous mêler aux respectables citoyens. Vous n'êtes pas plus une dame que ma lavandière.

L'opinion d'une telle canaille n'aurait pas dû affecter la jeune fille, pourtant elle avait l'impression qu'on l'avait giflée. Sa seule consolation était de voir Dickenson réduit au silence avant de pouvoir révéler la supercherie.

Évidemment, Kern n'avait pensé qu'à protéger ses intérêts, à éviter tout scandale à lady Helen et à lord Hathaway. Néanmoins, le résultat était là, et elle lui en était reconnaissante.

— Je vous remercie d'avoir pris ma défense, Monseigneur. C'était très gentil à vous.

— Gentil ?

— Oui.

Il émanait encore de lui quelque chose de dangereux. Se rendant soudain compte qu'ils étaient seuls, elle se leva.

— J'ai beaucoup apprécié votre aide. C'est sans doute léger de ma part, pourtant je n'avais pas imaginé qu'il me menacerait.

Elle se dirigeait vers la porte quand Kern fut sur elle, rapide comme l'éclair. Et elle se retrouva elle aussi plaquée contre le mur, mais les doigts de Kern ne serraient pas sa gorge. Ils brûlaient ses épaules nues.

Une intense émotion brillait dans son regard, et

elle fut bouleversée par le contact de ce corps viril. Elle aurait dû protester… Or, elle mourait d'envie de l'embrasser.

—Ne vous enfuyez pas tout de suite, dit Kern. J'aimerais savoir ce que vous auriez fait si Dickenson avait avoué le crime.

Elle s'efforça de rassembler ses esprits.

—Je l'aurais dénoncé à la justice, évidemment, afin qu'il soit puni.

—Mais supposez que vous n'arriviez jamais jusqu'aux magistrats. Supposez que le meurtrier vous fasse taire avant.

Il caressait doucement la base de son cou, à présent, et elle frémit sans bien savoir si c'était de peur ou de désir. Afin de résister à tout geste déplacé, elle colla ses mains contre le mur.

—Donc, vous estimez que c'est Dickenson l'assassin.

—Je n'en sais rien. Mais je sais que je ne vous permettrai pas de prendre le risque de rencontrer seule ces hommes.

Les mains de Kern étaient lourdes sur ses épaules. Ces grandes mains…

—Ce n'est pas à vous d'en décider, protesta-t-elle. Et Dickenson n'aurait jamais osé me faire du mal ici, au beau milieu d'une soirée mondaine.

Kern eut un petit rire bas et, comme s'il avait deviné ses fantasmes, il caressa ses seins à travers la soie du corsage. Elle sentit ses jambes se dérober sous elle.

—Comme vous êtes naïve, miss Darling. C'est étonnant pour quelqu'un qui a connu l'aspect le plus immoral de la vie.

L'insulte brisa la magie de l'instant et Isabel se dégagea d'une secousse. Elle alla vers le milieu de la pièce et se retourna vers lui.

— Soyons clairs. Vous me poussez contre le mur, vous me caressez, et c'est moi que vous qualifiez d'immorale ?

— Désolé. Je voulais simplement parler de votre éducation...

— Je sais parfaitement à quoi vous pensiez. Et vous ne perdez pas une occasion de me rappeler mes origines, n'est-ce pas ? Comme si le fait d'être le fils d'un débauché notoire vous rendait supérieur à moi.

Il la regardait, le visage dissimulé dans l'ombre. Que pensait-il ? Qu'elle n'était pas digne de cirer ses bottes d'aristocrate ?

— En parlant de père, dit-il, je m'interroge sur l'identité du vôtre.

Isabel cligna des yeux, la bouche sèche.

— Mon... mon père ?

— C'était un homme du monde, un gentilhomme, et votre mère l'appelait Apollon.

Tout tournait autour d'elle. Qu'avait encore appris Kern ? Soupçonnait-il sir John Trimble et Apollon de ne faire qu'un ? Sûrement pas. Sans avoir lu les Mémoires, il ne pouvait posséder les indices...

Elle s'accrocha au dossier d'une chaise.

— Qui vous a dit tout ça ? demanda-t-elle à voix basse.

Aussitôt, se sentant trahie, elle sut.

— Tante Minnie et tante Di ! Vous êtes allé les voir.

— Comme vous refusiez de me laisser lire les Mémoires, c'était le seul moyen pour moi de me renseigner sur les hommes qu'avait connus votre mère. Et la seule façon d'essayer de savoir qui était là quand elle a été empoisonnée.

Isabel bouillait de chagrin et de colère. Elle avait

bien du mal à se retenir de sauter au visage de Kern, toutes griffes dehors.

—Je ne vous ai jamais autorisé à vous mêler de ma vie ! dit-elle en s'efforçant de garder son calme. Je ne vous ai pas non plus invité à m'aider dans mes investigations.

—Il y a quelques minutes, vous m'avez pourtant remercié d'être intervenu dans votre discussion avec Dickenson.

—Eh bien, je retire ce remerciement. À partir de maintenant, cessez de vous occuper de moi.

—Non, dit-il presque gentiment. Mon but est de découvrir la vérité sur le décès de votre mère. Plus vite j'y serai parvenu, plus vite vous retournerez d'où vous venez.

—C'est admirable à vous de débarrasser la haute société d'une indésirable. Vous rendez un service inestimable à vos pairs.

Il éclata de rire.

—Je ne vous décrirais certainement pas comme « indésirable », Isabel.

Malgré sa fureur, elle eut un petit frisson de plaisir. Pure réaction physique, se dit-elle, et non pas l'envie de le connaître, de lire dans son cœur, de lui confier ses propres rêves. Jamais elle ne deviendrait comme sa mère une écervelée romantique amoureuse des aristocrates.

—Moi, je vous décrirais comme « arrogant ». Vous n'êtes qu'un snob superficiel. Il est étonnant qu'on ne vous ait jamais enseigné les bonnes manières.

Elle allait de nouveau vers la porte, mais il lui barra le passage et lui prit les poignets.

—Vous, on vous les a enseignées, les bonnes manières. Vous avez été élevée par une gouvernante dans le comté d'Oxford, et c'est pourquoi vous vous adaptez si bien à notre univers. Apollon a payé pour que vous receviez une excellente éducation.

Elle avait le cœur dans un étau. Elle était au courant des versements trimestriels. Sa mère parlait souvent de son cher Apollon qui l'aimait suffisamment pour se soucier de l'avenir d'un enfant illégitime. Toutefois les règlements avaient cessé dès la mort d'Aurora.

L'amère vérité, c'était qu'il se souciait d'Isabel comme d'une guigne. Sir John Trimble évitait sa fille bâtarde qui n'était qu'une gêne, une erreur à oublier bien vite. Or, Isabel ne supportait pas que Kern apprît combien son propre père la méprisait.

Elle tentait en vain d'échapper à son étreinte.

— Pourquoi parlez-vous tant de lui ? Vous pensez que je devrais lui être reconnaissante ? Vénérer un homme qui n'a jamais pris la peine de me rencontrer, qui ne m'a jamais dit son nom, qui s'est contenté d'envoyer de l'argent pour apaiser sa mauvaise conscience ? Un homme qui m'a laissée en butte aux cruelles moqueries des enfants du village ?

Elle secoua la tête.

— Il n'est pas mon père. Je n'ai pas de père. Le sujet est clos.

— Je regrette, Isabel. Je ne pensais pas vous blesser à ce point, mais il faut tout de même que nous parlions de lui.

Elle ne supportait pas sa gentillesse, elle ne voulait pas de sa pitié.

— Pourquoi ? Afin d'avoir une raison de plus pour m'humilier ? Afin de me rabaisser en me montrant combien vous m'êtes supérieur ? Eh bien, je n'ai pas l'intention de rester là à me faire insulter par un prétentieux de votre espèce.

Comme il refusait toujours de la lâcher, elle lui lança un coup de pied dans le tibia, mais ses souliers de satin étaient bien minces et elle se fit mal.

— Aïe !

— Calmez-vous, par pitié ! dit-il en la tenant à bout de bras. Vous avez mal interprété mes paroles, et si vous voulez bien m'écouter une minute, vous allez comprendre.

— Je vous ai suffisamment écouté. Vous ne cessez de m'injurier, de m'agresser. Rien de ce que vous pourrez dire sur mon père ne m'intéresse. Rien du tout.

— Il y a pourtant une chose importante, à laquelle vous n'avez peut-être pas songé. Il faut absolument que nous découvrions l'identité d'Apollon.

— Non !

— Si. Voyez-vous, il avait une bonne raison de tuer votre mère.

Isabel se pétrifia. Bien qu'elle y eût pensé elle-même, entendre cette éventualité formulée clairement lui donnait la nausée. Sa mère assassinée par le seul homme qu'elle eût vraiment aimé. Assassinée par celui dont le sang aristocratique coulait dans les veines d'Isabel.

Elle ne voulait même pas envisager qu'elle pût être la fille d'un tel monstre. Elle se sentait souillée, alors que, toute sa vie, elle avait lutté pour être quelqu'un de convenable. C'était pourquoi elle ne voulait pas que Kern découvre que sir John Trimble était son père. S'il se révélait être le meurtrier d'Aurora, personne à part Isabel ne connaîtrait leur parenté.

— Apollon n'est jamais cité par son vrai nom, dans les Mémoires. Donc, il n'avait aucune raison de faire disparaître ma mère.

Kern caressait doucement ses poignets pour l'apaiser.

—Vous êtes certaine qu'il n'y a aucune allusion à son identité dans le journal ? Son titre, peut-être, ou une description de sa demeure ?

—Rien. Alors, vous voyez, vous vous trompez. N'y pensez plus.

—Vous ne pouvez savoir ce qu'Aurora lui avait dit en privé. Il est possible qu'il ait redouté qu'elle ne change d'avis et révèle votre existence. Un tel scandale aurait ruiné un homme de son rang.

Isabel recula, les bras croisés. Elle avait la gorge serrée, ses yeux la piquaient. Il fallait qu'ils abandonnent ce sujet si douloureux.

—Vous vous raccrochez à des vétilles. Je suis sûre que c'est un autre homme qui a tué maman, et nous devons découvrir qui, c'est tout.

Kern la prit dans ses bras, appuya la tête de la jeune fille contre son épaule.

—Pardonnez-moi de vous avoir fait de la peine, Isabel, dit-il. C'était involontaire.

Elle n'avait pas envie qu'il la console, pas envie qu'il fouille dans son passé. Et pourtant, c'était si bon de se reposer sur un homme, de tirer sa force de lui, de se décharger un peu de son lourd fardeau !

Avec un petit soupir, elle noua les bras autour de sa taille, et il la serra bien fort. Elle aimait sa chaleur, son parfum grisant, sa puissance. Elle en avait tellement assez de se battre pour obtenir la vérité, assez d'être seule, sans personne pour l'épauler !

Cette étreinte était différente de celle de Lynwood House, celle qui avait embrasé ses sens au-delà de toute raison. Cette fois, elle avait en elle un besoin plus profond, un besoin qui touchait son âme.

Le ressentait-il aussi ? Elle eut bien vite la réponse quand il lui releva doucement le visage en murmurant son nom. Il l'embrassa avec tendresse, avec sentiment, et elle se laissa aller à son baiser. Jamais elle n'aurait imaginé qu'elle pourrait désirer un aristocrate, pourtant elle ferma la porte à ses propres objections pour s'abandonner à la bouche qui prenait possession de la sienne tandis que, du bout des doigts, elle apprenait les contours de son corps.

Il frémit sous la caresse et la serra davantage contre lui. Elle ne pouvait ignorer le désir qu'il avait d'elle, et elle eut plus envie encore d'être possédée, de connaître sa vigueur, sa force, sa passion. Aucun autre homme n'avait ce pouvoir sur elle, aucun autre homme ne lui plaisait. Kern était son destin, le prince de conte de fées qu'elle avait attendu toute sa vie.

— Isabel, chuchota-t-il contre ses lèvres. Dieu me pardonne ! Je m'étais juré de ne plus commettre cette erreur.

Elle l'entendit à travers une brume de désir, et soudain elle ouvrit les yeux. *Une erreur ?* La passion s'évanouissait, pourtant elle s'y accrochait, comme elle s'accrochait aux épaules de Kern.

— Je vous en prie, embrassez-moi. J'ai besoin de vous.

Elle noua les bras autour de son cou pour l'attirer à elle.

Mais il était de marbre. Les mains si douces l'instant d'avant la repoussaient à présent. Comme si elle était une catin qu'il avait choisie mais qu'il trouvait finalement indigne de lui.

— Non, dit-il entre ses dents. Nous ne pouvons pas faire ça, c'est mal et vous le savez aussi bien que moi.

Mais cette attirance défendue la poussait vers lui, irrésistible.

— Tant pis, gémit-elle. Je veux oublier…

— Non ! Nous ne devons pas oublier. Nous parlions de votre père. Il faut impérativement découvrir de qui il s'agit.

Elle était glacée. Kern voulait apprendre qui était Apollon, il voulait déterrer les sordides secrets du passé, et tout cela pour pouvoir renvoyer Isabel à son univers. Elle avait été folle de croire qu'il éprouvait quelque sentiment pour elle !

Rassemblant ce qu'elle pouvait de sa dignité blessée, elle recula enfin.

— Je vous l'ai dit, je n'ai pas de père. Et si vous tentez de prouver le contraire, je ne vous le pardonnerai jamais. Jamais.

Mortifiée, elle entendit sa propre voix se briser et ses yeux se mouillèrent de larmes quand elle passa vivement devant Kern. Il cria son nom, mais elle était déjà à la porte, elle s'élançait vers les ragots de la salle de bal.

Vers le refuge que lui offrait sa comédie.

Comme le dieu légendaire, Narcisse ne pensait qu'à lui.

Cela me parut évident dès la première visite que me rendit M. Terrence D. Pourtant, je le trouvais amusant, à sa manière. Il adorait parader en public et m'emmenait au théâtre, à des concerts, des expositions. Depuis le début de ma carrière de courtisane, je m'étais promis de ne pas vivre cachée comme si j'étais un honteux secret pour ces messieurs. J'avais envie de sortir, de profiter de la vie. Et pour cela, Narcisse se révéla fort utile.

C'était également un homme très sensuel, aussi porté que moi sur les plaisirs de la chair, et nous avons passé de longues heures de passion dans mon lit. C'est lui qui a placé le miroir de telle façon qu'il puisse s'y admirer pendant nos ébats. Si je l'y avais autorisé, il en aurait d'ailleurs revêtu chaque mur afin de voir sa précieuse personne dans toutes les positions.

Vous devez vous demander, cher lecteur, comment j'ai pu tolérer une telle fatuité. Mais voyez-vous, il est venu me voir pour trouver un remède à sa manie des plaisirs solitaires. Il s'y serait adonné plus encore si son médecin ne l'avait averti que cette pratique contre nature risquait de le conduire à la démence. Narcisse ne sera pas content que je trahisse ses confidences, pourtant certains parmi vous nourrissent un penchant pour le même vice, alors peut-être ceux-là éprouveront-ils quelque indulgence.

Les Confessions d'une fille de joie

12

— Je vois qu'on t'a permis de rester, finalement, dit Kern.

Il se tenait devant une fenêtre dans le salon inondé de soleil et regardait le chiot qui s'était arrêté sur le seuil. Il était nettement plus présentable que le jour où Isabel avait volé à son secours.

— Allez, entre, insista Kern. Tu n'as rien à redouter de moi.

Le chien avança craintivement, s'arrêta, la tête penchée. Kern pouvait comprendre son hésitation. Il avait connu tellement de cruauté, dans les rues !

Il y en avait autant dans les élégantes demeures, Kern le savait. Les aristocrates ne malmenaient peut-être pas les chiens sur la voie publique, mais certains d'entre eux étaient assoiffés de sang. Au point de commettre un meurtre.

Kern fit claquer ses doigts.

— Allez, viens ! N'aie pas peur.

Le chien fit de nouveau quelques pas, s'immobilisa. Accroupi, Kern attendait patiemment que la petite bête ait le courage de venir à lui. Quand il fut tout près, il lui gratta doucement le crâne, et le chien ne tarda pas à se rouler sur le dos pour obtenir d'autres caresses.

— Alors, où est ta maîtresse, ce matin ? Où est Isabel ?

Milord jappa tandis que sa queue battait le tapis.

— Elle est encore en train de chercher un moyen de m'échapper...

Kern se sentait un peu stupide de s'adresser ainsi à un animal, mais il avait besoin de parler.

— Il faut que tu m'aides à veiller sur elle, sinon elle va s'attirer des ennuis.

C'est bien ce qui lui arriverait si elle continuait à refuser son aide, si elle persistait à vouloir résoudre, seule, ce mystère. Elle était inconsciente du danger, et cette idée avait tracassé Kern une bonne partie de la nuit. Elle était têtue, impétueuse, et beaucoup trop vulnérable.

La veille, elle avait refusé de considérer Apollon comme un suspect, mais Kern avait l'impression qu'elle en savait plus qu'elle ne voulait bien le dire. Elle avait protesté avec tellement de véhémence ! Pourquoi refusait-elle qu'il mène une enquête sur ce fameux Apollon ? C'était pourtant celui qui avait les meilleures raisons de faire disparaître Aurora. Si on apprenait qu'il avait eu une enfant illégitime avec une courtisane, sa vie publique serait terminée, on ne le recevrait plus dans les familles respectables de la bonne société. L'aristocratie fermait volontiers les yeux sur les frasques secrètes, mais elle devenait impitoyable dès qu'elles étaient révélées au grand jour.

Or, Kern voulait être le premier à démasquer cette canaille.

Je n'ai pas de père. Et si vous tentez de prouver le contraire, je ne vous le pardonnerai jamais. Jamais.

Isabel avait les larmes aux yeux en lui lançant cette menace. *Des larmes*. Elle était furieuse, déraisonnablement furieuse, elle refusait d'admettre que son père ait pu tuer sa mère.

— Je ne lui reprocherai pas de ne pas avoir envie de le rencontrer, marmonna-t-il, mais je jure que je retrouverai ce sinistre individu et que je lui arracherai des aveux.

Milord, en signe d'agrément, lui lécha la main, tandis que Kern le caressait distraitement.

Jusque-là, il n'avait jamais envisagé qu'Isabel pût se montrer fragile. Il la considérait comme une vulgaire aventurière. Elle avait utilisé le chantage pour s'introduire chez Hathaway, elle avait menti, elle séduisait les hommes. Il ne devait pas y avoir une once d'honnêteté dans cette ravissante enveloppe.

Je vous en prie, embrassez-moi. J'ai besoin de vous.

Kern en avait la gorge serrée. Pourquoi éprouvait-il cette tendresse à son égard ? Isabel Darling était à l'opposé de son idéal féminin, elle n'était ni réservée ni vertueuse. Néanmoins, dès qu'il l'approchait, il perdait tout bon sens. Il s'était promis de ne plus la toucher, et pourtant... À la première occasion, il s'était jeté sur elle, l'avait embrassée, avait caressé ses formes voluptueuses avec l'ardeur d'un amant.

—Ma foi, lord Kern, déclara l'objet de ses sombres pensées, il est tout à fait charmant de vous trouver accroupi sur le tapis !

Isabel pénétrait au salon, bras dessus, bras dessous avec Helen. Celle-ci applaudit joyeusement.

—Oh, bravo, Justin ! Vous avez retrouvé le petit chien d'Isabel.

Gêné d'être surpris en conversation avec un animal, Kern se releva.

—En effet. Bonjour.

Elles étaient magnifiques, toutes les deux, l'une blonde et pâle, l'autre brune et sensuelle. Milord courut vers sa maîtresse qui le prit dans ses bras.

—Alors, vilain garçon, dit-elle gentiment, je ne savais pas où tu étais passé !

Kern, fasciné, regardait ses lèvres si pleines, si tentantes. Même vêtue d'une simple robe de mousseline couleur d'ambre, Isabel évoquait tous les plaisirs.

Intimes et interdits. Des plaisirs qu'on n'avait le droit d'imaginer qu'avec sa fiancée.

Il se dirigea vers Helen. Bon sang, c'était elle qu'il voulait épouser, elle serait une merveilleuse compagne, douce, obéissante. Pour bien se le prouver à lui-même, il fit ce qu'il n'avait fait qu'une seule fois, le jour de leurs fiançailles : il lui baisa la joue.

Il en ressentit un certain plaisir, mais rien de passionné, ni de sexuel. Il n'avait pas envie de laisser libre cours à ses plus bas instincts. À regret, il dut s'avouer qu'elle lui inspirait une affection de grand frère.

Il était bourrelé de remords. Il n'avait pas le droit de désirer une catin quand il était promis à un ange.

Helen était ravissante, mais c'était une dame et jamais il ne se permettrait le moindre rêve érotique avec elle. Pourtant, il était certain qu'elle le rendrait heureux au lit, lorsqu'ils seraient mariés.

—J'espère que vous êtes remise, dit-il.

—Presque, mais ce maudit rhume ne m'a pas tout à fait quittée, répondit-elle en portant un mouchoir à son nez encore rouge.

Isabel observait Kern, et il se demanda si elle se remémorait leur baiser passionné de la veille. Jusqu'à ce que son regard intense lui transmette un message. Avait-elle, elle aussi, appris que sir John Trimble était de retour en ville ?

—Êtes-vous suffisamment guérie pour aller faire un tour au parc ? demanda-t-il à Helen.

—Demain, peut-être. Je suis désolée, mais Isabel et vous devrez m'excuser une fois de plus. Pardonnez-moi d'être si rabat-joie.

Non, ce n'était pas possible, il n'allait pas se réjouir que sa fiancée reste à la maison ! Il voulait simplement poursuivre son enquête.

—Restez donc avec lady Helen, Monseigneur, suggéra Isabel, doucereuse. Voici une semaine qu'elle est confinée à sa chambre, elle sera heureuse de vous avoir près d'elle afin de la distraire. Je sortirai avec miss Gilbert.

Elle espérait interroger Trimble toute seule, la mâtine !

—À moins que *vous* ne restiez ici, contra-t-il. Vous saurez distraire Helen mille fois mieux que moi.

Helen les interrompit d'un petit rire.

—Je ne veux ni de l'un ni de l'autre, dit-elle, légère. Je vais aller lire confortablement dans la bibliothèque. Si vous voulez bien m'y emmener maintenant, Justin ?

Tandis qu'Isabel allait chercher sa capote et sa pelisse, Kern escorta sa fiancée à la bibliothèque.

Il avait l'intention de la quitter aussitôt, mais lord Hathaway s'y trouvait.

Le marquis écrivait, assis à son bureau, et en voyant entrer les deux jeunes gens, il posa sa plume.

— Papa ! s'écria Helen. Je vous croyais sorti. Est-ce que cela vous dérange, si je reste un peu ici avec un livre ?

Il sourit.

— Certainement pas, ma chérie. Cependant, je vais te demander de sortir un instant car j'ai à parler avec Justin.

— Alors je vais prendre une tasse de thé dans le petit salon. Peut-être m'y rejoindrez-vous quand vous aurez terminé ?

Hathaway acquiesça machinalement tandis qu'elle sortait et fermait la porte derrière elle. À la lumière crue du soleil, les traits du marquis accusaient une certaine lassitude. Il se leva pour aller chercher une carafe et deux verres à dégustation.

— Brandy ?

Kern refusa d'un signe de tête. Il fut surpris de voir son vieil ami se servir. Jamais Hathaway ne buvait si tôt dans la journée !

— Où est Isabel, ce matin ? demanda Hathaway à brûle-pourpoint.

Kern hésita. Pourquoi se sentait-il mal à l'aise ?

— Nous allons faire une promenade au parc, elle et moi.

— Je tiens à ce que vous gardiez un œil attentif sur elle. Comme vous le savez, elle a cette ridicule obsession sur la mort de sa mère…

— Ridicule ? Moi, je finis par croire qu'elle dit la vérité.

— Bah !

Hathaway, le verre à la main, faisait les cent pas.

— Il y aurait eu un tollé général, si c'était le cas, poursuivit-il. Il s'agit de la mort d'une courtisane qui a rendu des services à nombre de gentilshommes. Les feuilles de chou auraient été promptes à répandre le scandale dans tout Londres.

— Pas en l'absence de preuves, objecta Kern. J'ai pris la liberté de parler aux autres pensionnaires de la maison close, et l'une d'entre elles a vu un homme entrer dans la chambre d'Aurora le soir où elle est tombée malade.

Hathaway sursauta. Du brandy gicla sur sa main, mais il ne sembla pas le remarquer.

— Un homme ? Qui ?

— La femme, Minnie, dit qu'elle n'a pas vu son visage. Et je ne peux m'empêcher de penser que quelque chose n'est pas naturel, dans cette mort. Apparemment, Aurora a écrit dans son journal qu'elle avait été empoisonnée.

Le marquis vida son verre et le posa brutalement sur le bureau.

— Vrai ou pas, je ne tolérerai pas qu'une jeune femme qui vit sous mon toit parcoure Londres en proférant de telles accusations. Si vous tenez un tant soit peu à la réputation d'Hélen, vous veillerez à ce qu'Isabel Darling se conduise convenablement.

— Le petit bâtard reste là, déclara Kern.

Isabel fronça les sourcils sans lâcher Milord. Depuis qu'ils avaient quitté la maison, Kern avait une attitude fort désagréable. Il conduisait le phaéton en regardant droit devant lui et n'avait pas prononcé trois mots.

— Moi aussi ? demanda-t-elle sèchement. Puisque vous me considérez également comme une bâtarde.

Kern, superbe dans le manteau vert foncé qui rehaussait la couleur de ses yeux, lui jeta un regard sombre.

— Si je pensais pouvoir vous empêcher d'interroger Trimble, j'exigerais en effet que vous restiez dans la voiture. Mais vous vous arrangeriez pour venir un autre jour.

— Vous avez raison.

Devant le ton sec de sa maîtresse, Milord se mit à lui lécher le menton.

— N'aie pas peur de ce méchant comte, mon tout petit, lui dit-elle tendrement. Tu ne me quittes pas. On ne va pas te laisser tout seul dans ce vilain quartier. Si les garnements revenaient te tracasser.

Kern l'observait avec cette expression passionnée qui bouleversait Isabel. Comme s'il avait envie de l'entraîner dans un coin sombre pour lui faire l'amour. À l'idée qu'il prenne sa virginité, Isabel eut une bouffée de chaleur.

Maudit soit-il, cet homme qui éveillait en elle des instincts de fille perdue !

— Vous ne pouvez comprendre l'affection que j'ai pour ce chien, dit-elle. Vous avez dû avoir des douzaines d'animaux domestiques, quand vous étiez enfant.

— Seulement les chiens de meute qu'entretenait mon père pour la chasse. Il y en avait un que j'aimais particulièrement.

Il était ailleurs, soudain… Puis il cligna des yeux.

— Et vous ? demanda-t-il. À la campagne, vous aviez sûrement un chien, ou un chat.

Elle secoua la tête.

— Ma gouvernante détestait les animaux, et je n'ai pas eu le droit d'en posséder un. Mais maintenant, je t'ai, n'est-ce pas, Milord ?

Kern se taisait. Après tout, tant pis s'il n'appréciait pas qu'elle eût recueilli cet animal. Elle faisait ce qui lui plaisait ! Pourtant, quand il posa la main sur ses reins, tandis qu'ils montaient les marches qui menaient au porche de la petite maison, elle trouva son contact étrangement réconfortant, autant que la petite boule de fourrure nichée entre ses bras.

Non qu'elle eût besoin qu'on lui redonne du courage. Elle se sentait calme et sereine, ce matin. Au point qu'elle ne comprenait pas pourquoi elle avait réagi de façon si mélodramatique la veille. Peu importait son père, elle conduirait l'entrevue comme si Trimble n'était qu'un suspect parmi d'autres.

La gouvernante les fit entrer dans un petit salon meublé de façon rudimentaire, où Isabel prit place sur une chaise branlante, Milord perché sur ses genoux. Kern marchait de long en large devant la cheminée.

— Selon mes premières investigations, dit-il à voix basse, Trimble est veuf et sans enfants. Il a perdu beaucoup d'argent dans les affaires, mais à part cela, il a mené une existence plutôt terne.

— Hormis sa relation avec ma mère.

Kern haussa les épaules.

— Qu'a-t-elle écrit là-dessus ? Quel genre d'homme était-il ?

— Maman trouvait sir John plus honorable que ses autres amants. Il la traitait avec respect, considération. C'est du moins ce qu'elle disait.

— Il aurait pu lui en vouloir de le déshonorer justement en l'évoquant dans ses Mémoires, déclara fermement Kern. Si Trimble est notre criminel, vous devrez me laisser m'occuper de lui. Et vous conduire en dame. Nous sommes bien d'accord ?

Les doigts d'Isabel se crispèrent sur la fourrure du petit chien.

— Je me conduis en dame ! protesta-t-elle. Et s'il est coupable, vous réglerez le sort de Trimble quand j'en aurai terminé de *mon* interrogatoire. Nous sommes bien d'accord ?

Il la regardait de haut, et elle crut qu'il allait lui imposer encore sa volonté, mais après quelques secondes, une étincelle s'alluma dans ses yeux et il lui tendit la main.

— Montrons-nous civilisés. Je suis prêt à signer une trêve. Qu'en pensez-vous ?

Elle fixa un instant sa main avant d'y poser la sienne.

— Entendu.

Les grands doigts se refermèrent sur ceux d'Isabel et, malgré les gants, elle sentit une vague de chaleur se répercuter dans tout son corps, les battements de son cœur s'accélérèrent. Pourtant, il aurait dû la dégoûter, ce rejeton de Lynwood, ce fils d'un duc si dépravé qu'il avait peut-être tué sa mère.

Mais finalement, Kern était-il responsable des vices de son père ? N'était-ce pas aussi injuste que de la prendre pour une femme de mauvaise vie sous prétexte que sa mère en était une ?

Comme ils entendaient du bruit dans le couloir, Kern recula, tandis qu'Isabel se raidissait, malgré sa ferme résolution de ne pas perdre son sang-froid. Milord gronda, les oreilles dressées.

— Chut...

Elle caressait la tête du petit chien, regrettant qu'on ne pût apaiser aussi facilement son angoisse.

Aidé par la domestique, sir John Trimble entra au salon en claudiquant et s'assit dans un fauteuil, le pied goutteux posé sur un tabouret. La douleur défigurait son visage qu'on pouvait difficilement qualifier d'ordinaire, avec son nez épaté, la cicatrice qui barrait sa joue et les yeux bruns noyés dans les rides.

Qu'avait bien pu apprécier Aurora, chez lui ?

Ceux qui le trouvent repoussant s'arrêtent à son physique, mais il comprend merveilleusement le cœur d'une femme.

— Satanée goutte ! grommela-t-il en se frottant la jambe. Pardonnez-moi, miss Darcy, lord Kern. C'est la conséquence du long trajet dans une voiture plus ou moins confortable pour revenir à Londres. Cela ira mieux d'ici un jour ou deux.

Il se redressa un peu.

— Mais ce n'est pas une façon de vous recevoir. Puis-je vous offrir un rafraîchissement ?

— Ne vous dérangez pas, répondit Isabel. Nous ne vous retiendrons pas longtemps.

— Vous ne me dérangez jamais, dit-il, galant. Bon. Venez-vous me voir pour que je vous enseigne les points gagnants au whist ? Lors de notre dernière rencontre, au bal des Winfrey, vous disiez souhaiter améliorer votre façon de jouer, et je serais ravi de vous y aider dans la mesure de mes moyens.

Il semblait sincère, et Isabel imagina la monotonie de sa vie, tout seul, sans enfants, sans personne pour égayer ses journées. Il était tellement heureux de recevoir de la visite qu'il n'avait pas hésité à descendre l'escalier malgré ce que cela devait lui coûter de souffrance.

Isabel en ressentait une compassion mêlée de rancune. S'il était seul, c'était sa faute. Il aurait pu épouser Aurora, au lieu de se marier pour de l'argent… De toute façon, il terminait sa vie dans le dénuement. Comment aurait vécu Isabel, s'il avait régularisé cette liaison ? Elle aurait été une enfant légitime, on l'aurait traitée comme telle, elle aurait été reçue dans des demeures respectables. Avec le temps, les gens auraient oublié le passé obscur de sa mère, Isabel aurait même pu espérer trouver un mari de haute lignée, comme lord Kern...

Elle chassa ces pensées puériles.

— Merci pour votre gentillesse, monsieur, dit-elle, mais ce n'est pas la raison de notre présence chez vous. J'espérais que vous accepteriez de répondre à quelques questions.

Il les regardait alternativement, Kern et elle.

— Je vous écoute. Vous avez éveillé ma curiosité, je l'avoue.

Isabel respira un bon coup pour se donner du courage.

— Je ne suis pas celle que je prétends être, sir John. Voyez-vous, autrefois, avant même ma naissance, vous avez connu ma mère.

Elle s'interrompit. Cette déclaration était toujours difficile, et cette fois était sans doute pire encore.

— Je suis...

— La fille d'Aurora, marmonna Trimble.

Isabel l'observait, pétrifiée. *La fille d'Aurora.* Il ne revendiquait pas sa paternité, même maintenant. Lui aussi l'observait, indéchiffrable. Elle avait envie qu'il la reconnaisse et elle s'en voulait de cette réaction. Pourquoi l'opinion de cet individu serait-elle plus importante que celle des autres amants de sa mère ?

Peut-être était-elle face à un meurtrier. Dans ce cas, son âme serait plus laide encore que son visage.

— J'ai bien trouvé une espèce de ressemblance, reprit-il, quand je vous ai rencontrée. Cependant, vous habitiez chez lord Hathaway, alors je n'imaginais pas...

— Je me fais passer pour la nièce de lord Hathaway, expliqua-t-elle. Je savais que son frère avait eu une liaison avec ma mère, et je m'en suis servie comme argument pour pénétrer dans la haute société. Non pas dans un but personnel, se hâta-t-elle d'ajouter avec un regard de défi à Kern, mais pour avoir une chance de rencontrer les hommes qui ont connu ma mère.

Kern se taisait. Pour une fois, il semblait disposé à la laisser mener les débats à son idée.

— Ma foi, vous feriez mieux de me dire tout de suite pourquoi vous désiriez les rencontrer, ces hommes, dit lord Trimble, une lueur de curiosité dans le regard. Bien que je vous avertisse, ma chère, si vous espérez apprendre qui est votre père...

— Non !

Il ne fallait surtout pas qu'il en parle devant Kern.

— Ce n'est pas le problème ! affirma-t-elle.

— Mais si, intervint Kern. Aurora l'appelait Apollon. Savez-vous de qui il s'agit ?

Milord toujours dans ses bras, Isabel bondit sur ses pieds.

— Vous n'êtes pas obligé de répondre, monsieur. C'est moi qui pose les questions.

Kern serrait les dents, visiblement irrité. Il ne devait pas avoir l'habitude qu'une femme s'oppose à lui. Mais elle n'avait rien à perdre.

— Que se passe-t-il ? demanda Trimble, complètement désarçonné. De toute façon, jamais je n'aurais répondu à cette question, car ce serait trahir Aurora.

— Et si ce problème en entraînait un autre, plus grave, un problème de vie ou de mort ? demanda Kern.

— De vie ou de mort ? Je comprends de moins en moins. J'imagine que vous êtes impliqué dans cette histoire – quelle qu'elle soit – à cause de Lynwood ?

— D'une certaine manière, en effet, répondit Kern. Vous comprendrez en temps utile. Bien que je sois obligé d'en référer à miss Darling, ajouta-t-il avec un petit salut destiné à la jeune fille.

Elle n'en croyait pas ses oreilles ! Il lui laissait le champ libre, quoi qu'il en coûtât à son orgueil de mâle.

Agréablement surprise, elle se rassit. Elle se concentrait dorénavant sur sir John. Lui ressemblait-elle par les traits, la couleur des yeux ?

— Pardonnez-moi de me monter si indiscrète, sir John, dit-elle, mais quand avez-vous vu ma mère pour la dernière fois ?

— Il y a environ un an, dit-il, noyé dans ses souvenirs. Un mois avant sa mort.

— Était-elle déjà malade ?

— Non. Elle était en pleine forme physiquement, bien que quelque chose la tracassât.

Comme il semblait hésiter, Isabel insista :

— Mais quoi ? Je vous en prie, c'est extrêmement important.

— Je crois que plusieurs hommes lui avaient demandé de cesser d'écrire ses Mémoires. C'est pourquoi elle m'a envoyé chercher. Elle voulait me confier ses ennuis.

— Elle vous a envoyé chercher ? coupa Kern. Vous n'aviez pas entendu parler de son journal ?

— Si, mais ça m'était égal. Qu'aurais-je eu à perdre à la publication de ses souvenirs ?

— Votre réputation, dit Kern comme si c'était évident.

Trimble eut un rire amer.

— Compte tenu de mon visage, j'en ai déjà entendu de toutes les couleurs. Et à mon âge, je ne juge plus l'honneur d'un homme en fonction des règles strictes d'une société puritaine.

Kern haussa un sourcil désapprobateur, mais il n'émit aucun commentaire. Ce n'était pas le moment de débattre de ce sujet.

— Qui vous a informé que ma mère écrivait ses Mémoires ? demanda Isabel.

— Une crapule du nom de Dickenson. Il suggérait que tous ceux qui avaient été décrits dans le journal s'unissent pour intimider Aurora.

Trimble serrait les poings.

— Inutile de dire que je l'ai envoyé au diable ! conclut-il.

Pour en arriver à de telles extrémités, Terrence Dickenson devait terriblement redouter la publication des Mémoires ! Isabel échangea un regard avec Kern et comprit que la même idée lui venait. Pourtant, ils ne pouvaient pas être sûrs. Pas encore. Trimble mentait peut-être afin de détourner les soupçons.

— Avez-vous revu ma mère, ensuite ? Lui avez-vous offert un présent ?

— Non. Elle avait besoin que je la réconforte, que je la rassure, mais ensuite elle voulait rester au calme afin de terminer son journal. J'ignorais même qu'elle était tombée malade jusqu'à ce que… Elle était si belle, Aurora ! Rêveuse, pleine de fantasmes, mais forte et déterminée sous son aspect extrêmement féminin. Si je puis me permettre, vous me la rappelez de façon frappante.

Le jugement de Trimble prit Isabel au dépourvu, et elle en ressentit du plaisir qu'elle se reprocha aussitôt. Elle ne voulait pas être comme sa mère.

Petite fille, elle avait rêvé de ressembler à la ravissante jeune femme élégante et parfumée qui la faisait venir de temps en temps à Londres, la couvrait de cadeaux, l'emmenait au cirque, lui offrait des glaces. Puis elle avait découvert la hideuse réalité, elle avait appris d'où venait l'argent avec lequel Aurora lui achetait poupées, jolies robes et friandises. Elle avait alors décidé qu'elle mourrait de faim plutôt que de vendre son corps.

Et pourtant... Lorsqu'elle regardait Kern, elle avait envie de ses baisers, de ses caresses, de son amour. Si elle n'était pas comme sa mère, pourquoi désirait-elle se trouver nue dans le lit de cet homme, le toucher, et faire l'amour avec lui ?

Pourquoi cette douleur, ce vide au fond de son cœur ?

Il la regardait, et elle pria pour qu'il ne pût deviner ses pensées déplacées. Mais il se tourna vers sir John.

— J'espère que les autres sont moins physionomistes et qu'ils n'ont pas remarqué cette ressemblance, dit-il sérieusement. Maintenant, il est temps que nous vous disions la vérité : nous avons de bonnes raisons de croire qu'Aurora Darling a été assassinée. Empoisonnée.

Trimble devint pâle comme un linge. Il s'agrippa aux bras de son fauteuil.

— Non... *Non !*

— Minnie a vu un homme entrer dans la chambre d'Aurora le soir où elle est tombée malade, poursuivit Kern. Le 10 mai dernier. Pourriez-vous nous dire où vous vous trouviez à cette date ?

Trimble fixait le tapis, puis il se passa la main sur les yeux avant de répondre.

— Je n'en sais rien. Vous êtes certain de ce que vous avancez ?

— Hélas, oui.

— Ma mère a fait part de ses craintes dans le dernier chapitre de son journal, ajouta Isabel.

Elle ne quittait pas Trimble des yeux. Était-ce un comédien accompli, ou était-il réellement effondré ?

— Malheureusement, reprit-elle, elle ne cite personne en particulier.

— Juste Ciel ! J'aurais dû aller voir personnellement tous ceux qui l'avaient importunée, comme j'avais l'intention de le faire. J'ai eu tort de la laisser m'en dissuader. C'était stupide de ma part ! Dramatiquement stupide !

— Donnez-moi le nom de ces hommes, dit Kern, afin que j'aille les interroger.

— Non !

Déterminé, lord Trimble se leva avec peine de son fauteuil auquel il s'appuya.

— Malgré le respect que je vous dois, Monseigneur, je m'en occuperai moi-même. Comme je voulais le faire à cette époque-là.

— Malgré le respect que je vous dois, rétorqua Kern, j'aimerais vous accompagner. Vous n'êtes pas en état de pourchasser des criminels.

— Je me débrouillerai. Tout ce que m'a dit Aurora était confidentiel, et je ne la trahirai pas maintenant. Ni jamais.

Ils échangèrent un long regard, puis Kern déclara :

— Dans ce cas, je compte que vous me teniez au courant de toutes vos démarches. Et je tiens à ce que vous considériez Apollon comme suspect.

Trimble pinça les lèvres, le regard perdu au loin.

— Entendu.

Isabel aurait été incapable d'interpréter son expression. Il trichait en disant qu'il allait interroger Apollon !

Comme les deux hommes se serraient la main, Isabel s'interposa.

—Attendez un instant! J'enquête sur la mort de *ma* mère. Vous ne pouvez pas me laisser en dehors. Je veux questionner ces hommes, je veux être là pour écouter ce qu'ils ont à dire.

Kern la prit par le bras.

—Je suis désolé, mais c'est absolument impossible.

—Pas du tout!

Tremblante de rage, elle se tourna vers Trimble. Elle était furieuse qu'il ait fréquenté sa mère, partagé des confidences avec elle, furieuse qu'il ait abandonné son unique enfant.

—Au nom de quoi vous ferions-nous confiance? Si vous aviez vraiment de l'amitié pour ma mère – et nous n'avons que votre parole sur ce point –, vous vous doutez bien qu'elle n'aurait pas voulu que vous me cachiez quelque chose.

—Vous ne pouvez vous mettre en danger, mon petit, dit Trimble avec un sourire paternel en lui effleurant la joue. Regardez ce qui est arrivé à Aurora, je vous en prie. Elle aurait surtout souhaité que vous soyez en sécurité. Elle vous aimait tant! Elle me l'a dit encore la dernière fois que je l'ai vue. Elle avait envie de venir vivre avec vous à la campagne.

Le geste affectueux la calma instantanément, et elle demeura désorientée, muette. *Elle vous aimait tant!*

Isabel avait bien vite compris qu'Aurora adorait jouer son rôle de mère quand l'envie l'en prenait, et elle le faisait avec l'excès, l'extravagance qu'elle mettait à tout. Pourtant, Isabel, en grandissant, s'était mise à douter de la profondeur de son amour.

Elle vous aimait tant !

Bouleversée par des émotions contradictoires, elle se laissa mener sans protester vers la porte, serrant Milord de toutes ses forces. Comme s'il sentait sa détresse, il se frotta le museau dans son cou.

Une fois la voiture en route, Isabel sembla retrouver ses esprits.

— Prenez la petite rue latérale, là, ordonna-t-elle à Kern. Nous allons attendre lord Trimble et le suivre.

Kern fit claquer les rênes.

— Je lui ai donné ma parole de ne pas intervenir. Il va contacter ces hommes et ensuite il me fera son rapport. Il faut nous contenter de ça.

— Nous en contenter ? Et comment être sûrs de pouvoir lui faire confiance ?

— Nous n'avons pas le choix. Nous aurions pu insister indéfiniment, il n'aurait jamais trahi les confidences de votre mère, c'est évident.

Isabel se retourna vers la maison de brique. Bien sûr, Trimble n'irait nulle part. Il n'avait pas besoin de chercher Apollon. Pourtant, s'il sortait de chez lui...

— Nous ne pouvons le laisser agir seul !

— Mais enfin, pourquoi protester avec tant de fougue ?

Kern lui lança un regard acéré.

— C'est à cause d'Apollon, n'est-ce pas ? devina-t-il.

— Je ne sais pas de quoi vous voulez parler.

— Mais si. Vous prétendez qu'il n'est pas question pour vous de rechercher votre père, pourtant, vous tenez à suivre Trimble. Que me cachez-vous sur Apollon ?

— Rien du tout.

—Je me le demande... Tant pis, entêtez-vous si ça vous amuse, mais Trimble a raison sur un point : vous vous exposez à un réel danger, et je ne le supporterai pas davantage.

Isabel avait une douzaine de répliques toutes prêtes, pourtant, il n'aurait servi à rien de discuter, elle le savait. Elle commençait aussi à savoir que les hommes étaient extrêmement obstinés quand il s'agissait d'honneur. Comme lord Trimble, Kern ne changerait pas d'avis.

Ce qui ne signifiait pas qu'elle était tenue de lui obéir.

13

—Alors, vous allez lui dire, papa ? demanda Helen, les yeux brillants.

Quel beau couple ils formaient, Kern et elle, assis côte à côte sur la banquette du carrosse !

—Oh, dites à Isabel ce que vous avez décidé ! insista-t-elle.

Lord Hathaway s'agita nerveusement sur son siège. Bien qu'il continuât à regarder sa fille, Isabel sentait que son attention était concentrée sur elle.

—Non, grommela-t-il enfin. Ce n'est ni le moment ni l'endroit.

—Mais si ! protesta Helen avec un sourire plein de joie. Quel meilleur moment que celui où nous sommes réunis et en route pour l'Opéra ? En outre, ma cousine a le droit de savoir, ne serait-ce que pour sa tranquillité d'esprit.

Isabel mourait de curiosité. Quelle décision la concernant pouvait prendre le père d'Helen qui se montrait si morose à son égard ? Il se tenait près d'elle, tout droit malgré le balancement de la voiture. La petite lampe intérieure soulignait ses traits crispés.

Kern fronçait les sourcils.

— Vous m'intriguez. De quoi s'agit-il ?

Un petit muscle jouait sur la mâchoire d'Hathaway.

— On m'a fait part d'un problème, dit-il enfin. Helen – avertie par miss Gilbert – m'a informé d'un déplorable ragot qui a circulé au bal des Wilkins, l'autre soir.

Le cœur d'Isabel se serra. Quelqu'un l'avait-il vue en train d'embrasser Kern, d'être caressée par lui ? Accablée de honte, elle attendait la catastrophe. Elle regarda Kern et, à son expression, vit que lui aussi revivait la scène interdite. Ils avaient trahi la confiance d'Helen, violé les lois de l'honneur. Mais si la jeune fille était au courant de leur vilain secret, pourquoi était-elle rayonnante ?

— Je ne voulais pas le croire, quand Gillie m'a avoué ce que l'on racontait, dit Helen sur le ton de la confidence. J'étais stupéfaite par cette mesquinerie, indigne d'un aristocrate. Si je n'avais pas été malade ce soir-là, j'aurais mis un terme à ces cancans une bonne fois pour toutes.

— De quels ragots parlez-vous ? demanda Isabel, inquiète.

— Il semblerait, dit le marquis, que tout le monde a appris votre dénuement financier, miss Darcy. Cette nouvelle a rapidement fait le tour de la bonne société, et cela grâce à une canaille du nom de Mobrey.

Immensément soulagée, Isabel se mit à respirer plus librement.

— Oh, ça ? Ce n'est pas important. Les racontars ne m'atteignent pas.

— Vous êtes remarquablement courageuse, cousine, déclara Helen en lui prenant brièvement la main. Mais le problème est plus grave. Une jeune fille doit avoir une dot, si elle veut trouver un mari convenable. Aussi en ai-je parlé à papa ce matin.

— Et je suis du même avis que toi, renchérit le marquis. J'ai failli à mes devoirs. Helen m'a convaincu de déposer à votre nom la somme de cinq mille livres.

— Cinq mille… ? répéta Isabel.

Elle en avait la tête qui tournait. Si elle n'avait pas été assise, elle se serait écroulée. Elle s'accrocha à la poignée de cuir. Cinq mille livres… Et il en parlait comme s'il s'agissait de quelques pièces jetées dans la sébile d'un mendiant !

— Mais pourquoi ?

Hathaway la regardait sous ses épais sourcils gris.

— La raison me semble évidente. Tant que vous vivez chez moi, vous êtes sous ma responsabilité. Or, je ne tolérerai pas que des ragots salisse un membre de ma maisonnée.

L'explication était plausible. Pourtant, Isabel devinait un sens caché à ses paroles.

— C'est une offre extrêmement généreuse, murmura-t-elle, cependant, jamais je ne pourrais accepter votre argent.

— Vous pouvez, et vous le ferez.

Il avait un visage de pierre, les lèvres serrées, le regard dur. Pourquoi tenait-il tant à lui faire ce cadeau ? Avec une somme de cette importance, elle pourrait acheter la maison à la campagne dont rêvaient ses tantes et leur permettre de vivre à l'aise pour le reste de leurs jours ! C'était infiniment tentant! Évidemment, il faudrait pour toucher cet argent qu'elle se marie. Et encore, la somme irait à son époux, donc elle devrait le persuader de la laisser en jouir, du moins en partie.

Se marier voulait dire également poursuivre indéfiniment la comédie, taire à jamais ses honteuses origines. Le marquis la croyait-il capable de berner sans scrupule un éventuel mari? Sans doute, et cela lui faisait mal, même si elle connaissait depuis le début la mauvaise opinion qu'il avait d'elle.

Quoi qu'il en soit, elle ne comprenait rien. Pourquoi désirerait-il la voir demeurer dans son univers où ils se rencontreraient forcément de temps à autre?

Tourmentée par les soupçons, elle jeta un coup d'œil à Kern qui semblait aussi stupéfait qu'elle. Et furieux.

Cinq mille livres...

Soudain, en un éclair, elle comprit où il voulait en venir. Oui, c'était affreux, diabolique. Il espérait l'empêcher ainsi de poursuivre son enquête sur lord Raymond.

Hathaway achetait son silence.

—Bon sang, à quoi pensez-vous? s'écria Kern. Pourquoi lui promettre une dot?

Le marquis et lui se tenaient dans un couloir peu fréquenté de l'Opéra, où Hathaway fumait un petit cigare tandis qu'ils attendaient Helen qui s'était éclipsée un instant. C'était l'entracte et on apercevait au bout du corridor les élégants qui bavardaient au foyer. Prétextant un début de migraine, Isabel était restée dans la loge du marquis. Kern n'aimait guère la laisser seule, pourtant il lui fallait absolument s'entretenir avec Hathaway.

— Baissez le ton, je vous prie, ordonna celui-ci, sinon tout Londres va nous entendre.

— Alors, répondez-moi à voix basse, rétorqua Kern.

— Je vous ai déjà expliqué ma démarche. Je veux faire taire les ragots, même si je dois pour cela acheter la respectabilité de miss Darcy.

Kern formula les soupçons qui l'avaient tracassé pendant la première partie du spectacle.

— Isabel vous a-t-elle extorqué cet argent ? Vous a-t-elle menacé de publier les Mémoires ?

— Grand Dieu, non ! Elle ne m'a jamais demandé un sou, bien que j'aie payé sa garde-robe, évidemment. Il fallait qu'elle soit correctement vêtue.

Kern s'en voulut du soulagement qui l'envahissait malgré lui.

— Mais enfin, cinq mille livres ! Personne ne s'attend que vous soyez aussi généreux avec une lointaine parente.

— Alors, qu'on me traite d'excentrique, je m'en moque. C'est bien mieux que de susciter des questions sur le passé d'Isabel. Cela rejaillirait forcément sur Helen, vous le savez bien, Justin.

Kern le savait, pourtant il était outré.

— Ainsi, vous poussez Isabel à épouser un gentilhomme, dit-il d'une voix dure. Vous la laisserez duper un honnête garçon.

— Elle n'est pas obligée d'accepter. Et si elle ne se marie pas, elle n'aura rien.

— Mais vous savez qu'elle le fera. Vous prenez un sacré risque. Elle est la fille illégitime d'une courtisane.

Hathaway était imperturbable.

— Elle a été élevée par une gouvernante et elle se comporte fort bien en société.

— Et que se passera-t-il quand son passé sera révélé publiquement ?

— Il ne le sera pas. Elle est intelligente.

— Certes. L'autre jour, cependant, vous lui reprochiez de courir Londres à la recherche des anciens amants de sa mère.

— Elle ne le fera plus, je compte sur vous pour l'en empêcher.

Kern grinçait des dents. Rien de ce qu'il disait ne pourrait détourner le marquis de sa décision. Or, Kern ne pouvait imaginer Isabel se mariant – et faisant l'amour – avec l'un des godelureaux qui lui tournaient autour.

Bon sang, si, il l'imaginait. Et trop bien ! Il la voyait ouvrir ses jambes blanches pour satisfaire l'ardeur d'un autre. Il se voyait, lui, torturé par sa présence au fil des années tandis qu'elle porterait l'enfant d'un autre, qu'elle deviendrait plus belle encore et plus douce avec l'âge. Helen et lui seraient obligés de la recevoir, de supporter ses sourires sensuels et son esprit mordant.

— Sapristi ! Vous savez qui elle est, d'où elle vient. Tôt ou tard, elle commettra une bévue, et elle attirera le déshonneur sur vous. Sur nous tous.

— C'est une affaire réglée, inutile d'en parler davantage.

Le marquis tira une dernière bouffée de son cigare avant de l'écraser dans un cendrier. Kern l'avait rarement vu fumer, et jamais en public. Quelque chose tracassait Hathaway, il en était intimement persuadé, quelque chose de plus profond que le cadeau offert à une femme qui s'était introduite chez lui au moyen du chantage.

Mais qu'est-ce qui pouvait bien lui faire perdre ainsi tout sens commun ?

Lord Raymond. Hathaway avait toujours protégé son cadet.

Or, cela voudrait dire que le marquis soudoyait Isabel, qu'il achetait son silence. Impossible.

Autrefois, lord Raymond était un noceur qui frayait avec des femmes de basse condition, jusqu'à ce qu'il séduise la femme d'un riche marchand. Découvert en flagrant délit, il avait été provoqué dans un duel où il avait bien failli laisser sa peau. Depuis lors, il menait une existence exemplaire toute dévouée aux paroissiens de l'église Saint-George.

À moins qu'il n'y ait une faute plus sordide encore dans son passé, une faute qu'Hathaway ne voulait surtout pas voir révélée au grand jour ?

Non. Kern se refusait à imaginer cela de la part de l'homme qu'il connaissait depuis l'enfance, de celui qu'il considérait comme son père spirituel. Hathaway était la personne la plus intègre que Kern connaisse, il lui avait montré le droit chemin. Il était incapable de couvrir un meurtrier.

Mais si ce meurtrier était son frère…

Helen avait fait un détour par le foyer et elle en revenait accompagnée d'un jeune homme. Elle était angélique, dans sa robe blanche, les cheveux relevés, un charmant sourire aux lèvres.

— Regardez qui j'ai rencontré en traversant le salon, dit-elle. Je lui ai appris la nouvelle, pour Isabel.

Charles Mobrey s'inclina.

— Enchanté de vous voir, messieurs. Je disais justement à lady Helen combien il était agréable de retrouver de vieux amis. Miss Darcy est-elle ici ?

Kern avait envie de gifler ce visage fat.

— Pas pour vous, dit-il.

Mobrey, bouche bée, avait l'air d'un poisson hors de l'eau.

—Oh... Je... j'espérais tellement la voir! Nous avons eu une sotte querelle la dernière fois que nous nous sommes croisés, et je tenais à lui présenter mes excuses pour...

—Vous en avez dit suffisamment, coupa Hathaway, glacial. Retournons à notre loge, Helen. Le deuxième acte va bientôt commencer.

—Mais... mais... balbutia Mobrey.

Helen se glissa entre son père et Kern. Sans un au revoir, ils plantèrent ce triste sire au milieu du corridor.

Dès qu'ils furent hors de portée de voix, Helen chuchota :

—Je savais que je pouvais compter sur vous deux pour le remettre à sa place. Quel impudent ver de terre! Comment ose-t-il courtiser Isabel?

—Il ne s'approchera plus d'elle, dit Kern. Je vous le promets.

—Et nous devrions nous mettre à la recherche d'un bon mari pour elle, renchérit Helen tandis qu'ils montaient le grand escalier. Quelqu'un de merveilleux comme vous, Justin.

Son sourire naïf fit mal à Kern. Elle ne le trouverait pas merveilleux du tout si elle était au courant des baisers passionnés qu'il avait échangés avec Isabel. Elle en serait blessée, affreusement blessée. Tout cela parce qu'il avait obéi à ses bas instincts. Ce secret pesait lourdement sur sa conscience.

—J'espère qu'Isabel n'a plus mal à la tête, poursuivait la jeune fille. Je serais désolée si elle avait attrapé mon rhume! Passer une semaine entière à la chambre est horriblement ennuyeux!

Kern pensait au contraire qu'une semaine d'isolement serait excellente pour Isabel. Entre-temps, il aurait eu des nouvelles de Trimble et, avec un peu de chance, le mystère serait éclairci. Il la convaincrait alors de renoncer à sa dot et de retourner d'où elle venait, s'épargnant ainsi la torture de la voir régulièrement.

Il ouvrit la porte de la loge en déclarant :

— Je suis certain qu'elle va bien...

Mais les mots moururent sur ses lèvres tandis qu'il suivait Helen. Il n'y avait plus personne sur les chaises dorées. Personne derrière les tentures de velours rouge.

Isabel était partie.

Après un rapide coup d'œil autour d'elle, Isabel ouvrit une porte près de la scène.

Quelques minutes plus tôt elle était dans la loge des Hathaway d'où elle observait le public. Pendant le premier acte, elle avait remarqué un homme seul à l'orchestre, un homme qu'elle devait interroger.

Après le choc causé par la révélation du marquis, elle n'avait eu aucun mal à prétendre qu'elle avait la migraine. Helen avait proposé de rester lui tenir compagnie, Kern l'avait regardée d'un air soupçonneux, mais, heureusement, ils n'avaient pas insisté et l'avaient laissée seule.

C'était alors qu'elle avait vu Terrence Dickenson quitter son siège.

Plutôt que de se diriger vers le foyer, il avait remonté l'allée en direction de la scène, puis il s'était furtivement glissé par une petite porte dans le mur latéral.

Cette même porte qu'Isabel était en train d'ouvrir.

Contrairement à Kern, elle n'avait pas l'intention d'attendre sagement le rapport de Trimble. Elle allait profiter de toutes les occasions pour questionner d'autres suspects. Et peut-être, devait-elle s'avouer qu'elle avait une autre raison. Derrière le battant, elle se retrouva en coulisses, au cœur d'une activité intense. De l'autre côté du rideau de scène, deux accessoiristes, dirigés par un homme chauve en costume informe, mettaient en place le nouveau décor, tandis que des figurants se changeaient à l'abri d'un paravent rudimentaire. Une cantatrice fit une fausse note dans ses vocalises, pour la plus grande joie de l'équipe.

Isabel longea le mur, soucieuse de ne rien déranger. Quelques personnes la regardaient, mais elle fit comme s'il était tout à fait normal qu'elle se trouve là.

N'apercevant pas Dickenson, elle s'engagea dans un couloir humide et sombre qui contrastait grandement avec le luxe brillant de la salle de spectacle. Une maigre lumière en éclairait l'extrémité, et elle continua à avancer en relevant sa robe afin d'éviter les papiers et autres saletés qui jonchaient le plancher. Elle passa devant de nombreuses pièces à peine plus grandes que des placards à balai. Dans l'une, une petite femme replète se mettait du rouge sur les joues. Dans une autre un homme, torse nu, fouillait une malle de costumes. La loge suivante était vide, juste éclairée par une bougie.

Peut-être Dickenson avait-il emprunté un autre couloir. Peut-être même avait-il quitté l'Opéra par la sortie des artistes, pour une raison ou pour une autre.

La dernière pièce était fermée. Isabel devait-elle frapper ou non ? Elle hésitait quand la porte s'ouvrit, et un homme maigre sortit poussé par une main féminine.

— Laissez-moi. Je dois me préparer pour le deuxième acte ! déclara la femme invisible avec un fort accent étranger.

— Mais j'ai tellement envie de toi, et tout de suite, ma chère, très chère Lucia.

— Filez ! dit-elle en lui claquant la porte au nez.

Terrence Dickenson se passa la main dans les cheveux, mais son sourire salace s'évanouit quand il aperçut Isabel.

— Vous ? Par le Ciel, que faites-vous ici ? Vous cherchez un client, peut-être ?

— Certainement pas ! Je voulais m'entretenir avec vous.

— Ah, j'avais donc raison. Vous voulez m'extorquer de l'argent.

— J'ai besoin de quelques renseignements.

Mieux valait qu'il la crût capable d'exercer un chantage.

Avec un rictus, il s'essuya les mains sur sa veste et marcha vers elle. Elle eut un sursaut de peur, mais il se contenta d'entrer dans la loge vide.

— Eh bien, venez, ne restons pas là où tout le monde peut nous entendre.

Isabel rassembla son courage. Après tout, elle ne risquait rien. Il suffisait qu'elle crie et l'on viendrait à son secours. En outre, jamais elle n'aurait une meilleure occasion de démasquer l'assassin de sa mère.

Elle entra dans la pièce où la flamme d'une bougie vacillait, éclairant un reste de tarte, un pot de maquillage ouvert, des vêtements épars sur le dossier d'une chaise et un coffre béant. Dickenson fit mine de fermer la porte.

— Laissez ouvert ! dit-elle.

Il s'immobilisa.

— Qui êtes-vous pour me donner des ordres ?

— Celle qui possède les Mémoires. Et j'ai laissé une lettre exigeant qu'ils soient publiés s'il m'arrivait malheur. Alors, vous feriez mieux de coopérer.

Il se dirigea vers le miroir piqué et rajusta sa cravate en s'admirant avec complaisance.

— Où est votre garde du corps, ce soir ? Ou plutôt votre complice.

— Si vous faites allusion à lord Kern, il se trouve avec lord Hathaway et lady Helen dans leur loge privée.

— Ainsi Kern vous a envoyée faire le sale travail, dit-il avec un mauvais sourire. Il pense sans doute que vous saurez m'extirper des informations.

Il lui faisait signe d'approcher.

— Venez là, ma jolie, et essayez donc.

Isabel restait près de la porte.

— Vous connaissiez certains des amants de ma mère. J'aimerais avoir leurs noms.

— Moi ? Pourquoi les connaîtrais-je ?

— C'est sir John Trimble qui me l'a dit. Apparemment, vous avez essayé de rassembler ces hommes afin d'empêcher ma mère de terminer ses Mémoires.

Dickenson pâlit. Il jouait nerveusement avec le diamant qui ornait son épingle de cravate.

— Trimble est un sacré menteur. Il était jaloux de nous, nous qui avions assez d'argent pour nous offrir les faveurs d'Aurora quand l'envie nous en prenait. Il était furieux de ne pas faire partie du club.

— Quel club ? Le White's ou le Boodle's ?

Il eut un petit rire.

— Le club de ceux qui eurent l'occasion de jouir d'Aurora. C'était la meilleure de toutes ! ajouta-t-il d'un ton salace, la reine de la débauche.

Isabel avait envie de lui arracher les yeux. Sa

mère avait sans doute mérité cette épithète, pourtant cela lui faisait mal.

— Vous voulez dire que vous organisiez des rencontres entre les anciens amants et les récents ?

— On partageait quelques bonnes bouteilles en échangeant des souvenirs croustillants, mais il n'y avait pas de cotisation, pas de règles.

— Donnez-moi leurs noms.

— Pourquoi ? C'était une société secrète, les femmes n'y étaient pas admises.

Dickenson souriait à présent de toutes ses dents.

— Sauf, évidemment, si vous continuez dans la tradition de votre mère. Qu'en dites-vous ? Je pourrais vous installer dans une belle maison, vous acheter une calèche, vous engager des domestiques.

Isabel en avait la nausée. Comment sa ravissante mère avait-elle pu se livrer à une bande de débauchés ?

— Dites-moi les noms, insista-t-elle, ou bien c'est le vôtre que j'irai donner aux policiers. Ils vous demanderont comment vous vous y êtes pris pour inciter ces hommes à monter une conspiration afin de tuer ma mère.

— Vous croyez qu'on se soucierait de la mort d'une catin ? En outre, c'est faux, nous ne l'avons pas assassinée. Et puis je coopère, n'est-ce pas ? J'ai simplement jugé de mon devoir d'informer mes amis qu'elle nous citait dans son journal.

— Dites-moi leurs noms, répéta encore Isabel.

— Après tout, ça n'engage à rien... dit-il, vaguement inquiet. À part Lynwood et moi, il y avait lord Raymond Jeffries – mais il a quitté le groupe pour entrer en religion. Lovejoy est mort à Waterloo. Blundel est parti pour les Indes depuis cinq ans. Qui encore ? Ah, oui ! Paine s'est suicidé il y a une dizaine d'années après avoir perdu sa fortune au jeu.

Isabel connaissait tous ces noms, ainsi que les surnoms mythologiques que leur donnait sa mère : Mars, Hercule, Persée.

— Vous étiez Narcisse, s'obligea-t-elle à poursuivre. Savez-vous comment ma mère appelait Trimble ?

— Pourquoi diable le saurais-je ? Quand nous étions au lit ensemble, elle ne parlait que de moi.

— Connaissiez-vous un certain Apollon ?

— Apollon ? Jamais entendu prononcer ce nom.

Finalement, Dickenson n'avait rien appris de nouveau à Isabel, et c'était horriblement frustrant.

— Alors vous êtes allé voir Lynwood, Jeffries, Trimble, et vous leur avez déclaré qu'il fallait se débarrasser d'Aurora.

— Mensonge ! Je vous ai déjà dit qu'il n'y avait pas de conspiration de ce genre. Vous mettez dans ma bouche des mots que…

Il la regardait des pieds à la tête, et soudain son regard se fit égrillard.

— J'ai une autre idée, à ce sujet, petite.

Il commença à se caresser à travers son pantalon, le regard vitreux de plaisir.

— Viens ici, ma belle. J'ai été un gentil garçon, j'ai répondu à tes questions. Ça ne mérite pas une petite récompense ?

La colère étouffait Isabel. Ce vulgaire libertin se faisait passer pour un gentilhomme, il se déclarait offensé quand Aurora se contentait de raconter ses exploits…

— Si vous voulez une récompense, dit-elle, venez la chercher.

Il s'approcha, tout guilleret, en commençant à se déboutonner.

— Aurora a été un bon professeur ? Elle t'a dit ce que je préférais ?

— J'ai mes propres méthodes.

Avec une jubilation secrète, Isabel attendit qu'il soit assez près, et elle fit ce que ses tantes lui avaient recommandé si elle était agressée par un homme. Elle lui envoya un grand coup de genou dans le bas-ventre.

Le hurlement de Dickenson aurait réveillé un mort. Il recula en vacillant et se retrouva allongé dans le couloir au milieu des détritus, en gémissant, replié sur lui-même.

Des gens se précipitaient, la grosse femme la première, puis la cantatrice italienne.

— Mamma mia ! Qu'est-ce qui se passe ?

Isabel ferma la porte et s'appuya au panneau de bois, soudain épuisée, tremblante, nauséeuse. Dickenson avait à présent une raison supplémentaire de la haïr.

Que Dieu la protège s'il était le meurtrier !

Kern fit rapidement le tour du foyer, des loges, de l'assistance tandis que l'orchestre accordait ses instruments pour le second acte. Isabel n'était nulle part. Elle n'aurait tout de même pas eu le toupet de quitter le théâtre !

Il ne croyait pas un instant à son histoire de migraine. Elle était encore en train de chercher des ennuis !

En dernier recours, Kern se dirigea vers les coulisses. Elles étaient désertes, ce qui l'étonna quelque peu, mais un brouhaha l'attira bien vite vers un couloir latéral.

Il y avait un véritable attroupement, les gens se tenaient sur la pointe des pieds pour mieux voir, certaines femmes pouffaient de rire.

Bon sang ! Il était certain de trouver Isabel au centre de cette agitation.

Il se fraya un chemin à travers la foule, un peu écœuré par l'odeur des parfums lourds qui se mêlait à celle de la sueur.

—Reprenez le travail, ordonna-t-il. La pièce commence bientôt !

En maugréant, machinistes et comédiens retournèrent en direction de la scène. Alors, Kern se trouva face à un visage bien connu.

Et il comprit aussitôt pourquoi Isabel avait disparu.

Terrence Dickenson était allongé, la tête dans le voluptueux giron de la soprano vedette du premier acte, et il gémissait en se tenant le ventre, bien qu'il ne semblât pas gravement blessé. De toute évidence, il profitait de la situation.

Kern le saisit par le revers de sa veste et le mit sur ses pieds avant de le plaquer contre le mur. La cantatrice hurla et dévida un chapelet de jurons en italien.

Kern l'ignora.

—Où est-elle ? demanda-t-il à Dickenson.

—Elle ? Qui ?

Kern resserra son étreinte.

—Ne jouez pas l'imbécile. Vous savez fort bien de qui je veux parler.

Les yeux de Dickenson lui sortaient de la tête, il cherchait désespérément sa respiration.

—Elle... elle est là, répondit-il enfin avec peine en désignant la porte close.

Kern le lâcha, et il s'effondra lamentablement. Séduite, la soprano changea de cible et vint se frotter contre Kern comme une chatte en chaleur.

—Mamma mia ! Vous êtes très fort. Dites votre nom à Lucia...

—On vous attend sur scène, dit-il en la repoussant.

La diva se lança dans un nouveau flot d'injures, tandis que Kern relevait Dickenson.

— Vous avez intérêt à filer immédiatement chez vous avant que je ne décide de vous défigurer.

La tête rentrée dans les épaules comme s'il redoutait un coup, Dickenson se hâta de suivre la cantatrice dans le couloir.

Kern frappa à la porte, puis il tenta de l'ouvrir, mais elle était bloquée de l'intérieur. Isabel était-elle blessée ? S'était-elle évanouie devant le battant ?

— Isabel, vous êtes là ? Répondez !

Durant quelques interminables secondes, il n'entendit que la musique d'ouverture du deuxième acte. De l'autre côté de la porte, tout était silencieux. Il se préparait à l'enfoncer lorsqu'elle s'ouvrit enfin.

Il se précipita à l'intérieur et trouva Isabel terrée dans l'ombre.

— Ça va ? demanda-t-il.

— Bien… bien sûr, ça va, dit-elle d'une voix qui tremblait un peu. Je n'ai rien.

Kern en fut tellement soulagé qu'il oublia sa colère, son angoisse. Il prit Isabel dans ses bras et ne pensa plus qu'au grain soyeux de sa peau. Il caressa sa taille, ses hanches, sa poitrine. Ses cheveux sentaient la rose, et il ne put s'empêcher d'imaginer la jeune femme sur un drap blanc, son corps d'albâtre offert tandis qu'il plongeait en elle.

Il prit sa bouche, et elle répondit à son baiser avec toute l'ardeur dont il rêvait. Il refusait de penser qu'elle avait déjà fait ça avec d'autres, bien que ce fût forcément le cas. Ses lèvres étaient douces, tièdes… Jamais il n'aurait dû se conduire ainsi, pourtant, il la serrait contre lui, incapable de se détacher d'elle.

—Oh, Kern, souffla-t-elle contre son cou. Je suis heureuse que vous soyez venu me chercher.

Il ne pouvait se dominer davantage. C'était comme une fièvre qui l'embrasait tout entier, qui le dévorait. Il avait envie de mettre un terme à cette torture, de lui faire l'amour, ici, maintenant, dans cette sinistre loge, pendant que des centaines de gens assistaient à la représentation.

Mais il trouva tout de même le courage de la repousser sans toutefois la lâcher. Et quelque peu irrité, il reprit :

—Par le diable, que faites-vous ici ? Vous n'avez pas tiré la leçon de votre précédente rencontre avec Dickenson ?

Elle releva le menton, les yeux brillants.

—Je ne risquais rien. Vous avez bien vu qu'il y avait plein de gens. En outre, vous devriez me féliciter de l'avoir neutralisé.

C'était donc pour ça que Dickenson se tenait le bas-ventre ! La fureur de Kern prenait malgré tout le pas sur son admiration.

—Dites-moi ce que cette ordure vous a fait !

Elle frissonna et détourna le regard.

—Rien de grave. Mais je me sentirais plus en sécurité si vous me rendiez mon poignard.

—Vous n'avez pas à vous fourrer dans des situations qui nécessitent le port d'une arme, grinça Kern. Maintenant, répondez-moi. Vous a-t-il agressée ?

—Il m'a fait une proposition tout à fait détestable, dit-elle avec amertume. Le genre de proposition que l'on fait à une femme de mes origines.

Une rage folle envahit Kern, une rage qui l'assoiffait de sang. Celui de Dickenson.

Il lâcha Isabel pour se ruer vers la porte. Il fallait qu'il le fasse payer. Il l'enverrait brûler en enfer.

Isabel se mit en travers de son chemin, le dos appuyé au battant.

— Où allez-vous ?

— Trouver Dickenson.

— Pour quoi faire ?

— Lui donner le choix des armes. Pistolets ou épées.

Elle faillit s'étrangler.

— Non, Kern. Il ne faut pas. Vous ne pouvez pas le provoquer en duel.

— Oh, si, je peux. Je le tuerais à mains nues, pour le punir d'avoir osé vous toucher.

Il serrait les poings et se voyait déjà en train d'étrangler un Dickenson suppliant dont le visage virait au violet.

— Non ! C'est hors de question. D'ailleurs, il ne m'a pas touchée.

— Il vous a insultée, c'est suffisant.

— Vous n'avez pas le droit de tuer un homme à cause de ça. Songez au scandale que cela déclencherait, Kern, songez à Helen. Il ne faut pas qu'elle apprenne le sentiment qui nous lie l'un à l'autre. Jamais !

Helen… Kern se calmait progressivement tandis que la réalité de la situation lui apparaissait.

Il avait oublié sa fiancée, il avait failli trahir la douce jeune fille qu'il allait épouser.

Il avait eu envie de se battre pour défendre l'honneur d'une femme de mauvaise vie !

Isabel le fixait avec inquiétude. Même avec ses cheveux décoiffés et ses lèvres encore gonflées de baisers, elle avait une attitude digne. Non, il ne pouvait la traiter ainsi. Elle était tout autant la fille d'un aristocrate que celle d'une courtisane.

Il ferma les yeux, s'appuya au mur. Dieu qu'il la désirait ! Il avait encore son doux parfum sur lui, ce parfum qui le grisait, lui faisait perdre la raison. Il la désirait tant qu'il avait failli renoncer à Helen à cause d'elle, comprit-il, horrifié.

Il ne faut pas qu'elle apprenne le sentiment qui nous lie l'un à l'autre.

Quel sentiment le liait à Isabel ? Un désir charnel, bien sûr. Mais aussi quelque chose de plus profond, de beaucoup plus profond. Et il ne pouvait se permettre de plonger dans ce sombre abîme, sous peine de s'y noyer.

Cher lecteur,

Vous imaginez peut-être que la vie d'une courtisane est pleine de plaisirs sans fin. Certes, nous nous adonnons parfois aux joies délicieusement interdites de la chair. Pourtant, comme le commun des mortels, nous supportons les soucis de la vie quotidienne, quand nos hommes sont repartis vers leurs belles demeures en nous abandonnant à notre sort.

Peu de temps après qu'Apollon m'eut quittée, Minerva est venue habiter chez moi. Jusque-là j'avais vécu seule, grâce à l'allocation que m'avait laissée mon Apollon. Cependant, comme mon accouchement approchait, j'ai ressenti le besoin d'une présence féminine.

J'ai donc trouvé une compagne et, quand celle-ci a appris ce que je faisais, elle a décidé de suivre la même route, sous le nom de Minerva, ou Minnie comme nous l'appelons affectueusement. Elle a été d'une aide précieuse au moment de la naissance de ma petite fille. Je crois qu'elle était aussi fière que moi lorsqu'elle la promenait dans le parc, quand elle s'émerveillait de ses premiers sourires. Et elle fut aussi triste que moi le funeste jour où nous avons dû nous séparer d'elle afin qu'elle soit élevée convenablement à la campagne.

Au fil des années, d'autres jeunes femmes sont venues se joindre à nous. Diana, qui fuyait les brutalités de son époux. Callandra, qui vendait son corps pour nourrir ses enfants orphelins de père. Et Perséphone, séduite par un soldat et jetée dehors par son père. J'ai toujours beaucoup apprécié leur amitié. Nous sommes des déesses. Nous sommes une famille...

Les Confessions d'une fille de joie

14

Elle était en feu. Un désir éhonté l'habitait. Ses vêtements s'envolaient, les grandes mains de Kern caressaient ses seins, son ventre, et descendaient encore pour apaiser sa douleur. Elle finissait par s'adonner tout entière au plaisir qui l'emportait vers des sommets inconnus. Il embrassait son cou, sa joue...

Isabel cligna des yeux, éblouie par le soleil qui filtrait à travers les voilages. Elle était couchée dans son lit à Hathaway House, et c'était Milord qui lui léchait le visage !

Elle se redressa, s'assit contre les oreillers et prit dans ses bras le chiot qui ne cessait de se nicher contre elle.

— Ça suffit, maintenant, tu entends ?

Elle le gratta entre les oreilles jusqu'à ce qu'il se calme.

— Bêta ! Tu as gâché un rêve merveilleux !

Oui, merveilleux, presque délirant. Elle en brûlait encore à l'intérieur, brûlait de son désir pour Kern. Depuis le baiser de la veille à l'Opéra... Non, depuis le premier jour, elle était condamnée à un purgatoire de frustration permanente. Elle avait envie de lui, corps et âme, elle souhaitait de tout son être ce qu'elle s'était juré de ne jamais faire : prendre un aristocrate pour amant.

Et de plus, l'homme qui pouvait causer sa ruine.

Se donner à Kern, ce serait suivre le chemin immoral tracé par sa mère. Pis encore, elle perdrait toute chance de poursuivre son enquête, de démasquer l'assassin d'Aurora. En effet, si elle cédait à son désir, comment pourrait-elle rester sous le même toit qu'Helen dont elle aurait trahi la confiance ?

Isabel serra davantage le petit chien, trouvant une sorte de réconfort dans la chaleur de cette boule de fourrure.

Elle s'était habituée à la sereine élégance de la demeure. Elle aimait sa chambre spacieuse aux tentures de soie bleu pâle, au lit à baldaquin, aux meubles d'acajou. Le soir, quand la maison était assoupie, elle aimait à lire dans un confortable fauteuil près de la cheminée de marbre. Et, au matin, elle se réveillait en imaginant qu'elle était une dame respectée, appréciée, qu'elle faisait véritablement partie de cet univers.

Or, elle pouvait l'avoir, cette vie de rêve, si elle acceptait le don généreux de lord Hathaway. Bien que cinq mille livres ne représentent pas grand-chose dans la haute société, cela lui permettrait d'épouser un gentilhomme.

Toutefois, ces derniers temps, ses rêves l'inquiétaient. Lorsqu'elle se voyait partageant un lit conjugal, c'était toujours avec Kern. Et lui seul.

Pourtant, même s'il était libre, jamais il ne l'épouserait. Il connaissait son secret, et pour lui elle resterait toujours la fille d'une prostituée.

Dans le feu de la passion, il l'avait embrassée comme un amant, il avait voulu se battre en duel pour elle... Et puis il s'était rappelé qui elle était.

Cependant, une lumière venait éclairer cette sombre pensée. Kern la désirait, bien que toute liaison entre eux fût exclue. Il la désirait autant qu'elle avait envie de lui.

Quant à l'offre d'Hathaway, elle la refuserait, évidemment. Il n'était pas question qu'elle accepte cet argent.

Résolument, elle posa Milord par terre et repoussa la courtepointe. Un jour, il lui faudrait quitter cet univers, retourner d'où elle venait.

Et pour une bonne raison.

Elle chercha sous son oreiller la pochette dans laquelle elle rangeait les Mémoires de sa mère. Le contact du cahier au fermoir de cuivre la rassura. Oui, elle suivait la bonne voie.

Isabel se rendit au cabinet de toilette, puis elle enfila une chemise de linon avant d'attacher la pochette à sa taille.

Elle avait le cœur serré. C'était peut-être égoïste, mais elle désirait l'affection d'un époux, une maison à la campagne où elle élèverait ses enfants. Les yeux fermés, elle imaginait les petits s'ébattant sur la pelouse avec leur père... et quand elle courait les rejoindre, l'homme qui lui ouvrait ses bras était Kern.

Était-ce de l'amour, ce qu'elle éprouvait pour lui ? Elle frémit. Comment avait-elle pu s'éprendre du seul homme qu'elle ne pût avoir ?

La porte donnant sur le couloir s'ouvrit à la volée, et elle passa la tête pour voir qui était entré dans la chambre. C'était Callie qui, malgré sa robe grise et son tablier amidonné qui lui donnaient un air strict, ne parvenait pas à avoir l'air respectable. Sa poitrine tendait le tissu du corsage, des cheveux fous s'échappaient de sa coiffe, et elle ne pouvait s'empêcher d'onduler des hanches. Elle devait susciter d'ardentes querelles chez les serviteurs, et Isabel espérait qu'elle respectait sa promesse de ne frayer avec aucun d'eux.

— Ah, tu es enfin réveillée ! s'écria-t-elle en ouvrant les rideaux. Tant mieux. On n'a pas le temps de traînasser au lit, ce matin.

Isabel fut étonnée de cette réflexion. Elle se hâta d'enfiler un jupon afin que Callie n'aperçoive pas la pochette à sa taille.

— Helen désire faire les boutiques de bonne heure ? demanda-t-elle. Elle ne m'en a rien dit hier soir.

— Ce n'est pas elle. Il y a des problèmes, à la maison. De graves problèmes.

Isabel fut soudain glacée.

— Tante Persy ? Est-ce que...

— Non, elle va bien. C'est Minnie, cette fois.

Callie sortit de la poche de son tablier une feuille de papier qu'elle remit à Isabel.

— Tu ferais mieux de jeter un coup d'œil à ça. Je ne lis pas très bien, alors j'ai peut-être mal compris.

Les doigts tremblants, Isabel déplia la lettre et elle reconnut l'écriture soignée de Diana, avant même d'avoir vu la signature. Le message était bref.

Minnie avait été attaquée la nuit précédente par un rôdeur.

Kern se tenait au pied du lit de son père.

Le duc de Lynwood, couché en chien de fusil comme un enfant, s'agitait dans son sommeil. Les veinules violacées de son nez ressortaient davantage sur son teint cireux. Il paraissait étrangement fragile, vulnérable. Un vieillard malade.

Bien qu'on fût en début d'après-midi, les rideaux étaient encore tirés, et la chambre baignait dans la pénombre, rendue plus étouffante encore par l'odeur du laudanum. En effet, le duc avait été victime d'une nouvelle attaque la veille, pendant que Kern se trouvait à l'Opéra. Le médecin avait recommandé quelques jours de repos complet et l'avait mis sous sédatif.

Lynwood eut une grimace, comme s'il souffrait, et il gémit dans son sommeil.

Kern dut lutter contre le brusque élan de pitié qui s'emparait de lui. Non, il ne plaindrait pas ce libertin qui avait bien mérité son enfer. Lynwood incarnait toutes les raisons qui poussaient Kern à résister à son désir pour Isabel.

À cette seule pensée, il s'embrasa. Elle obsédait son esprit, elle habitait son corps, et il ne parvenait pas à l'oublier. Chaque fois qu'il arrivait à se fixer sur un autre sujet, elle revenait inexorablement le torturer. Isabel avec sa silhouette menue, ses yeux rieurs, cette bouche pulpeuse qui savait aussi bien l'injurier que l'embrasser.

Il avait failli provoquer un homme en duel, simplement parce qu'il ne supportait pas l'idée qu'un autre que lui la touche.

Il devait fidélité à Helen, la fiancée qu'il avait choisie, sa future épouse, la femme vertueuse qui allait partager sa vie. Il s'était engagé à ne pas se conduire comme le commun des mortels, à ne pas céder à ses bas instincts. Cette promesse, il se l'était faite après le désastreux incident qui avait marqué son quatorzième anniversaire. Il ne suivrait pas l'exemple de son père. Jamais !

Il quitta la chambre et sortit pour monter dans son phaéton.

Il avait eu le matin même un nouvel entretien, tout aussi stérile, avec lord Raymond Jeffries. Il fallait qu'il en parle avec Isabel, qu'il lui dise que le révérend affirmait toujours ne rien savoir au sujet du meurtre.

Une fois à Grosvenor Square, il arpenta le salon tandis qu'un valet de pied annonçait sa visite. Kern était nerveux, agité, en attendant les deux jeunes femmes. Hormis un bref aparté avec Isabel pour la tenir au courant de son enquête, il ne s'occuperait que de sa fiancée.

Mais Helen fit son entrée seule, Milord sur ses talons, ce qui signifiait qu'Isabel ne tarderait pas. Elle ne serait jamais sortie sans son petit animal chéri.

Helen avait les yeux brillants, et Kern se reprocha sévèrement de l'avoir négligée ces derniers temps.

— Justin ! Papa vient juste de partir pour le Parlement, et vous avez bien failli me manquer aussi. Je m'apprêtais à aller courir les boutiques. Aimeriez-vous m'accompagner ?

Il baisa la petite main fine qu'elle lui offrait.

— Je crains de ne pas en avoir le temps aujourd'hui.

— À cause de votre père, n'est-ce pas ? devina-t-elle avec une moue de compassion. Père m'a dit qu'il avait eu une nouvelle crise. Je suis désolée.

— Il se repose. Nous ne pouvons rien pour lui.

— Notre mariage doit être célébré dans un mois. Pensez-vous que nous devrions en repousser la date ?

Kern s'en voulut d'être fugitivement tenté par cette perspective, et il alla s'asseoir près de sa fiancée sur un sofa.

—Bien sûr que non ! Le docteur Sadler affirme qu'il se remettra. C'est l'affaire d'une quinzaine de jours.

—J'en suis ravie ! Je ne voudrais pas que la moindre contrariété assombrisse la cérémonie. Oh, ça sera une journée absolument parfaite ! Je vais vous raconter le menu du déjeuner.

Enthousiaste, elle se lança dans la description des salades de homard, des sorbets au champagne et autres délices. Kern écouta un instant, émit quelques commentaires appropriés. En même temps, il regardait Helen. Il la regardait vraiment. Elle avait un petit visage délicat, ses cheveux blonds étaient relevés en chignon, ses yeux bleus pétillaient, elle avait un sourire presque enfantin. Elle considérait le monde comme un jardin baigné de soleil et ne voyait jamais le mauvais côté des choses. Elle adorait les occupations futiles – les soirées, les bals, les expéditions dans les boutiques de luxe, les réceptions mondaines.

Ils avaient dix ans de différence, pourtant, Kern se sentait largement plus âgé. Ce serait donc ça, la vie avec elle ? D'interminables babillages sur la gastronomie, la mode, les derniers potins ? Rien de plus profond ? Cette éventualité l'ennuyait, mais il se rappela qu'Helen était pure, loyale, pudique, qu'elle possédait toutes les qualités d'une épouse idéale. Elle était généreuse aussi, la preuve en était qu'elle avait persuadé son père de doter Isabel.

Isabel… Où diable était-elle ?

Si elle était partie interroger un nouveau suspect, il fallait qu'il arrive à la retrouver. Et si elle s'était encore mise en danger, il l'enfermerait dans sa chambre à double tour ! Tant pis si elle répétait inlassablement qu'elle n'était pas à ses ordres !

Après un interminable exposé sur la pièce montée, Kern ne put contenir davantage son impatience.

— Isabel sort avec vous ?

— Oh, non. Elle n'est pas là aujourd'hui.

Kern se tendit.

— Pas là ?

— Elle est partie en hâte ce matin pour rendre visite à une amie de sa mère qui est tombée malade. Je lui ai proposé d'y aller avec elle, ou que Gillie l'accompagne, mais elle a insisté pour emmener seulement sa femme de chambre.

Tourmentée, Helen fronça les sourcils.

— Elle a dit qu'elle ne rentrerait peut-être pas ce soir. C'est curieux ! Je ne savais même pas qu'elle connaissait quelqu'un à Londres !

Kern serra les dents. Non, ce n'était pas curieux du tout. À la vérité, il savait exactement où trouver Isabel Darling.

Isabel, le plateau en équilibre sur une main, ouvrit la porte de la chambre aux tentures de velours écarlate.

— Voilà ! dit-elle de sa voix la plus joyeuse.

— Ah, ma chère petite fille assez bonne pour s'occuper encore de ses vieilles tantes ! s'écria Minnie avec tendresse.

Elle se redressa sur les oreillers, ses cheveux gris sur les épaules. Une volumineuse chemise de nuit rouge enfermait un corps qui s'était considérablement alourdi avec les années.

— Évidemment, je suis contente de m'occuper de toi, protesta Isabel en versant une tasse de thé qu'elle tendit à Minnie.

Elle hésita en voyant son bras bandé.

— Tu peux la tenir ?

— Je crois...

Minnie prit la soucoupe avec précaution. Elle devait encore souffrir.

— Comment te sens-tu ? demanda Isabel en s'asseyant au bord du lit.

— Complètement moulue, mais je me remettrai, rassure-toi. J'ai eu de la chance que cette canaille prenne peur et s'enfuie. Tu te rends compte ? Il aurait pu me planter son couteau en plein cœur !

Isabel en eut la nausée. Elle avait changé le pansement de Minnie et vu la vilaine estafilade qui entaillait son avant-bras.

— J'aurais dû être là, répéta-t-elle pour la centième fois. Je t'aurais aidée à le chasser, j'aurais appelé la police et nous aurions pu coincer ce bandit !

— Sainte Mère de Dieu, tu n'aurais rien pu faire du tout ! C'est vrai, on aimerait bien te voir revenir à la maison, mais ce qui est fait est fait. Ça ne sert à rien de répéter toujours les mêmes rengaines.

Ces paroles raisonnables n'apaisèrent pas la conscience d'Isabel.

— Je me sens tout de même responsable. C'est ma faute si cet horrible bonhomme est venu ici et... t'a blessée.

Sa voix se brisa et elle baissa les yeux, hantée par la vision du capharnaüm qui régnait dans la chambre de sa mère.

— Là, là, ma chérie, la consola Minnie en lui tapotant le dos. On va arranger tout ça. Retourne donc dans ta belle maison et oublie-nous.

— Je ne vous ai jamais oubliées, et je ne vous oublierai jamais, affirma Isabel.

— Mais peut-être que tu aimeras tellement la vie de femme du monde que tu ne reviendras plus ici, soupira Minnie. Tu ne peux pas reprocher à une vieille femme de le redouter.

Isabel sentit sa culpabilité renaître en pensant à la dot d'Hathaway, à ses rêves secrets.

— Je sais d'où je viens, ma tante, je t'assure que je le sais.

Callie se montra sur le seuil de la pièce. Elle avait ôté son tablier et déboutonné le haut de sa robe grise. Ses yeux pétillaient.

— Quelles tristes figures, mesdames ! Nous avons de la visite, alors, tâchez de retrouver vos plus beaux sourires. Surtout toi, Isabel. C'est lord Kern, ajouta-t-elle avec un air de conspirateur.

Elle disparut, et Minnie se tourna vers la jeune fille.

— Qu'est-ce que c'est que cette histoire ? Tu as un chevalier servant ?

Isabel se sentit rougir. Kern était là !

— Je vais le recevoir en bas, dit-elle.

— Attends !

Minnie lui saisit le poignet, et Isabel eut l'impression qu'elle lisait au fond de son âme.

— Tu as un faible pour cet homme, ne le nie pas, je le vois sur ton visage. Ta tante Minnie t'a toujours connue mieux que quiconque.

— Oui, murmura Isabel. Je... je l'aime bien.

— Ah, petite, il n'y a rien de mal à avoir envie de dormir auprès d'un homme ! Tu es une femme, à présent, et tu as des besoins de femme, il est temps d'en prendre conscience.

Tante Minnie la poussait à succomber ? Comme il serait bon d'être aimée par Kern, d'expérimenter les délices dont elle avait tellement entendu parler !

Il y eut un bruit de pas et Callie reparut avant de s'effacer devant Kern.

Il se tenait à la porte, impressionnante silhouette qui se découpait dans la lumière du corridor. Son regard hautain fit le tour du décor criard avant de s'arrêter au lit où Isabel était assise près de Minnie.

Elle se sentit vulnérable devant lui. Elle aurait pourtant dû se douter qu'il la trouverait, comme toujours. Mais cette fois, elle avait envie qu'il s'en aille avant d'avoir appris le résultat de son inconséquence, de son entêtement. La gorge serrée, elle parvint à articuler :

— Nous pouvons parler en bas. Si tu veux bien nous excuser, tante Minnie…

— Ne file pas à l'anglaise avec ton soupirant, dit la vieille dame, sévère. D'ailleurs, j'aimerais bien avoir une petite conversation avec Sa Seigneurie.

— Moi aussi, dit Kern en s'approchant du lit. Quand j'ai entendu raconter que quelqu'un était malade, j'ai pensé qu'il s'agissait de Perséphone, mais c'est à vous qu'il est arrivé quelque chose.

— Une affaire affreuse, intervint Callie avec un frisson.

Elle s'installa sur le tabouret de la coiffeuse en relevant le bas de sa jupe pour découvrir ses chevilles.

— Je n'étais pas là, bien sûr, poursuivit-elle, mais Diana m'a parlé des hurlements qui l'avaient réveillée…

— Cela ne regarde pas Sa Seigneurie, coupa Isabel qui entreprit de tirer les couvertures et de poser la tasse de thé sur un plateau. D'ailleurs n'aviez-vous pas une intervention prévue au Parlement ? Ou un procès auquel assister à Tattershall ? Ou bien encore des courses à faire avec Helen ?

Il se rembrunit à l'évocation de sa fiancée.

— Ma préoccupation la plus urgente est de découvrir ce qui s'est passé dans cette maison. Minnie, auriez-vous la bonté de m'expliquer ?

— Volontiers, répondit-elle avec la dignité d'une duchesse tenant salon.

Glacée, Isabel s'assit sur une chaise à haut dossier près du lit. Que faire d'autre, à part pousser Kern dehors ? Mais il était beaucoup trop fort pour elle.

De toute façon il ne les lâcherait pas avant d'avoir entendu le fin mot de l'histoire. Et il apprendrait ainsi qu'elle avait mis en danger la vie des femmes qui l'avaient élevée.

— Il s'est passé un événement atroce, la nuit dernière, commença Minnie d'un ton mélodramatique. J'ai été réveillée par un bruit, bien que je sois incapable de vous dire de quoi il s'agissait exactement. J'ai d'abord pensé à Persy, j'ai cru qu'elle m'avait appelée pour que je lui donne un sédatif.

— Quelle heure était-il ?

— C'était peu avant l'aube. Je me suis levée aussitôt et j'ai ouvert ma porte. Le couloir était noir comme l'enfer, mais je m'y suis engagée quand même car je le connais par cœur. C'est alors que, à hauteur de l'escalier, un homme a surgi et m'a bousculée.

— Un homme… répéta Kern qui marchait de long en large. Vous l'avez vu ?

Minnie secoua la tête.

— Il faisait sombre, je n'ai aperçu que sa silhouette. Quand il m'a poussée, j'ai voulu l'attraper, pensant que c'était un voleur. Lorsque j'ai réalisé qu'il avait un couteau sur lui, il était trop tard.

— Pouvez-vous le décrire ?

— Non. J'avais tellement mal que je ne me rappelle rien d'autre. Sauf que ce gredin a pris la poudre d'escampette.

— Tu as crié, lui rappela Callie. Diana dit qu'on a dû t'entendre de l'autre bout de Londres, et que la malheureuse Persy était absolument terrorisée.

— Elles sont là ? demanda Kern. J'aimerais m'entretenir avec elles.

Callie se leva.

— Je vais les chercher, Monseigneur.

Isabel était immobile sur sa chaise, crispée. Kern ne savait pas encore tout, il ignorait que l'agresseur n'était pas un vulgaire cambrioleur. C'était le détail de l'histoire qu'elle redoutait le plus, celui qui l'impliquait, elle.

Callie revint au bout de quelques minutes, soutenant une petite femme aux cheveux gris en peignoir rose. Persy sourit à Kern, et il se précipita pour l'aider à s'asseoir avec tout le respect que témoigne un gentilhomme à une dame âgée.

Isabel avait envie de rentrer sous terre. Que se serait-il passé si le rôdeur s'en était pris à Persy ? Dans son état de faiblesse, elle n'aurait pas supporté le choc, elle aurait pu en mourir, et toute la faute en aurait incombé à Isabel.

Diana fit son apparition, sa longue chevelure rousse croulant dans son dos. Les griffures de l'âge altéraient à peine sa gracieuse beauté et, avec un regard noir à Kern, elle s'assit sur le lit sans prendre la peine de rabattre sa robe de chambre sur ses genoux.

Isabel vit Kern contempler ces longues jambes fines et, jalouse, elle eut toutes les peines du monde à s'empêcher d'aller couvrir décemment tante Di. Surtout lorsque Kern s'approcha d'elle.

— Si j'ai bien compris, commença-t-il, vous dormiez quand Minnie a été attaquée.

— Oui.

— Avant qu'elle crie, avez-vous entendu du bruit ? Des pas, par exemple.

— Rien. Je dormais particulièrement bien, cette nuit. Enfin, jusque-là.

— Avez-vous vu l'intrus, quand vous êtes sortie de votre chambre ?

— Non. Il m'a fallu quelques minutes pour allumer une bougie, ensuite il s'était enfui. La porte d'entrée était grande ouverte, et Minnie était étendue par terre, couverte de sang.

— Avez-vous retrouvé l'arme ?

— Elle était en bas de l'escalier, dit Minnie. Isabel, montre-la à Sa Seigneurie.

À contrecœur, Isabel ouvrit le tiroir de la table de nuit en frissonnant à la pensée de ce qui aurait pu se produire.

Kern vint prendre le couteau par le manche.

— Un banal couteau de cuisine. Aucune marque distinctive.

— En effet. Je le garde là, désormais, dit Minnie. Si cette canaille revient, je saurai me défendre, soyez-en sûr !

Kern se tourna vers Persy.

— Avez-vous entendu quelque chose, madame ?

— Rien du tout ! Je suis désolée, mais mes médicaments m'assomment. Je n'ai eu conscience de rien avant le hurlement de Minnie.

Kern revint à Diana.

— Avez-vous reçu quelqu'un, la nuit dernière ?

— Non. Je vous l'aurais dit, bien sûr ! rétorqua-t-elle avec une moue de dégoût. Je vous l'ai déclaré lors de votre dernière visite, j'ai horreur des porcs. Surtout dans mon lit.

Callie eut un sourire fielleux.

— C'est ta faute, tu n'as jamais su choisir.

— Et toi, tu t'es toujours moquée de la race de l'animal que tu recevais entre tes draps, du moment qu'il te donnait du plaisir ! riposta Diana.

— Mes clients ont toujours été plus ardents que les tiens, maugréa Callie. Crois-moi, ils se seraient peut-être mieux comportés avec toi si tu ne restais pas immobile comme une statue de glace.

— Ça suffit ! coupa Minnie d'un ton sec. Je suis certaine que Sa Seigneurie n'est pas intéressée par vos petites querelles.

Isabel se mordit la lèvre. Appuyé au mur, les bras croisés sur son élégant manteau vert sombre, Kern semblait lointain. À quoi pensait-il ? Elle ne voulait pas qu'il eût une mauvaise opinion de ses tantes. Elle aurait aimé lui expliquer que, malgré leurs mœurs dissolues, elles avaient été bonnes pour elle, aimantes. Aussi loin qu'elle se souvienne, elles n'avaient jamais reçu d'hommes sous leur toit lorsqu'elle venait leur rendre visite. Callie avait bien fait quelques faux pas, mais l'année précédente, elle s'en était tenue à leur vœu de chasteté, bien que cela la privât de ce qu'elle aimait : le bon vin, les bijoux, les robes neuves.

Mais leurs sacrifices toucheraient-ils un homme du rang de Kern ? Sans doute pas.

Isabel vit soudain la scène avec ses yeux à lui. Callie, qui se penchait pour lui offrir un agréable point de vue sur son généreux décolleté. Minnie, au lit dans sa chemise de nuit rouge vif. Diana, qui montrait ses jambes nues. Persy, épuisée par la bataille qu'elle menait contre une maladie honteuse.

Jamais Isabel n'avait été à ce point frappée par la différence entre son univers et celui dans lequel vivait le jeune homme. Oui, ces femmes étaient sa famille, elle les aimait, et elle ne supportait pas le mépris qu'elle devinait dans l'expression de Kern.

Elle bondit sur ses pieds.

— Tante Minnie a raison, Sa Seigneurie en a suffisamment entendu. Il a mieux à faire de son temps, j'en suis sûre.

— Pas du tout, répondit-il. J'ai encore quelques questions à poser.

— Vous aimeriez savoir ce que voulait le voleur, supposa Minnie. Eh bien, je peux vous dire qu'il ne s'agissait ni d'argent ni de bijoux. Il en avait après les Mémoires d'Aurora.

Le cœur d'Isabel battait à tout rompre. Kern l'avait assez mise en garde contre le danger qu'il y avait à provoquer le meurtrier. Maintenant il savait que, par sa folie, elle avait risqué la vie de ses chères tantes.

— Ce sale type a mis la chambre d'Aurora à sac, renchérit Callie. Si vous voyiez ça ! Il a même déchiré ses robes !

— Et les Mémoires ? Les a-t-il dérobés ?

— Demandez à Isabel. Elle les cache quelque part, mais elle n'a jamais voulu nous dire où.

Dans sa poche ! Mais pour une fois Isabel ne se félicitait pas de son astuce. Elle avait la nausée.

— Ils sont en sécurité, c'est tout ce que vous avez besoin de savoir, dit-elle avant de se pencher pour embrasser Minnie sur la joue. Je suis tellement navrée que tu aies été blessée !

— C'est fini, chérie. Cesse de t'inquiéter pour moi.

— Si vous le permettez, intervint Kern, coupant court à ces effusions, j'aimerais jeter un coup d'œil à la chambre d'Aurora. Peut-être l'intrus aura-t-il laissé un objet, un indice sur son identité.

— Bonne idée, approuva Minnie. Isabel, montre la chambre de ta maman à Sa Seigneurie, et reste avec lui pendant qu'il effectue ses recherches.

Isabel se raidit. Tante Minnie jouait-elle les entremetteuses ?

— J'avais l'intention de vérifier moi-même, protesta-t-elle. Lord Kern ne pourra pas savoir s'il y a quelque chose d'anormal, aussi est-il inutile de l'ennuyer avec ça.

— Je peux l'accompagner ! proposa vivement Callie. Je me ferai un plaisir de lui tenir compagnie.

— Et tu crois qu'il poursuivra son enquête, dans ce cas ? dit Diana en s'étirant langoureusement. Il sera bien trop occupé avec toi !

Callie haussa les épaules, tandis que Minnie déclarait d'un ton sans réplique :

— Cette tâche revient à notre Vénus. Ce sont les affaires de sa mère qui ont été dérangées.

— Vénus ? s'étonna Kern.

Isabel sentit le rouge lui monter aux joues. Minnie avait-elle oublié qu'elle lui avait interdit de l'appeler ainsi quand elle avait appris, plusieurs années auparavant, la réputation de cette déesse antique ?

— C'est le nom que lui a donné Aurora, intervint Diana. Vénus Isabel Darling.

— C'est un joli nom, déclara Persy de sa voix flûtée, mais nous devrions respecter la volonté d'Isabel, vous ne croyez pas ?

Minnie fit une petite grimace.

— Pardonne à une vieille femme fatiguée, ma chérie, dit-elle. C'était un lapsus. Je pense que je vais me reposer un peu pendant que tu accompagnes Sa Seigneurie. Si toutefois il ne voit pas d'objection à ta présence.

Elle aurait dû s'insurger, mais les mots ne venaient pas. Elle avait tellement envie d'être seule avec lui !

— Je n'y vois aucune objection, dit-il à voix basse sans la quitter des yeux.

15

Dès le seuil, Kern remarqua que la pièce était chargée d'un parfum enivrant. L'atmosphère était lourde et sensuelle, comme s'il pénétrait dans l'antre sombre du plaisir.

Pourtant, les rideaux de velours étaient ouverts et le soleil entrait à flots dans la pièce. Le boudoir était sens dessus dessous.

Les tiroirs du chiffonnier avaient été arrachés, leur contenu gisait sur le tapis, les coussins de la chaise longue avaient été éventrés ainsi que celui du tabouret de la coiffeuse. Les pots de cosmétique étaient retournés, pourtant rien n'avait été cassé. L'intrus avait pris soin de ne pas faire de bruit.

— Mon Dieu ! murmura Kern à la vue de ce carnage.

Il se fraya un passage parmi ce fouillis pour se rendre dans la chambre. L'armoire avait été vidée de ses robes, des chapeaux écrasés jonchaient le sol, au milieu de mules et de souliers de satin à talons hauts.

Il se dirigea vers un secrétaire couvert de papiers sur lequel Aurora avait probablement rédigé ses Mémoires. Dans sa hâte, le voleur avait éparpillé les plumes et renversé l'encrier.

Où Isabel avait-elle caché ce fameux cahier ? Chez Hathaway ? Ou dans cette maison, dans un endroit secret connu d'elle seule ?

Elle pénétra lentement dans la chambre. Le bleu vif de sa robe accentuait encore sa pâleur, et il y avait de l'incrédulité dans ses grands yeux bruns. Pourtant elle se tenait bien droite, le menton levé.

— Allez-y, attaqua-t-elle, et qu'on en finisse. Dites-moi que je l'ai bien cherché, que c'est ma faute.

Il aurait dû en effet l'accuser d'être responsable du drame, mais elle avait les lèvres légèrement tremblantes, et il se sentit envahi d'un sentiment de tendresse.

— Ça ne servirait à rien. Je préfère consacrer mon énergie à découvrir le vrai coupable.

— Et vous croyez qu'il nous a gentiment laissé sa carte de visite ? Non, il n'y a rien, ici. Rien qu'une pagaille indescriptible. Il a détruit tout ce qui appartenait à ma mère.

— Alors, mettons-nous au travail, et rangeons tout ça. Avec un peu de chance, nous découvrirons un indice.

Il débarrassa un coin de la pièce et y jeta les papiers maculés d'encre.

— Posez tout ce qui est irrécupérable sur ce tas, et signalez-moi ce qui vous semble anormal.

Il ramassa une plume tandis qu'Isabel restait immobile, les bras serrés autour d'elle, et il fut bouleversé par son air abattu. Comme elle parcourait la pièce des yeux, il se demanda brusquement quels souvenirs ce décor vulgaire éveillait en elle. Bien qu'elle eût grandi à la campagne, elle rendait visite à sa mère de temps en temps. Elle avait dû bavarder avec Aurora pendant que celle-ci se maquillait, s'habillait pour une soirée. Peut-être sa mère lui avait-elle ici même donné des conseils pour séduire les hommes.

Vénus, la déesse de l'amour.

La colère s'empara de Kern. Aurora avait certainement imaginé depuis toujours d'entraîner sa fille sur le même chemin qu'elle. Et, malgré sa rage, il avait envie d'expérimenter les talents d'Isabel.

Ils étaient seuls, la porte fermée, et à quelques pas il y avait le grand lit à baldaquin avec le miroir entouré d'angelots.

— Alors ! aboya-t-il. Ne restez pas plantée là. À moins que vous ne souhaitiez que le meurtrier s'en sorte impunément ?

Elle cligna les yeux, comme si elle avait oublié sa présence.

— Bien sûr que non, murmura-t-elle.

Elle se mit en devoir de ramasser les vêtements. La grâce de ses gestes fascinait Kern. Il aurait pu passer des heures à contempler la naissance de ses seins quand elle se penchait, la courbe de ses hanches, la délicatesse de ses chevilles.

Distrait, il s'enfonça la pointe d'une plume dans la paume et retint un juron. Bien fait pour lui !

Il s'efforça de se concentrer sur sa tâche. Le meurtrier avait peut-être perdu un bouton de manchette, un gant. Dickenson était-il venu ici la nuit dernière ? Ou lord Raymond ?

Kern parcourut la pièce en ramassant ce qui avait appartenu à Aurora Darling. Souliers, châles, brosses à cheveux, jarretières de dentelle. Il les empila, sans cesser de chercher un indice.

Et il le vit.

Il s'empara du petit objet écarlate qui se trouvait sur le lit.

— Venez voir !

Isabel se pencha sur sa main, si proche qu'il eut une bouffée de son parfum léger.

— C'est un bouton, dit-elle, déçue.

— Un bouton qui pourrait appartenir à un gilet d'homme.

Isabel le prit pour l'examiner de plus près.

— Non. Il vient d'une des robes de Minnie. Elle fait de temps en temps le ménage ici. Je le lui rapporterai.

Elle posa le bouton sur la table de chevet et, agenouillée, elle commença à rassembler les divers objets qui avaient été jetés hors des tiroirs.

—Où se trouvait votre père, hier soir ? demanda-t-elle par-dessus son épaule.

—À Lynwood, répondit Kern en soulevant une chemise de nuit dans laquelle il ne put s'empêcher d'imaginer Isabel.

—Vous en êtes sûr ? insista-t-elle. Y avait-il quelqu'un avec lui ?

—Avec qui ?

—Le duc, dit-elle, agacée. Je sais qu'il a été malade, mais il est peut-être suffisamment remis pour être venu ici.

—Non. En fait, il a eu une nouvelle attaque dans la soirée, et on lui a administré un sédatif. Le médecin ne l'a pas quitté de la nuit.

Kern était soudain intensément soulagé. Pourquoi n'y avait-il pas pensé plus tôt ?

—Il ne peut pas s'agir de mon père, vous le comprenez bien.

—Il aurait pu payer un homme de main pour accomplir ce sale travail, pour chercher les Mémoires à sa place, avant de tomber malade.

—Non. Nos domestiques sont au-dessus de tout soupçon, et personne à part eux et le docteur n'entre dans sa chambre.

Il laissa tomber sur le tas de vêtements la chemise qui flotta un instant, aérienne.

—Or, si Lynwood n'est pas coupable de ces dégâts, ce n'est pas non plus lui l'assassin de votre mère.

Elle fronça les sourcils, loin d'être convaincue.

—Alors c'est peut-être lord Raymond. Il a pu entendre parler de la dot que me propose lord Hathaway et trouver que l'histoire allait trop loin. Il lui fallait récupérer les Mémoires.

—Je lui ai parlé ce matin lorsqu'il est venu prier

au chevet de mon père. Je jurerais qu'il n'était pas au courant de cette donation.

En fait, lorsqu'il l'avait appris, lord Raymond avait lâché un juron à faire rougir ses paroissiens.

Mais était-il un meurtrier ? Et s'il ne l'était pas, pourquoi Hathaway avait-il doté Isabel ?

Malgré ses efforts, Kern ne parvenait pas à imaginer lord Raymond mettant cette chambre à sac, et moins encore poignardant une vieille femme.

— C'est un respectable homme d'Église. Jamais il n'entrerait par effraction dans une maison de plaisir au beau milieu de la nuit !

Isabel ramassa un éventail par terre et tenta de redresser une des plumes en la lissant du bout des doigts.

— Ça lui est pourtant déjà arrivé, dit-elle, si j'en crois le journal de ma mère.

— Il a fait ça ? s'écria Kern, incrédule, en désignant le désordre qui régnait dans la chambre. Donnez-moi les Mémoires, que je lise ce passage.

— Non, vous m'avez mal comprise. Disons simplement qu'il préférait rendre visite à ma mère la nuit. Afin que personne ne puisse être au courant de son vice.

— Il y a un monde entre des visites nocturnes et un tel vandalisme suivi d'une agression. Cela conviendrait mieux à une crapule comme Dickenson.

Isabel baissa l'éventail qui reposa sur ses seins, et Kern se surprit à envier les plumes légères.

— Nous ne pouvons écarter Trimble, dit-elle d'une voix sans timbre. Je le soupçonne d'en savoir plus qu'il ne veut bien l'avouer.

Il sait qui est Apollon.

Kern s'abstint de lui parler de son père qu'elle détestait tant.

— Il y a de nombreux hommes qui aimeraient voir les Mémoires disparaître.

Elle baissa encore l'éventail jusqu'à sa taille.

— Ils ne les trouveront pas, faites-moi confiance.

Les mouvements gracieux de la jeune femme le rendaient fou. Le provoquait-elle délibérément ?

Il se détourna, ferma bruyamment un tiroir.

— Il y a encore une autre possibilité, dit-il. Comment votre mère s'entendait-elle avec Diana et Callandra ?

— Plutôt bien. Elles avaient de petits désaccords de temps en temps, mais pas plus que n'importe quelles amies proches. Quel rapport avec notre histoire ?

— Le voleur pourrait bien être une des femmes qui vivent ici.

L'éventail échappa à Isabel qui se pétrifia.

— Vous ne pouvez penser... que l'une de mes tantes...

— Cela semble peu vraisemblable, mais j'ai cru sentir une animosité certaine entre Callandra et Diana. Si l'une d'elles en voulait à votre mère, pour une raison ou une autre, elle aurait pu s'en prendre à ses affaires.

— Non. Non, c'est absurde ! Tante Callie et tante Di se sont toujours disputées, mais cela ne signifie pas qu'elles soient mauvaises, ni violentes. Non, c'est impensable. Je n'ai jamais constaté la moindre déloyauté chez elles.

Bien que cela lui fût pénible, Kern insista.

— La première fois que nous nous sommes rencontrés, Isabel, quelqu'un avait laissé la porte de derrière ouverte à mon intention. On m'avait également informé que les pensionnaires de cette maison seraient à table, et que je vous trouverais seule. Quelqu'un vous a trahie en échange d'une pièce d'or. Et cette personne était Callandra.

Isabel en resta bouche bée, et Kern, désolé, vit la douleur se peindre sur son visage.

— Je suis navré, dit-il, bourru, mais vous ne connaissez pas ces femmes aussi bien que vous le croyez. Pouvez-vous vérifier l'emploi du temps de Callandra la nuit dernière ?

Soudain faible, Isabel s'appuya à la colonne du lit.

— Elle a attendu mon retour de l'Opéra puis elle s'est retirée dans le quartier des domestiques.

— Ou alors elle s'est glissée au-dehors pour venir ici.

— C'est stupide ! Pourquoi tante Callie voudrait-elle les Mémoires ?

— Peut-être y est-il dit quelque chose de désagréable sur elle. Ou peut-être qu'elle ne cherchait pas les Mémoires et que son but était différent.

— Par exemple ?

— Ça pouvait être une façon de se venger d'Aurora.

Ou peut-être est-elle folle, songea Kern qui s'abstint de formuler cette éventualité à haute voix. Il fit signe à Isabel de le suivre dans le boudoir où il prit un flacon de parfum renversé.

— Si l'intrus cherchait un cahier, il n'avait aucune chance de le trouver au fond d'une bouteille. Pourquoi, dès lors, vider celle-ci de son contenu ? Et les fards, et les robes déchirées ? Ce sont des actes de haine pure.

— Le bandit était frustré de ne pas avoir trouvé ce qu'il cherchait, voilà tout.

Isabel, nerveuse, remettait de la poudre dans une boîte.

— Mais je ne devrais pas m'étonner que vous disiez du mal de mes tantes, poursuivit-elle. Vous préférez blâmer des courtisanes que des gens de votre monde.

Impulsivement, il vint la prendre aux épaules.

—Vous vous trompez. Croyez-moi, je sais parfaitement qu'il faut bien peu de chose pour qu'un homme civilisé se transforme en sauvage.

À cet instant, il ressentit une pulsion qui n'avait rien à voir avec la violence… mais avec l'instinct le plus élémentaire.

Il n'aurait pas dû la toucher. Il en voulait davantage, à présent, il avait envie d'explorer ce corps dont il avait rêvé si souvent, d'en supprimer toute tension, il avait envie de protéger Isabel de la cruauté, de la haine. Or, il avait augmenté sa peine en faisant naître en elle des doutes sur les femmes qui l'avaient élevée.

—En effet, l'homme qui est venu ici était une bête sauvage, murmura-t-elle. Il aurait pu tuer tante Minnie comme il a assassiné ma mère, et ça serait ma faute. Je me suis trop entêtée dans ma quête de vérité.

Comme une poupée de chiffon, elle s'effondrait, les épaules basses, et Kern ne supportait pas sa souffrance.

—On voit toujours mieux les choses de l'extérieur, dit-il doucement. Vous ne pouviez savoir que cela se produirait.

—Mais j'aurais dû envisager le danger qu'il y avait à poursuivre un meurtrier. Il risque de frapper de nouveau.

—Vous voulez dire que vous renoncez à votre enquête ? demanda-t-il, cherchant à la faire réagir. Vous allez cesser de pourchasser l'assassin de votre mère ? Vous le laisserez s'en sortir impunément ?

Elle se mordillait la lèvre inférieure.

— Je n'en sais rien. Oh, Kern, honnêtement, je ne sais plus que faire !

Elle avait les yeux pleins de larmes, elle toujours si forte, si déterminée ! Elle le regardait avec espoir, comme s'il connaissait toutes les réponses aux questions qui la torturaient. Soudain, il se reprocha de l'avoir poussée à bout, et il aurait voulu de nouveau la voir sourire.

— Isabel...

Il la prit dans ses bras et caressa son dos, ses reins, tandis qu'elle se lovait contre lui comme un chaton qui cherche du réconfort. Il décida de se laisser aller un moment au plaisir de la tenir ainsi, au désir infini qu'elle éveillait en lui. Peu importait qu'il fût fiancé à une autre, tant qu'il n'allait pas plus loin.

— Faites-moi oublier, souffla-t-elle en glissant les mains sous son gilet. Aidez-moi, Kern.

Tout le sang-froid de Kern s'évanouit quand elle posa les lèvres sur les siennes. C'était un baiser de jeune fille, tendre et curieux, un mélange enivrant d'innocence et de sensualité. Un baiser, un seul, se dit-il. Le plaisir de la serrer contre lui...

Et la torture de savoir qu'il ne pouvait, qu'il ne devait pas mener cette étreinte à sa conclusion naturelle.

Il resterait à la limite, à la frontière...

Comme il déboutonnait le dos de sa robe, il sentit que les doigts légers d'Isabel s'attaquaient à son gilet. Elle glissa les mains sous sa chemise de lin.

— Je sais que c'est mal d'avoir tant envie de vous, murmura-t-elle, alors pourquoi est-ce que cela me semble bien ?

— Parce que vous êtes faite pour être aimée, répondit-il à voix très basse.

Elle se débarrassa de son corset, de sa chemise, pour se retrouver devant lui torse nu. Dans la lumière dorée de la fin d'après-midi, sa peau luisait doucement. Elle était parfaite. Oui, elle méritait bien son nom. Vénus, déesse de l'amour.

Elle prit les mains de Kern et les posa sur ses seins.

— J'aime vos mains, j'aime ce qu'elles font naître en moi.

Elle mettait le sens de la discipline de Kern à rude épreuve. Comment aurait-il pu résister à ce tendre assaut ? Il déposa un baiser sur son téton, le titilla avec les dents, le caressa avec la langue, encouragé par les murmures de plaisir d'Isabel.

Il allait cesser dans un moment, se séparer d'elle, son honneur le lui ordonnait.

Mais pas tout de suite. Pas alors qu'elle dénouait sa cravate, déboutonnait sa chemise. Pas alors qu'elle répétait son nom, baisait son cou brûlant. Isabel le désirait, autant qu'il la désirait.

Désirer ! Quel mot insignifiant pour décrire l'affolement de son cœur, la fièvre qui le ravageait ! Il était entre paradis et enfer. Et comment aurait-il pu vouloir le paradis sans Isabel ?

Mieux valait être damné avec elle.

Fou de désir, il entraîna Isabel vers la chambre. Comme ils approchaient du lit, elle leva vers lui un regard chargé d'angoisse.

— Kern, c'est mal. Vous savez pourquoi…

— Si je dois brûler en enfer, dit-il, que ce soit avec vous.

— Oui, souffla-t-elle. Oui.

Leurs bouches se mêlèrent dans un nouveau baiser passionné.

Alors qu'il glissait une main sous sa jupe pour faire sauter les derniers barrages qui le séparaient de son intimité, il sentit une cordelette qui encerclait la taille fine d'Isabel, la brisa et un instant après il entendit sans y prendre garde un objet heurter le sol.

Elle sursauta, se dégagea vivement de son étreinte.

— Tournez-vous, murmura-t-elle. Je vous en prie. Juste un moment.

— Non !

Il refusait cette brusque pudeur, comme si elle avait des doutes, comme si elle hésitait.

— Isabel… je veux vous voir vous déshabiller.

Elle caressait ses épaules, son dos, descendait jusqu'à ses reins, lui infligeant une délicieuse torture.

Elle noua de nouveau les bras autour de son cou. Il tenta de la pousser vers le lit, mais elle résistait obstinément.

— Attendez, souffla-t-elle.

Il crut qu'elle allait se refuser à lui et il faillit hurler sa frustration, mais elle se débarrassa vivement de sa robe, de sa lingerie qu'elle laissa tomber à ses pieds. Et elle se tint devant lui, simplement vêtue de ses bas de soie. Kern en fut émerveillé.

Elle était à lui. Toute cette beauté était pour lui.

Elle enjamba le petit tas de vêtements et vint se coller à lui avec un sourire mi-provocant mi-tendre.

— Vous voulez bien m'emporter au lit, maintenant ?

Il ne se le fit pas dire deux fois et l'allongea sur les draps blancs pour caresser la peau douce de ses cuisses, et remonter vers le satin de sa féminité.

Avec un soupir d'abandon, elle s'ouvrit pour lui et quand il approfondit sa caresse, elle s'accrocha plus fort à lui.

— Ô mon Dieu… Je vous en prie…

Il goûtait le plaisir d'Isabel avec autant de force que s'il s'était agi du sien. Elle était si menue, si délicate… Le sang battait à ses tempes, il voulait voir sa jouissance, il voulait qu'elle se donne complètement.

— Oui, oh, oui ! Kern… Je vous aime.

Soudain, elle se crispa et un immense spasme la secoua tout entière.

Je vous aime.

Il se défit de son pantalon et s'allongea de nouveau sur elle. Lorsqu'elle se saisit de son sexe, il faillit perdre tout contrôle. Elle le guidait vers elle et il y plongea, rencontra une fragile barrière qu'il brisa d'une forte poussée.

Elle se raidit, ses ongles s'enfoncèrent un instant dans le dos de Kern et un petit cri lui échappa. Il s'immobilisa.

— Isabel ?

Il se noya dans ses yeux un peu étonnés, et il sut. Il était le premier et il en ressentit un plaisir intense mêlé de fierté toute masculine.

— Vous êtes à moi, maintenant. À moi.

Il avait la gorge serrée d'une émotion nouvelle à laquelle il aurait été incapable de donner un nom. Il l'embrassa avec passion, puis il s'enfonça davantage dans sa moite douceur. Elle épousa son rythme, et se mit à danser avec lui de plus en plus vite ce ballet venu du fond des temps. Quand il sentit Isabel au bord de la félicité, il se laissa aller et la rejoignit dans l'extase.

Il resta sur elle pendant que sa respiration s'apaisait, puis il roula sur le dos en l'entraînant avec lui. Il fixait le baldaquin rose retenu aux angles par de gras chérubins qui semblaient les bénir.

Il eut envie de rire. Non pas par dérision, mais

de joie pure et simple. Il n'était plus que bien-être, chaleur, tendresse pour celle qu'il tenait dans ses bras.

La lourde chevelure les couvrait tous les deux, et il respirait avec bonheur son parfum mêlé à celui de l'amour. La tête au creux de son épaule, Isabel suivait distraitement du doigt la ligne de sa clavicule, et déjà il sentait le désir renaître. Depuis combien de temps ne s'était-il pas senti aussi bien ?

Je vous aime.

Le pensait-elle vraiment, ou avait-elle dit cela sous l'emprise du plaisir ? Cette situation était nouvelle pour elle. Tout comme pour lord Kern, qui lui aussi nageait en pleine confusion. Ne confondait-il pas, lui aussi, la tendresse qui l'envahissait avec un sentiment plus fort.

Mais il était tellement heureux, qu'il préféra savourer l'instant présent, et ne pas penser à l'avenir.

Quoi qu'il en soit, il devait se faire pardonner de l'avoir traitée en courtisane.

Mais comment pourrait-il s'excuser de lui avoir fait l'amour quand il avait envie de crier sa joie sur tous les toits ? Il était son premier, son seul amant.

— Ma vierge Vénus, murmura-t-il.

Elle le regarda avec méfiance.

— Je ne suis pas une des déesses, se défendit-elle. C'est pourquoi j'ai toujours refusé de porter ce prénom.

— Je sais, dit-il en lui baisant le bout du nez. Et j'en suis heureux.

— Moi, je sais à présent ce que j'ai manqué. On accorde trop d'importance à la virginité.

— À l'abstinence aussi.

Elle était encore fragile, vulnérable, aussi avoua-t-il :

— Contrairement à ce que vous pouvez penser des hommes, Isabel, je n'ai eu qu'une expérience avant vous. Un cadeau pour mon quatorzième anniversaire. Un cadeau de mon père, ajouta-t-il avec amertume.

Elle fronçait les sourcils.

— Un cadeau ?

— Oui.

Il ressentait encore la rage et la douleur qui avaient envahi son cœur d'adolescent. Mais si cela pouvait mettre Isabel plus à l'aise, il parlerait.

— Depuis l'enfance, je détestais la vie de débauche que menait mon père, et il le savait. Il avait tant fait pleurer ma mère avec ses infidélités ! Pour lui, elle n'était qu'une poulinière, bien que je fusse le seul de ses enfants à survivre. J'avais dix ans lorsqu'elle est morte après avoir mis au monde un nouveau bébé mort-né.

Isabel ferma les yeux et quand elle les rouvrit, il y lut une tendre compassion.

— Oh, Kern, je ne savais pas. Je suis désolée.

Il haussa les épaules et continua.

— Dès que j'ai commencé à devenir un homme, Lynwood décida de faire de moi un libertin comme lui. Il m'invitait à me joindre à ses orgies, il m'offrait de me prêter une de ses nombreuses maîtresses. Mais tout cela me dégoûtait, et j'ai résisté à la tentation jusqu'au séjour que nous fîmes, pour mon quatorzième anniversaire, dans notre manoir à la campagne.

Il s'interrompit un instant, submergé par le souvenir de l'ombre qui s'était alors abattue sur ses rêves d'adolescent. Il voulait tellement croire, à cette époque-là, au triomphe de l'Amour.

— Je vous en prie, dit doucement Isabel. Racontez-moi.

— Mon père avait invité sa maîtresse, et elle était venue avec sa fille, qui avait à peu près mon âge. Sarah et moi avons passé beaucoup de temps ensemble, au cours de cette semaine. Elle était jolie, gentille, et je suis tombé follement amoureux d'elle.

— Quelle chance elle avait ! dit Isabel en lui caressant la joue.

Sa tendresse encouragea Kern à lui confier ce qu'il n'avait jamais dit à personne.

— Le deuxième jour, je lui volais un baiser qui nous a menés à des gestes plus hardis. Et puis, le dernier soir, Sarah est venue me retrouver au lit, sous le prétexte de me dire au revoir. Vous imaginez ce qui s'est passé ensuite. Même lorsque je me suis aperçu qu'elle n'en était pas à ses débuts, aveuglé par mon désir, j'avais confiance en elle, je croyais en elle. Le lendemain matin, mon père est entré dans ma chambre et nous a trouvés ensemble. Il m'a souhaité un bon anniversaire et il a donné à Sarah un bracelet de diamants en paiement de ses services. Alors, elle s'est levée et elle est partie avec lui.

L'écho de son rire moqueur l'avait hanté durant des années. Mais maintenant, il se sentait étrangement libéré par la confession qu'il venait de faire, comme si un pénible fardeau de honte et de colère lui avait été enlevé.

— C'est incroyable ! s'indigna Isabel. Comment votre père a-t-il pu se conduire de cette façon ? Et comment cette gourgandine a-t-elle pu vous préférer Lynwood ?

Le compliment plut à Kern qui effleura sa joue.

— Peu importe. Je n'ai jamais revu Sarah, et à partir de ce jour, je me suis juré de mener une vie honorable. J'ai juré que je ne ferais l'amour qu'avec mon épouse.

Jusqu'à présent. Jusqu'à vous.

En séduisant Isabel, Kern s'était compliqué l'existence. Il allait devoir en affronter les conséquences, prendre des décisions... Mais pour l'instant, il se contentait de savourer le plaisir de tenir Isabel contre lui. Une nuit de passion ne ferait pas de lui un débauché.

Isabel était troublée.

— Vous avez cru que... que j'étais comme Sarah ?

Il ne pouvait nier qu'il avait pensé le pire d'elle.

— Je me trompais. Je voyais seulement ce que l'expérience m'avait appris.

— Et maintenant, que voyez-vous ?

Il sourit.

— Je vois une femme aussi belle physiquement que moralement. Une femme qui sait ce qu'elle veut, ajouta-t-il en caressant ses seins. Une femme qui a eu le bon sens de se garder pour moi.

— Et moi je vois un homme arrogant et terriblement sûr de lui ! murmura-t-elle, langoureuse, en ronronnant sous sa caresse. Je parie que vous n'attendrez pas longtemps pour renouveler l'expérience.

— Gagné !

Les rayons du soleil couchant baignaient la pièce tandis qu'ils s'embrassaient, se caressaient, apprenaient à connaître chaque fibre de leurs corps. Kern prit son temps, il lui donna du plaisir de mille façons jusqu'à ce qu'elle s'accroche à lui, suppliante.

— Kern... Oh, c'est mal, je le sais... Mais c'est trop bon, n'arrêtez pas !

— Dites mon nom : Justin.

— Justin, répéta-t-elle, Justin, je vous aime.

Cette fois, il eut du mal à ne pas répondre par la

même déclaration. Il ne pouvait pas l'aimer, il n'avait pas le droit de l'aimer.

—Je n'ai jamais désiré une femme comme je vous désire, Isabel, souffla-t-il.

Il entra en elle et ils ne firent plus qu'un. Ils atteignirent ensemble le sommet de la passion et explosèrent dans un même cri de bonheur.

Le crépuscule envahissait la chambre. Isabel reposait contre Kern, paisible. Une folle tendresse s'empara de lui quand il s'aperçut qu'elle dormait.

Il aurait volontiers prolongé l'instant, mais il craignait qu'elle ne prenne froid et se dégagea pour ramasser la couverture qui avait glissé du lit au cours de leurs ébats. Comme il se penchait, il remarqua une pochette de tissu qui dépassait des vêtements d'Isabel.

Curieux, il s'en empara, l'ouvrit et en sortit un mince cahier relié de cuir.

Un long moment, il en fixa le titre.

Les Confessions d'une fille de joie.

Apollon et moi, nous nous sommes détestés au premier regard.

Le soir de notre rencontre, on m'avait priée d'assister à une réunion entre hommes dans un club privé de St. James's Street. Ces messieurs voulaient offrir un cadeau particulier à un de leurs amis qui devait se marier bientôt. Intriguée, j'y suis allée, et j'ai accepté que l'on m'apporte à l'intérieur d'un plat en argent porté par deux valets de pied.

Et, vêtue d'une robe vaporeuse, j'ai émergé comme Vénus de sa coquille. Je me suis trouvée alors devant l'homme le plus irrésistible que j'aie rencontré dans toute ma carrière de courtisane.

Apollon était furieux, et j'ai compris pourquoi plus tard, quand j'ai découvert la noblesse de son caractère. Mais, à ce moment-là, quand il m'a jeté un regard méprisant, qu'il m'a traitée de prostituée devant tous ses camarades et qu'il a quitté la pièce, je le haïssais.

J'ai pris aussitôt la ferme décision de le séduire. Aucun stratège de guerre n'aurait mené campagne plus hardie que la mienne ce printemps-là. Vêtue comme une dame, je m'arrangeais pour le rencontrer partout et quand je me suis enfin glissée dans son lit, l'expérience fut si magnifique que notre animosité s'est aussitôt transformée en tendre affection.

Comme j'avais été folle et superficielle, jusque-là en croyant savoir ce qu'était l'amour !

Tout cet été, je me suis consacrée à Apollon corps et âme, je lui suis restée fidèle jusqu'à notre dernière nuit ensemble, la veille de son mariage. Cette nuit où nous avons conçu l'enfant de l'amour…

Les Confessions d'une fille de joie

16

Isabel se réveilla seule dans l'obscurité.

D'abord, elle ne comprit pas pourquoi elle se trouvait dans le lit de sa mère, ni pourquoi elle baignait dans une telle béatitude. Les yeux clos, elle s'étira, heureuse de sentir sur sa peau nue la douceur de la soie. Puis une bouffée de parfum musqué l'envahit et le souvenir joyeux de ce qui venait de se passer lui remonta à l'esprit.

Ils avaient fait l'amour. Par deux fois, leurs corps s'étaient unis de la façon la plus intime qui soit.

Elle sentait encore la bouche, les mains, qui l'avaient menée vers une extase dont elle n'aurait jamais osé rêver.

Était-il déjà parti ?

Elle se souleva légèrement, attirée par un petit cercle de lumière à l'autre bout de la chambre, et oublia aussitôt le sentiment d'abandon qui s'était emparé d'elle.

Kern était assis dans un fauteuil devant la cheminée, avec près de lui une bougie allumée sur un guéridon. Habillé, il était merveilleusement viril, avec sa chemise ouverte au col. L'un de ses pieds posé sur un tabouret bas, totalement absorbé, il lisait.

Elle l'aimait. La première fois qu'elle le lui avait dit, elle était elle-même stupéfaite par l'ampleur inattendue de ses sentiments. Les mots lui étaient sortis tout droit du cœur, aussi inévitables que le flux et le reflux de l'océan. Ce qu'ils avaient partagé était plus que du simple plaisir, plus que l'assouvissement de leur désir. Elle aimait Justin Culver, comte de Kern et héritier du duc de Lynwood. Elle aimait sa force de caractère, son sens moral, son obstination à chercher la vérité. C'était un homme bon, digne de son amour.

Mais dans quelle situation s'étaient-ils mis ? Il n'était pas du genre à abuser d'une femme pour l'abandonner ensuite. Pourtant, il n'était pas non plus libre de lui offrir son cœur, puisqu'il était fiancé à Helen.

La joie d'Isabel s'évanouit brusquement. Elle ne pouvait imaginer sa prochaine rencontre avec Helen, la jeune fille qui était devenue comme une sœur pour elle, la jeune fille qu'elle avait trahie de la pire des façons.

Certes, cette trahison n'avait pas été préméditée.

Kern et elle avaient été emportés par le tourbillon de la passion, oubliant toute logique, toute raison. Et, à présent, elle avait mal. Rien n'était possible entre eux. À l'instar de sa mère, elle était tombée amoureuse d'un aristocrate fiancé à une jeune fille de son monde.

Il tourna une page, et elle reporta son attention sur lui. Il aurait pu s'en aller pendant qu'elle dormait, mais il avait préféré attendre son réveil en lisant, et sa présence seule faisait renaître en elle une lueur d'espoir, ranimait les vieux rêves de bonheur.

Je n'ai jamais désiré une femme comme je vous désire.

Ce n'était pas une déclaration d'amour, et pourtant elle avait accueilli ses paroles avec joie.

De nouveau en proie au désir, elle se leva sans bruit et s'approcha de lui.

— Justin ?

C'était à la fois étrange et délicieux de l'appeler par son prénom.

Il leva les yeux vers elle. Son visage était grave, son expression solennelle, et elle sut immédiatement que quelque chose avait changé, bien qu'elle fût incapable de deviner quoi. Les yeux verts la dévisageaient ouvertement et, soudain intimidée, elle s'arrêta près de la colonne du lit.

Il lui avait semblé naturel de marcher nue vers lui, mais il semblait si sombre qu'instinctivement elle croisa les bras sur sa poitrine. Elle le contemplait afin d'essayer de comprendre, admirant sans le vouloir les pommettes hautes, la mâchoire volontaire, la chemise ouverte qui laissait voir une toison brune, le triangle qui descendait vers…

Elle vit enfin le cahier ouvert sur ses genoux.

Et elle fut terrifiée.

Les Confessions d'une fille de joie...

En un éclair, elle se rappela qu'il avait brisé le cordonnet en la déshabillant. Elle avait voulu à tout prix lui cacher le cahier, alors elle s'était débarrassée de ses vêtements afin de le dissimuler. Puis elle l'avait entraîné sur le lit... Ensuite, elle avait oublié tout ce qui n'était pas lui.

Jusqu'à cet instant.

Elle se précipita vers lui.

— Rendez-moi ça !

— Trop tard, dit-il en fermant le cahier. Je l'ai lu.

— Rendez-le-moi, répéta-t-elle entre ses dents.

— Non.

Son calme était exaspérant.

— Nous devons d'abord parler, dit-il.

Elle envisagea de se jeter sur lui pour lui arracher les Mémoires, puis elle se vit luttant nue contre lui et elle sut qu'elle ne résisterait pas longtemps au contact de leurs deux peaux.

Elle retourna vers le lit, se saisit de sa chemise qu'elle enfila vivement, puis elle lui fit face, furieuse.

— Ce cahier appartenait à ma mère. Vous l'avez volé !

— Je ne l'ai pas volé. Et j'ai le droit de savoir ce qu'elle a écrit. Vous auriez pu négliger un indice.

— Alors dites-moi lequel et rendez-moi le cahier.

Elle tendait la main, mais il ne bougea pas, le volume toujours sur ses genoux.

— Vous pensez que Trimble est votre père.

Elle aurait voulu nier, mais les mots ne venaient pas. Tant pis. Il savait, maintenant. Il connaissait le nom du gredin qui se souciait si peu du sort de sa progéniture. Trimble l'avait chassée de sa vie comme une mouche importune, et ça n'aurait pas dû lui faire mal. Pourtant... Oui, elle en souffrait.

Au fond de son cœur s'attardait encore la petite fille qui voulait croire que son père était roi.

— Je comprends pourquoi vous vous conduisiez si bizarrement avec lui, poursuivait Kern. C'est lui qui partageait les secrets de votre mère. Le seul en qui elle eût confiance.

— Promettez-moi de ne pas lui demander d'explications à ce sujet, dit-elle enfin. Je veux m'en charger moi-même.

— Je ne puis vous faire une telle promesse.

— Pourquoi ? cria-t-elle.

— Parce que vous pouvez vous tromper. Trimble n'est peut-être pas votre père.

Isabel recula.

— Pardon ? J'y ai réfléchi bien plus longtemps que vous !

— C'est juste une impression que je dois approfondir.

— Votre enquête est terminée.

Elle ne voulait pas qu'il interroge Trimble. Si celui-ci refusait de voir sa fille, qu'il en soit ainsi. S'efforçant au calme, elle répéta :

— Rendez-moi le cahier.

Kern s'appuya au dossier de son fauteuil.

— Je n'ai pas découvert que ça. J'en ai aussi appris davantage sur votre mère.

— Oh ? Et vous vous êtes aperçu que vous aviez raison de la mépriser ?

Isabel marchait de long en large devant lui, les bras serrés autour de sa taille dans le vain espoir d'apaiser la douleur qui la déchirait.

— Ça vous a amusé de lire le récit de ses turpitudes ? Vous avez été émoustillé par les détails ?

Kern fronça les sourcils.

— J'avais déjà lu les passages concernant mon père – la copie que vous lui en aviez remise avant que nous fassions connaissance. Le reste n'est pas pire.

—N'essayez pas de m'épargner ! s'écria Isabel, rouge de colère. C'est une chose de savoir que maman était une fille de joie, et une autre d'apprendre qui elle voyait, quand et comment ! Ses Mémoires sont la preuve criante de sa vie de débauche. Elle est bien loin de ce que vous appelez une dame !

À son plus grand désarroi, sa voix se brisa, et elle fondit en larmes.

Elle se détourna, mais déjà Kern avait posé le cahier sur le guéridon et l'attirait sur ses genoux. Toute résistance brisée, elle se laissa aller et, la tête contre son épaule, elle sanglota, se soulagea de sa peine tandis qu'il lui caressait les cheveux en lui murmurant des paroles apaisantes.

Néanmoins, il ne pouvait la considérer autrement que comme une maîtresse. Jamais une femme de sa condition n'épousait un aristocrate.

Épouser ?

Au fond de son cœur, et bien qu'elle sût que c'était impossible, elle avait envie de devenir sa femme, de porter ses enfants, de dormir chaque nuit auprès de lui, de l'accompagner dans ses obligations mondaines. Elle voulait qu'il l'aime malgré ses antécédents, elle voulait de toute son âme devenir lady Kern.

Quand elle fut un peu calmée, il lui releva le visage et cueillit du bout du doigt une larme attardée à ses cils.

—Je suis désolé de vous avoir blessée, Isabel. Croyez-moi, je ne le souhaitais pas, et vous vous méprenez sur ma réaction à la lecture des Mémoires. Pour la première fois, je vois Aurora comme une personne humaine, pleine d'espoirs, de rêves.

— Beaucoup la considèrent comme une créature vile et méprisable, mais elle était ma mère, Justin, et elle a essayé de m'élever du mieux qu'elle pouvait.

— Je comprends. Et je sais aussi qu'elle aimait votre père. Ce qu'ils ont partagé n'était pas une sordide aventure sans lendemain.

— Elle l'a délibérément séduit.

— Dieu merci ! Sinon vous ne seriez pas là.

Il eut un sourire en coin qui donna un air délicieusement canaille à son visage austère. Il massait doucement ses épaules, et l'amertume d'Isabel s'envola en fumée sous la force de son amour. Et la certitude que Kern ne regrettait rien.

De nouveau, à demi nue dans ses bras, elle eut envie de lui. Comme il fixait ses seins, elle fut certaine qu'il en discernait les pointes roses dressées sous le fin tissu de sa chemise

Il laissa doucement descendre sa main et elle retint son souffle en attente de la délicieuse caresse qui allait venir. Mais il s'arrêta à son ventre.

— Vous portez peut-être mon enfant, Isabel, dit-il d'une voix grave.

Elle fut envahie d'une joie irrépressible, mêlée d'une incontrôlable panique.

— Mon Dieu, je n'avais pas envisagé...

Un bébé de lui qui grandirait en elle... Mais elle se souvenait en même temps de son enfance solitaire, et elle le saisit par les revers de sa chemise.

— Si je suis enceinte, je ne vous laisserai pas m'abandonner comme l'a fait mon père. Notre enfant ne subira pas ce que j'ai subi.

— Bien sûr que non ! Apollon était une fripouille de vous avoir ainsi délaissée. Devant Dieu, je jure que je ne pourrais pas me comporter comme lui.

Jamais, au grand jamais, je ne pourrais me séparer de mon enfant.

Elle n'en croyait pas ses oreilles Voulait-il dire qu'il l'épouserait ? Et si elle n'était pas enceinte, lui ferait-il encore l'amour, lui demanderait-il d'être sa femme ? Mille questions se bousculaient dans sa tête, des questions auxquelles il lui fallait des réponses.

— Et Helen, murmura-t-elle, qu'allons-nous lui dire ?

Les mains de Kern se crispèrent sur sa taille et ses traits s'assombrirent.

— Je ne sais pas, avoua-t-il à voix basse. Franchement, je n'en sais rien.

— Vous l'aimez ?

— J'ai beaucoup d'affection pour elle. Mais pas... comme ça, dit-il en caressant sa hanche. De toute façon, ce n'est pas une question d'amour mais un problème d'honneur.

Le cœur serré, elle comprenait son indécision. Ils étaient pris dans un cruel dilemme. Ils ne voulaient pas faire de mal à Helen, qui était pourtant un obstacle à leur bonheur. Kern n'était pas homme à renier un serment, et elle l'admirait pour cette droiture.

Ce qui venait de se passer n'était pas un épisode sans importance pour lui, car il avait mené une vie chaste, une vie véritablement noble. Cependant, il n'avait pas dit qu'il l'aimait, se rappela Isabel avec un pincement de douleur. Aucun homme n'avait prononcé pour elle les mots magiques, ces mots qu'elle voulait entendre dans la bouche de Kern.

— Je dois partir, à présent, dit-il, une nuance de regret dans la voix.

Prise de panique à l'idée qu'il ne reviendrait peut-être jamais, elle se pressa contre lui.

—Nous avons cette nuit, souffla-t-elle. Oh, Justin, ne me laissez pas déjà. Je ne le supporterais pas.

—Ne croyez-vous pas que je préférerais rester ? Mais en toute conscience, je ne le puis.

Il retint sa respiration quand, enhardie, elle se mit à califourchon sur lui. Elle lui faisait face, les mains à plat sur sa poitrine, elle sentait son désir contre ses cuisses.

—Vous disiez… ?

—Sorcière ! marmonna-t-il.

Il enfouit les doigts dans ses cheveux et elle ne se fit pas prier pour s'approcher de ses lèvres. Un baiser qui allait peut-être le garder près d'elle pour toujours…

Un coup énergique frappé à la porte brisa le charme.

—Bon Dieu ! jura Kern.

Isabel sursauta et se tourna vers le boudoir sombre.

—Mes tantes… Seigneur, je les avais oubliées ! Il ne faut pas qu'elles nous trouvent dans cette tenue !

Elle bondit sur ses pieds, mais il la saisit par le poignet alors qu'elle allait chercher ses vêtements.

—Attendez, Isabel. Avez-vous confiance en moi ?

—Bien sûr.

—Alors laissez-moi emporter les Mémoires.

—Non !

—Écoutez-moi ! ordonna-t-il. Ce cahier doit être enfermé dans un coffre à la banque. Si vous ne me croyez pas, regardez autour de vous. Quelqu'un le veut, qui ne reculera devant rien pour se l'approprier.

Elle jeta un coup d'œil à la pièce dévastée. Le gredin avait blessé Minnie…

—Mais c'est tout ce qui me reste de ma mère, objecta-t-elle faiblement.

— Je sais. Je le garderai en sécurité pour vous.

Soudain, son regard se fit dur.

— J'informerai tous les hommes cités dans les Mémoires que c'est moi qui les détiens. C'est le moins que je puisse faire pour vous protéger.

Sans le quitter des yeux, Isabel prit le petit volume et le lui remit.

— Comme vous voudrez, Monseigneur.

Toute dureté avait disparu de ses yeux quand il lui prit la main pour la baiser avec ferveur. Les genoux tremblants, elle lui aurait promis la lune et les étoiles s'il les lui avait demandées.

Mais elle n'avait que son amour à offrir.

On frappa de nouveau et elle enfila rapidement sa robe en oubliant dans sa hâte le jupon. Kern mit sa veste et glissa le cahier dans la poche intérieure. Comme il nouait sa cravate, Isabel se dit qu'il n'avait jamais été plus magnifique. Ni plus inaccessible.

Il vint boutonner son corsage dans le dos, puis la prit dans ses bras pour un baiser bref et brûlant.

— Isabel, j'aimerais... Je ne peux rien vous promettre, ce serait déloyal de ma part, vous le savez.

— Oui.

Dans les jours à venir, elle devrait se contenter de ses souvenirs.

Du couloir montait le son étouffé d'une querelle et Isabel, rassemblant son courage, alla ouvrir la porte.

Diana se tenait là, une lampe à pétrole à la main, tandis que les autres tantes se massaient derrière elle. Elles restèrent pétrifiées devant l'allure négligée d'Isabel, ses cheveux décoiffés. Quatre paires d'yeux réprobateurs se fixèrent ensuite sur Kern qui posa une main protectrice sur l'épaule de la jeune femme.

Diana avait les lèvres pincées.

— Eh bien, grinça-t-elle, nous venions voir si votre enquête progressait, mais il semblerait que ce soit trop tard.

— Je t'avais dit de ne pas l'embêter ! coupa Minnie, furieuse. Elle est assez grande pour savoir ce qu'elle fait, et tu n'as pas à te mêler de ça.

— Pas à m'en mêler ? Nous l'avons élevée pour qu'elle se conduise mieux que nous !

Diana passa en trombe devant les deux jeunes gens pour se rendre dans la chambre où Isabel la suivit à contrecœur, ainsi que les autres femmes qui murmuraient entre elles.

Arrivée près du lit, Diana brandit la lampe, et de petites taches de sang se détachèrent clairement sur la blancheur des draps.

— Ça ne m'étonne pas que la porte soit restée fermée si longtemps ! dit Callie avec un regard envieux à Isabel.

— Notre chère petite Vénus est enfin devenue femme, murmura Minnie, comme si elle avait du mal à y croire.

— Mon Dieu ! s'écria Persy qui se laissa tomber sur une chaise. Nous avions envisagé de vous inviter à partager notre souper, Monseigneur, mais je suppose que dans ces circonstances...

Diana, les poings serrés, semblait vouloir se jeter sur Kern.

— Vaurien ! Vous avez abusé d'elle ! Vous l'avez privée de la possibilité qu'elle avait de faire un honnête mariage !

Kern demeurait immobile, le visage fermé, sans faire mine de présenter la moindre excuse.

Mortifiée, Isabel rabattit le dessus-de-lit. Elle n'avait pas besoin que Diana prenne sa défense, elle ne voulait pas de l'inquiétude de Persy, pas plus que de l'approbation de Minnie et de Callie.

— Ça suffit ! déclara-t-elle fermement. Lord Kern n'a rien fait contre ma volonté, et le sujet est clos.

Le silence se fit tandis que les quatre femmes regardaient Isabel, déconcertées par sa véhémence. Pourtant, elle n'en éprouva aucune gêne. Elles devaient comprendre qu'elle n'était plus une enfant.

Callie, maternelle, la prit dans ses bras.

— Tu as raison, nous avons tort d'insister. J'espère toutefois que tu as été prudente. As-tu pris des précautions ?

— Des... quoi ?

— Nous t'expliquerons plus tard, coupa Minnie avant de se tourner vers Kern. Pour l'instant, je pense que Sa Seigneurie aimerait prendre congé.

Kern semblait un peu désorienté par la conversation. Il s'inclina.

— Si vous voulez bien m'excuser.

Il enveloppa Isabel d'un regard intense, et un instant, elle espéra qu'il allait l'embrasser, lui donner un témoignage de son affection, mais il tourna les talons et franchit la porte.

Comme ses pas s'éloignaient dans le couloir, Isabel eut une envie folle de lui courir après, de retrouver la merveilleuse intimité qui les avait unis, de le serrer dans ses bras pour ne plus jamais le laisser partir.

Au lieu de cela, elle n'arrêtait pas de se dire qu'il ne reviendrait peut-être jamais.

Je ne peux rien vous promettre, ce serait déloyal de ma part, vous le savez.

— Tu as l'air épuisé, ma chérie, dit Persy d'une voix un peu chevrotante. Je me rappelle que la première fois... Tu devrais te tremper dans un bon bain chaud.

Isabel parvint à esquisser un sourire. Si cela pouvait aussi guérir son cœur.

— Merci. C'est une bonne idée.

Les autres se massaient autour d'elle, et Diana la poussa vers un fauteuil.

— Assieds-toi, je vais faire chauffer de l'eau à la cuisine.

— Bien chaude ! lui cria Callie tandis qu'elle disparaissait dans le couloir. L'eau chaude peut avoir un effet contraceptif, ajouta-t-elle à l'intention d'Isabel. Bien qu'il y ait des moyens plus efficaces.

— C'est-à-dire ?

Tandis que les anciennes filles de joie lui donnaient des conseils, Isabel écoutait, la main discrètement posée sur son ventre. Certes, il était logique de se protéger, et pourtant... Portait-elle déjà l'enfant de Kern ? Un petit garçon aux cheveux noirs, au sourire ravageur... ou une petite fille aux yeux verts...

Sa mère avait-elle désiré avec autant de force l'enfant d'Apollon ?

Isabel ne voulait plus de bain chaud, elle ne voulait plus qu'on s'occupe d'elle, elle voulait échapper à la sollicitude de ses tantes. Il lui fallait être seule pour mettre de l'ordre dans ses pensées.

— Je me suis suffisamment attardée. Il est temps que je retourne chez les Hathaway.

— Diana t'a contrariée, n'est-ce pas ? dit tante Persy. Ne pense pas que nous t'en voulons, ma chérie. Nous sommes inquiètes parce que nous t'aimons, c'est tout.

Isabel déposa un baiser sur son front ridé.

— Je vous aime aussi. Toutes les quatre.

Minnie s'assit sur le lit dont les ressorts protestèrent bruyamment.

— Alors, reste avec nous, dit-elle. Tout a changé,

désormais. Tu ne peux plus passer pour une dame, et tu ferais mieux de rentrer dans ta famille, là où est ta place.

La place d'Isabel était-elle dans cette maison délabrée, parmi ces femmes qui l'avaient élevée de leur mieux ? Ou bien au cœur de l'univers brillant dans lequel évoluait Kern ? Minnie avait raison, la situation avait changé. Et Isabel se sentait tiraillée entre deux mondes opposés.

— Je n'ai pas le choix, je dois y retourner, dit-elle. Sinon, comment aurais-je une chance de démasquer le meurtrier de maman ?

Callie ramassa un peignoir qui avait été lacéré.

— Je suppose que vous n'avez pas trouvé qui a fait ça ?

— Pas encore.

Glacée, Isabel se rappelait les paroles de Kern.

Le voleur pourrait bien être une des femmes qui vivent ici.

Cette éventualité était terrifiante !

Isabel regarda Callie qui fouillait parmi les souliers, les éventails, les sous-vêtements.

Quelqu'un vous a trahie en échange d'une pièce d'or. Et cette personne était Callandra.

17

Pour la première fois de sa vie, Kern était ivre. Dans la bibliothèque de Lynwood House, les pieds posés sur le bureau d'acajou où il avait si souvent étudié les projets de loi du Parlement ou vérifié les comptes de ses domaines, il contemplait le plafond à la lumière d'un chandelier.

C'était plus agréable que de contempler le naufrage de sa vie. Et ce qu'il avait fait de celle d'Isabel.

Vaurien ! Vous avez abusé d'elle ! Vous l'avez privée de la possibilité qu'elle avait de faire un honnête mariage !

L'accusation de Diana résonnait dans sa tête, ravivant sa culpabilité. Il saisit son verre, le porta à ses lèvres. Vide.

— Bon Dieu ! jura-t-il.

Il repoussa le fauteuil, se leva et se dirigea en titubant vers le cabinet aux alcools. Il détestait cette dérive de son esprit qui l'empêchait de raisonner logiquement au lieu de se laisser aller à ses sentiments. Il s'en voulait de n'avoir pensé à Isabel, qu'au moment où elle avait poussé un cri de plaisir venu du fond du cœur.

Je vous aime.

Il se versa une généreuse rasade de whisky avant de reposer brutalement la carafe. Malheureusement, cela n'atténuait pas son chagrin. Au contraire, cela le rendait d'une sentimentalité larmoyante et dangereuse. Pas étonnant qu'il ne se saoule jamais.

Il avait également gâché la vie d'Helen. Depuis plusieurs heures, depuis qu'il avait laissé Isabel entourée de ses mères poules, il en était arrivé à prendre une pénible décision. Il ne pouvait épouser Helen.

Elle avait en lui une confiance aveugle de jeune fille naïve, et même s'il prenait publiquement sur lui la rupture de leurs fiançailles, elle serait humiliée, rejetée par la bonne société. Pourtant, il ne pouvait se résoudre à jurer devant Dieu et les hommes qu'il la chérirait et l'honorerait jusqu'à ce que la mort les sépare, alors qu'une autre femme l'avait enchaîné corps et âme.

Je vous aime.

Furieux, il lança son verre dans la cheminée, mais il manqua sa cible et le cristal éclata contre le mur avant de se répandre sur le tapis persan. Mais Dieu, qu'il avait besoin d'Isabel. Il s'affala dans un fauteuil. Il respirait encore le frais parfum de ses cheveux, de sa peau, il voyait son sourire sensuel, il la sentait, douce et ferme, quand il était entré en elle. Une nuit de passion n'avait pas assouvi son désir, mais l'avait au contraire exacerbé. Il ne pouvait vivre sans elle.

Je vous aime.

Elle méritait un bon mari. Or, Kern ne serait jamais celui-là. Il ne pouvait pas l'épouser, c'était une mésalliance inenvisageable, mais pour elle il renoncerait à son intégrité. Pour elle, il deviendrait comme son père.

Que l'honneur aille au diable ! Au risque de se perdre, il la voulait.

Il ferait d'Isabel Darling sa maîtresse.

— Paresseuse ! s'écria Helen en riant.

Elle se tenait au pied du lit d'Isabel, un Milord frétillant dans les bras. Une lumière blafarde éclairait la chambre, et la brise apportait une odeur de pluie.

— Milord et moi sommes réveillés depuis une éternité, continua la jeune fille. Callie dit que vous êtes rentrée tard, hier soir. L'amie de votre mère est-elle remise ?

Rien dans son visage avenant ne pouvait laisser supposer qu'elle était au courant des événements qui l'avaient tenue éloignée une partie de la nuit. Isabel était tourmentée par le remords, l'angoisse… et l'envie. Être la fiancée de Kern ! Helen se rendait-elle compte de sa chance ?

Elle s'aperçut soudain que la jeune fille attendait une réponse.

— Oh... L'amie de ma mère. Elle... elle a eu un petit accident, mais elle va mieux. Merci beaucoup de m'avoir permis d'aller la voir.

Helen eut une petite grimace espiègle.

— Je n'ai aucun droit sur votre emploi du temps, chère cousine. Pourtant, vous m'avez manqué, hier. Courir les boutiques avec Gillie est beaucoup moins amusant qu'avec vous. Bien que j'aie trouvé le plus ravissant des chapeaux.

Tandis qu'elle se lançait dans la description des achats qu'elle avait faits pour son trousseau, Isabel écoutait, pleine d'amertume et de désespoir. Ce qu'elle avait partagé avec Kern devenait une sorte de rêve. La réalité, c'était Helen qui babillait innocemment.

La gorge serrée, Isabel se leva et eut un geste machinal vers son oreiller avant de se rappeler qu'elle avait remis le journal à Kern.

C'est le moins que je puisse faire pour vous protéger.

Elle ne se sentait ni fragile ni faible, mais Kern l'aimait suffisamment pour vouloir la tenir à l'écart du danger. Elle avait l'impression d'être chérie, précieuse. Elle se sentait différente, ce matin ; une jeune femme initiée aux mystères de la chair... Et elle ne pouvait en parler à son amie.

— J'ai commandé cinq nouvelles tenues pour notre voyage de noces sur le continent, disait Helen.

Le chien dans les bras, sa jupe virevoltant, elle se mit à valser dans la chambre.

— Oh, comme j'ai hâte de connaître Paris, et Venise, et Rome ! Savez-vous que des bandits de grand chemin hantent encore les cols des Alpes ?

Et que des hommes courageux affrontent les taureaux dans l'arène, à Madrid ?

Jamais Helen n'avait été aussi animée, et Isabel s'efforça de sourire alors qu'elle souffrait mille morts. Un voyage de noces avec Kern ! Elle vendrait son âme au diable contre un tel bonheur.

Tout en s'habillant, elle écoutait distraitement le bavardage de la jeune fille. Elle pensait surtout aux mains de Kern sur elle, au plaisir qu'il lui avait donné, à la joie intense qu'elle avait éprouvée lorsqu'ils ne faisaient qu'un. Et ensuite il l'avait serrée contre lui comme s'il ne voulait plus jamais la quitter.

Je n'ai jamais désiré une femme comme je vous désire.

— Vous souriez, lui reprocha Helen, assise devant sa coiffeuse. Je ne vois pas ce qu'il y a de drôle à avoir manqué le petit déjeuner.

— Le petit déjeuner ? répéta Isabel qui se rendit compte qu'elle avait perdu le fil de la conversation.

— Mais oui, sotte, vous ne m'écoutiez pas ! la taquina Helen. J'ai dit : c'est bientôt l'heure du déjeuner. Venez, je vais vous coiffer.

Isabel prit la place d'Helen qui releva ses cheveux en un élégant chignon retenu par des épingles d'écaille. Son attitude amicale augmentait encore le sentiment de culpabilité qui rongeait Isabel. Comment avait-elle pu la trahir ?

Mais comment aurait-elle pu refouler son amour pour Kern ?

Elle avait passé la moitié de la nuit à avoir envie de lui, et à s'inquiéter de l'avenir. Le fardeau de leur secret pesait lourd sur sa conscience. Devait-elle tout avouer à Helen ?

J'espère que cela ne vous ennuie pas trop, mais je suis tombée follement amoureuse de votre fiancé, et la nuit dernière nous sommes devenus amants.

Helen en serait brisée. Elle romprait leurs fiançailles. Isabel avait-elle le droit de détruire le bonheur de sa meilleure amie ?

Non. Il fallait qu'elle se taise et laisse Kern prendre sa décision. Mais se tairait-il, lui aussi ?

Peut-être se dirait-il qu'il se devait d'épouser une jeune fille de haute lignée, peut-être, comme tant d'autres hommes de son rang, déciderait-il que l'amour n'avait pas d'importance, peut-être allait-il se marier, partir en lune de miel... Il disparaîtrait alors de sa vie pour toujours.

— Oh, que de futilités ! s'écria Helen. Vous avez de nouveau cet air lointain. Pardonnez-moi, je ne m'arrête jamais de bavarder, et c'est fatigant.

— Je vous en prie, ne vous excusez pas, dit Isabel en se levant pour la serrer dans ses bras. J'adore vous écouter. Vous êtes gaie, vivante, et c'est un plaisir d'être avec vous.

— C'est ce que prétend toujours papa, dit Helen, ravie. À propos, il rentre déjeuner à la maison. J'aimerais que nous nous rendions à la bibliothèque en l'attendant. J'ai quelque chose à vous montrer.

Les deux jeunes filles descendaient l'escalier en se tenant par le bras quand un éclair illumina le ciel gris. Il faisait si sombre qu'un valet alluma les candélabres. L'atmosphère, maintenant électrique, mettait Isabel de plus en plus mal à l'aise.

La bibliothèque déserte fleurait bon le cuir des reliures.

— J'étais ici avec papa hier soir, dit Helen, en train de rédiger les adresses des invitations, quand je l'ai remarqué.

— Qu'avez-vous remarqué ?

— Venez voir.

Avec un air de conspirateur, Helen entraîna Isabel

vers un tableau accroché au mur représentant une dame souriante en perruque poudrée et robe de satin vert.

— C'est la mère de papa, la marquise douairière, ma grand-mère. Vous ne trouvez rien de particulier ?

Isabel étudiait le visage à la fine ossature, le sourire distingué, l'arc gracieux des sourcils, les yeux bruns. Un petit épagneul était assis aux pieds de la marquise.

— Elle est ravissante.

— Ravissante ? Elle est franchement belle ! Et vous lui ressemblez de façon étonnante.

— Moi ? s'étonna Isabel. Mais pas avec cette perruque...

— Imaginez-la avec ses vrais cheveux. Je ne l'ai pas connue, mais papa dit qu'elle était brune avec des reflets acajou, comme vous. Et regardez ses yeux. Ils ont la même couleur brun doré que les vôtres, la même forme en amande. Et puis elle aimait les chiens, elle aussi.

— Elle et un millier d'autres femmes, objecta Isabel.

Elle prit Milord dans ses bras sans cesser de contempler le portrait. La marquise avait beaucoup de classe et elle semblait bonne, ouverte. Était-ce ainsi qu'Helen voyait Isabel ? Comme une gentille et fidèle amie ? Elle était bien loin de la vérité !

— Qu'a dit votre père, quand vous lui avez fait part de vos remarques ?

— Il a maugréé, dit Helen, un peu embarrassée, puis, alors que j'insistais, il a longuement examiné le portrait, comme pour trouver la ressemblance.

— Ou simplement pour se rappeler sa mère, rétorqua Isabel.

Le marquis ne devait pas être ravi que sa mère ait le moindre rapport avec la fille d'une prostituée ! Toutefois, Isabel n'était pas d'humeur à apprécier le côté cocasse de la situation.

— Tout le monde dit que je suis le portrait de ma mère, déclara-t-elle. Aussi toute ressemblance est-elle simple coïncidence.

— Peut-être. Pourtant...

On frappa discrètement à la porte, et un valet de pied entra.

— Je vous demande pardon, madame, lord Kern demande à vous voir.

Helen battit joyeusement des mains.

— Merveilleux ! Nous allons lui demander son avis. Il est très observateur, et il sera sans aucun doute de mon avis.

Le tonnerre se faisait plus proche, et le cœur d'Isabel battait à tout rompre.

Kern était là. Et il voulait parler à Helen.

Lorsque Kern franchit le seuil de la bibliothèque, il croisa Isabel qui sortait. Elle se pétrifia, ses grands yeux fixés sur lui.

Il ne pouvait rien pour discipliner les battements de son cœur, ni pour dominer le désir qu'il avait pour elle. Elle était pâle, fragile dans sa robe lie-de-vin, et des cernes mauves indiquaient qu'elle avait aussi peu dormi que lui. Il serra les poings pour s'empêcher de la toucher. Regrettait-elle de lui avoir fait cadeau de sa virginité ?

— Bonjour, Justin ! s'écriait gaiement Helen du fond de la pièce. Vous pourrez peut-être convaincre Isabel de rester avec nous ?

Isabel était déterminée.

— Je dois sortir Milord, murmura-t-elle. Si vous voulez bien m'excuser...

Les yeux baissés, elle passa devant Kern, laissant derrière elle le sillage de son parfum.

Kern prit une profonde inspiration, puis il pénétra dans la bibliothèque dont il referma la porte. Il avait la tête douloureuse suite à ses excès d'alcool. Le matin, il était allé porter les Mémoires à la banque, puis il n'avait pu différer davantage sa visite chez Hathaway.

— Mon Dieu ! disait Helen. Je crois que j'ai mis ma cousine mal à l'aise. Elle est terriblement modeste, mais je ne pensais pas qu'elle serait si gênée que je lui montre la ressemblance.

— La ressemblance ?

— Avec bonne-maman, expliqua Helen en désignant le tableau. Vous ne trouvez pas qu'elle lui ressemble ? Je l'ai remarqué hier soir pendant que je faisais les enveloppes d'invitation.

Kern regarda à peine le portrait tant il était préoccupé par la pénible tâche qui l'attendait. Si seulement il pouvait, comme tant d'autres de ses pairs, entretenir une maîtresse à l'insu de sa femme ! Mais il ne pouvait traiter Helen – ni Isabel – de façon aussi vile.

Il hésitait et s'en voulut de sa lâcheté. Il fallait en finir !

Il mena Helen vers un fauteuil, la fit asseoir bien qu'il restât debout devant elle.

Elle était déconcertée.

— Quelque chose vous tracasse, Justin ?

— Helen, dit-il d'une voix chargée d'émotion, je suis navré d'avoir à vous dire qu'il n'y aura pas de mariage.

Elle ouvrit la bouche, cligna des yeux comme si elle tentait d'assimiler ses paroles.

— Pas de mariage ? Vous voulez dire... le nôtre ?

Elle posa sa petite main blanche sur sa gorge.

— Oui, le nôtre, répondit-il aussi doucement que possible. Je suis obligé de mettre un terme à notre engagement.

— Mais... pourquoi ?

Il débita le petit discours qu'il avait répété mille fois au cours de la nuit.

— Soyez sûre, je vous en prie, que ce n'est absolument pas votre faute. Un homme ne pourrait espérer plus jolie ni plus digne épouse que vous. Cependant...

Il s'interrompit, sachant qu'il allait prononcer des mots définitifs.

— Cependant, j'ai eu une aventure avec une autre femme, et, dans ces circonstances, il serait malhonnête de ma part de vous épouser.

Le regard torturé d'Helen le déchirait.

— Une autre femme ? Mais hier encore nous parlions du déjeuner de noces. Du gâteau... Vous n'avez rien dit alors, vous n'avez pas un instant laissé supposer...

Sa voix se brisa tandis que ses yeux se noyaient de larmes.

Kern se laissa tomber à ses genoux et lui posa son mouchoir dans la main.

— Si je n'ai rien dit, c'est que je n'avais pas encore pris ma décision.

Parce que je n'avais pas encore fait l'amour à Isabel, parce que je n'avais pas encore accepté de reconnaître ce qu'elle représentait pour moi.

Helen froissait le mouchoir sans songer à s'en servir.

— Qui est cette autre femme ? Dites-moi son nom.

Kern secoua la tête.

— Je ne peux pas. Mieux vaut que vous l'oubliiez.

Si Helen apprenait la vérité, elle souffrirait

encore davantage. Dès que le meurtrier serait remis entre les mains de la justice, Isabel quitterait cette demeure, elle romprait tout lien avec Helen. Alors, et alors seulement, Kern pourrait mener son projet à bien.

— Comment pourrais-je l'oublier ? demanda la jeune fille d'une voix tremblante. Elle vous a séduit. Que s'est-il passé entre hier et aujourd'hui ? Après m'avoir quittée, vous êtes sûrement allé la retrouver...

Sa détresse faisait peine à voir.

— Ne vous torturez pas, je vous en supplie. Vous êtes l'innocence même, dans cette histoire, et je m'arrangerai pour que tout le monde sache que c'est ma faute.

Helen secoua la tête avec véhémence.

— Non, Justin. N'en parlez pas comme si c'était irrémédiable.

Les joues ruisselantes de larmes, elle lui prit les mains.

— Vous vous sentez obligé, par sens de l'honneur, de rompre nos fiançailles, mais vous avez eu une petite faiblesse, c'est tout. Et je vous pardonne.

Kern était poussé dans ses derniers retranchements.

— Seigneur, je déteste vous blesser ainsi, mais c'était plus qu'une petite faiblesse. J'ai... nous avons eu une relation intime.

Un instant, elle le regarda avec toute la naïveté d'une petite fille, puis elle comprit.

— Vous avez fait avec elle... ce qu'un mari fait avec son épouse.

— Oui.

Il y eut un violent éclair suivi aussitôt par le grondement du tonnerre et le martèlement de la pluie sur les vitres. Helen pleurait sans bruit.

— Comment avez-vous pu ? murmura-t-elle. Comment avez-vous pu ?

S'il lui expliquait l'incroyable lien qui s'était tissé entre Isabel et lui, cela ne ferait qu'augmenter la douleur de la jeune fille.

— Helen… Je vous ai toujours aimée comme une sœur. Je me rappelle vous avoir tenue dans mes bras quand vous étiez encore un nourrisson, et je m'étais alors promis de toujours vous protéger. Je déteste vous faire du mal, ajouta-t-il, la gorge serrée. J'en suis navré. Sincèrement navré.

Elle était assise, toute raide, et elle articula, sans le regarder :

— Allez-vous-en. Partez.

Bouleversé par sa froideur, il vint de nouveau s'agenouiller devant elle. Si seulement il pouvait la serrer contre lui, lui caresser les cheveux, afin de la consoler un peu… Mais sa honteuse trahison lui interdisait ces gestes. Définitivement.

Il se releva lentement, et, bien qu'Helen lui tournât toujours le dos, il s'inclina. Hormis ses larmes qui continuaient à couler, on aurait dit une statue de marbre. L'avait-il vraiment aimée ?

Cette question raviva le dégoût qu'il avait de lui. Il avait envie de lui souhaiter d'être heureuse, mais il craignait que ces vœux ne soient pris pour une sinistre ironie.

Il pivota sur ses talons et sortit de la bibliothèque.

Il avait l'impression qu'il venait de donner un coup de pied à un chaton sans défense, et il ne songeait qu'à quitter cette maison qui était depuis si longtemps pour lui un second foyer. Il n'y serait plus le bienvenu. Il avait rejeté tout cela pour une femme qui ne correspondait pas à son univers. Une femme qu'il désirait pourtant plus que sa vie.

Comme s'il l'avait appelée par la pensée, Isabel apparut soudain devant lui. Elle se tenait au pied de l'escalier, son chien dans les bras. Dès qu'elle vit Kern, elle posa l'animal à terre et se précipita vers lui dans un bruissement de soie. Il aurait pu marcher vers la porte sans s'arrêter, pourtant, elle apportait une lumière d'espoir dans sa nuit.

— Justin ?

Elle jeta un coup d'œil significatif vers le valet de pied en faction devant la porte d'entrée.

— Demandez à mon serviteur de m'attendre à la voiture, lui dit Kern. Je ne serai pas long.

— Certainement, Monseigneur, répondit l'homme en s'emparant d'un parapluie avant de se jeter dans la tourmente.

Kern prit Isabel par la main et l'entraîna au salon. Lui caressant doucement du pouce l'intérieur du poignet, il murmura :

— Il ne faut pas qu'on nous voie ensemble. Pas maintenant.

— Vous lui avez parlé.

— Oui, mais j'ai pris soin de ne pas prononcer votre nom.

— Mon Dieu ! Elle doit être effondrée !

Isabel s'appuya au chambranle en poussant un long soupir qui mit ses seins en valeur, et Kern ne put retenir une bouffée de désir. Il voulait se perdre en elle, oublier ses péchés grâce à son amour.

Il faudrait du temps avant qu'Isabel puisse être sienne à nouveau, pourtant, la passion le submergeait. Il ne pouvait pas la quitter sans l'embrasser une dernière fois. Il prit ses lèvres et elle répondit à son baiser avec la même ardeur désespérée.

Un léger bruit troubla la mélodie de la pluie qui battait aux carreaux, et Kern se retourna vivement.

Helen se tenait sur le seuil.

Milord trottina joyeusement vers elle, mais elle ne le vit pas. Les mains à la gorge, elle fixait Isabel et Kern. Son regard fut d'abord incrédule, puis horrifié quand elle comprit toute la signification de la scène.

— Vous ? chuchota-t-elle. Vous ?

Isabel lâcha un petit cri, mais personne ne bougea. On aurait dit des mannequins de cire.

Kern pensait vivre le moment le plus difficile de sa vie... jusqu'à ce que la porte s'ouvre sur Hathaway qui se débarrassa de son manteau trempé.

— Joli temps pour les grenouilles ! déclara-t-il, jovial. Si ça continue, les rues seront transformées en torrents.

Il tendit son vêtement à un domestique et remarqua enfin l'expression bouleversée de sa fille.

— Tu as pleuré, Helen ? Que se passe-t-il ?

Elle courut se jeter dans ses bras.

— Papa ! Oh, papa !

— Qu'as-tu, ma chérie ?

— Justin a rompu nos fiançailles. Nous ne nous marions plus.

Hathaway tourna vers Kern un visage stupéfait.

— C'est vrai ?

— Oui.

— Dites tout à papa, ordonna Helen d'un ton coléreux en essuyant ses larmes d'un revers de main. Révélez-lui le sordide secret que vous avez tenté de me cacher. Dites-lui que pendant que j'étais malade et que je vous conseillais de sortir ensemble, vous lui faisiez la cour. Dites-lui que vous avez attiré ma cousine Isabel dans votre lit.

Cela paraissait encore plus scandaleux dans la bouche de cette pure jeune fille. Hathaway se décomposait.

— Vous avez séduit Isabel ? souffla-t-il.

— Oui.

— Non ! intervint vivement Isabel. C'est faux, il ne m'a pas forcée. Dieu me pardonne, je... je l'aime.

Kern l'entendit à peine. Quoi qu'elle pût dire, il endossait toute la responsabilité. Il avait laissé sa sensualité prendre le pas sur la morale, il avait volé la virginité d'une jeune fille et détruit la vie d'une autre.

Hathaway était l'image même de la déception et du mépris. Kern se prépara à entendre le pire, mais il ne s'attendait pas à ce qui lui arriva.

Le marquis traversa le salon, vif comme l'éclair, et son poing vint s'abattre sur la mâchoire de Kern. Celui-ci vacilla. Un instant il vit trente-six chandelles puis il s'effondra sur le tapis. Le petit chien aboyait, tout excité.

Hathaway se tenait au-dessus de Kern, menaçant, tandis que sa victime reprenait ses esprits. Instinctivement, Kern serra les poings, mais il ne pouvait riposter, il ne pouvait frapper l'homme qu'il considérait comme son père spirituel. D'autant qu'il méritait grandement cette correction.

Isabel se précipita entre eux.

— Non ! Arrêtez !

Hathaway lui jeta un regard noir qui en aurait intimidé plus d'un, mais Isabel le fixait sans ciller. Il finit par tourner les talons.

Elle se laissa tomber à genoux près de Kern.

— Justin ! Ça va ?

En guise de réponse, il se releva.

Helen se tenait toujours sur le seuil, les mains sur la bouche, le regard plein de détresse. Son père, près d'elle, ne cachait pas son dégoût.

— Sortez d'ici ! aboya-t-il.

C'était la deuxième fois qu'on chassait Kern de cette maison, et il avait bien l'intention d'obtempérer. Il n'aurait pas dû s'arrêter pour embrasser Isabel, mais, après tout, mieux valait que l'on fût au courant de ses turpitudes. Au moins, à présent, Isabel et lui n'auraient pas à vivre une existence de mensonges.

C'était un réconfort dans leur malheur.

Isabel était toujours à genoux sur le tapis. Comme s'il devinait sa misère, le petit chien vint lui lécher la main et elle le serra bien fort contre elle. Elle leva vers Kern un regard chargé d'amour et d'inquiétude et il eut envie de l'emporter sur-le-champ vers Gretna Green, là où il pourrait l'attacher à lui définitivement par les liens du mariage sans attendre ni autorisation ni publication des bans.

Folie !

Jamais il n'épouserait Isabel. Mais il ne pouvait pas non plus la laisser ici, aux prises avec la légitime colère d'Hathaway. Elle en avait déjà assez supporté.

Il lui tendit la main pour l'aider à se relever et, comme il passait devant Helen, il croisa le regard glacial du marquis. Les mots d'excuse qui lui venaient aux lèvres semblaient bien banals, pourtant il devait les prononcer.

— Je regrette le mal que je vous ai fait, à Helen et à vous.

Mais je ne regrette pas l'amour que je porte à Isabel. Jamais je ne le regretterai.

Hathaway, qui soutenait Helen, ne répondit pas, mais il contempla Isabel avec une intensité qui surprit Kern. Le marquis paraissait pris dans un tourbillon d'émotions étranges, et Kern, en un éclair, se dit qu'il ne connaissait peut-être pas vraiment Hathaway.

Était-ce lui qui avait ravagé la chambre d'Aurora

dans l'espoir de récupérer les Mémoires ? Tenait-il tellement à couvrir son frère ?

Raison de plus pour emmener Isabel loin de cette maison. Les dents serrées, il l'entraîna vers la porte. Mais elle se dégagea et alla à Helen. Elle déposa Milord dans ses bras.

— Voulez-vous vous occuper de lui ? dit-elle d'une voix brisée. Il est tout ce que j'ai à vous offrir.

Helen lui lança un regard sombre puis, toute animosité disparue, elle baissa les yeux sur le petit animal qu'elle serrait contre elle.

— Bien sûr, je m'occuperai de lui.

Isabel eut un geste pour caresser une dernière fois Milord, puis elle y renonça et revint vers Kern, la tête haute, les yeux brillants de larmes.

Elle venait de se séparer de ce petit animal qu'elle aimait tant, et Kern fut frappé par sa générosité. Brusquement, il fut bouleversé par une émotion plus violente que l'orage qui grondait au-dehors.

Toute sa vie, il s'était conduit avec raison, en être responsable. Mais depuis le jour fatidique où il s'était rendu dans une maison de plaisir afin de dénoncer un chantage, son existence avait basculé.

Et, avec une sorte de désespoir, Kern sut qu'il ne pouvait davantage nier la vérité : pour le meilleur et pour le pire, il aimait Vénus Isabel Darling.

18

Isabel regardait par la vitre de la voiture la ville noyée de pluie qui s'harmonisait avec son humeur chagrine. La joue contre la laine mouillée du manteau de Kern, elle entendait les battements de son cœur. Il la tenait tendrement serrée contre lui tandis que le véhicule cahotait sur les rues pavées, l'emportant loin de sa vie de dame.

Elle avait bien besoin de sa chaleur, de son réconfort. Elle avait quitté la demeure des Hathaway comme une voleuse, avec les seuls vêtements qu'elle portait sur le dos. Elle avait gâché l'existence brillante dont elle rêvait depuis l'enfance. Pis encore, elle ne partagerait plus de fous rires avec Helen, elle n'entendrait plus son joyeux babillage. Elles ne courraient plus les boutiques de Regent's Street, elles ne commenteraient plus le bal de la veille... En succombant à son amour pour Kern, elle avait causé une peine immense à celle qui était devenue son amie, la sœur qui lui avait toujours manqué.

Elle était hantée par le petit visage bouleversé de la jeune fille. Il en avait coûté à Isabel de se séparer de Milord, pourtant, elle lui aurait offert son âme si elle l'avait pu. Parviendrait-elle un jour à se pardonner d'avoir été la cause d'une telle détresse ?

Mais comment aurait-elle pu renoncer à son amour pour Kern ? Autant essayer d'inverser le cours des planètes.

À quoi pensait-il tandis que lui aussi regardait la pluie tomber ? Regrettait-il d'avoir perdu Helen ?

Il n'avait pas perdu qu'Helen, il s'était aussi coupé à jamais de la vie respectable qui était si importante pour lui. Lord Hathaway avait joué pour lui le rôle de père, les deux familles étaient proches, et Kern était devenu un paria.

À cause d'elle.

Elle s'arrangerait pour le lui rendre au centuple. Elle l'aimerait toute sa vie. Ils étaient deux, et le lien qui les unissait allait bien au-delà du simple désir physique. Si Kern n'éprouvait pas quelque affection pour elle, il ne serait pas là à la serrer conte lui comme si elle était ce qu'il possédait de plus précieux au monde.

Cette idée lui mettait un peu de baume au cœur. Dès qu'il aurait surmonté les événements de cette journée, il comprendrait combien ils étaient importants l'un pour l'autre. Ce n'était pas le genre de libertin à entretenir tout un bataillon de maîtresses. Il voudrait sûrement l'épouser.

Il se tourna soudain vers elle.

— Quelle est votre date de naissance ?

La question la prit au dépourvu.

— Le 12 juin.

— Vous aurez dix-neuf ans ?

— Oui. Pourquoi ?

Il garda le silence si longtemps qu'elle crut qu'il n'avait pas entendu.

— Pour rien, dit-il enfin. Une question que je me posais.

S'il s'inquiétait de son âge, c'était certainement parce qu'il se reprochait d'avoir gâché sa jeune existence, alors qu'il lui avait apporté en réalité une joie qu'elle n'aurait jamais pu imaginer. Elle déposa un baiser sur sa mâchoire qui portait encore la trace du coup de poing.

— Je vous aime, Justin, murmura-t-elle.

Il la serra davantage, puis il la repoussa.

— Non ! dit-il d'une voix sourde. Vous ne pouvez pas aimer un homme qui ressemble à Lynwood.

Horrifiée par la comparaison, elle se redressa et lui fit face.

— Vous ne ressemblez pas à votre père. Comment serait-ce possible, alors que vous avez fait l'amour avec une seule femme en plus de dix ans ?

— L'honneur ne se mesure pas en chiffres. Ou j'ai des principes ou je n'en ai pas.

— Balivernes ! Vous avez fait preuve d'un extrême sens de l'honneur, aujourd'hui, vous avez agi selon votre conscience. Vous auriez pu vous taire, comme beaucoup d'autres prétendus gentilshommes l'auraient fait à votre place. Vous avez été honnête, et je vous en admire infiniment.

— Aux yeux de la bonne société, je me suis comporté comme un goujat.

— Nous nous moquons de ce que les gens pensent. Vous êtes l'homme le plus probe, le plus courageux de cette ville, peut-être de ce pays tout entier. Et si quelqu'un ose dire le contraire, il aura affaire à moi !

Une étincelle s'alluma dans les yeux verts de Kern.

— J'aimerais assister à la scène !

Isabel n'en avait pas terminé.

— De toute façon, jamais je ne prêterai attention à ces personnes étroites d'esprit qui se permettront de nous juger. Ne salissons pas ce qui nous est arrivé en parlant de déshonneur, ou même d'indélicatesse.

— Cela signifie-t-il que vous voulez toujours de moi ?

Le cœur d'Isabel s'accéléra. Pensait-il qu'elle allait se refuser ? Elle se jeta contre lui, se noya dans sa délicieuse odeur d'homme.

— Bien sûr, je vous veux, Justin. Et je vous aimerai toute ma vie.

Il enfouit le visage dans ses cheveux.

— Je vous préviens, ma réputation est ternie. Peut-être à jamais.

— La mienne aussi, donc nous allons bien ensemble.

Leurs lèvres s'unirent en un baiser passionné et

doux comme une promesse. Elle se détendit, glissa les mains sous sa veste, tandis qu'il caressait sa poitrine.

Ils furent séparés par la secousse de la voiture qui s'arrêtait. Isabel jeta un coup d'œil par la vitre et vit qu'ils étaient devant chez elle.

— Ne me laissez pas, Justin, murmura-t-elle. Pas tout de suite.

— Comme vous voudrez.

Le valet de pied vint leur ouvrir la portière, et elle sortit sous l'orage. Les arbres ployaient dans la tempête. La pluie s'était un peu calmée, mais d'énormes flaques parsemaient la chaussée. Isabel resta un instant, glacée, à se demander quel chemin prendre pour arriver au perron sans trop se mouiller les pieds. Elle s'apprêtait à sauter de pierre en pierre quand Kern l'enleva dans ses bras afin de la porter jusque sous le porche.

Elle noua les bras autour de son cou. Il n'hésitait pas à s'afficher avec elle au beau milieu de la rue ! Elle en ressentit une joie intense, une impression de liberté. Elle n'avait plus à se cacher de son amour, elle pouvait laisser libre cours à ses pulsions. Or, elle avait envie de montrer au monde entier combien elle l'aimait.

La porte s'ouvrit sur Minnie qui s'effaça devant eux.

— Mon Dieu, que se passe-t-il ? demanda-t-elle comme Kern posait Isabel sur ses pieds. Je croyais que tu étais repartie chez Hathaway…

— Tout a changé. Je… je ne pouvais plus rester là-bas.

Minnie les regardait alternativement, les yeux plissés.

— Ma foi, c'est la meilleure nouvelle de la journée. Bienvenue à la maison, petite.

Elle la serra contre sa large poitrine, et ce geste rappela à la jeune fille l'affection dont Minnie la couvrait quand elle venait en visite à Londres.

— Comment te sens-tu, tantine ? Ton bras est-il moins douloureux ?

— Ce n'est plus qu'un mauvais souvenir. Mais où est donc ta soi-disant femme de chambre ?

— Tante Callie ! s'écria Isabel, la main sur la bouche. Grand Dieu, je l'avais complètement oubliée !

Kern la prit à l'épaule.

— Elle est sûrement au courant de votre départ, à l'heure qu'il est, et elle viendra vous rejoindre dès que la pluie aura cessé. Mais si vous êtes inquiète, je vais lui envoyer ma voiture.

— Oui, je vous remercie.

Il alla parler à son cocher, et Isabel le contempla du seuil. Il était tellement élégant, tellement viril ! Elle eut une bouffée d'orgueil en se disant qu'il l'avait choisie, elle entre toutes.

— Quel homme prévenant, approuva Minnie. Renvoyer sa voiture rien que pour te faire plaisir ! Il doit avoir l'intention de rester avec toi quelque temps.

Isabel la regarda, angoissée.

— C'est mal de ma part ?

Minnie fondait de tendresse.

— Non, il n'est pas mal de vouloir être heureuse, ma chérie. Tu es une femme, maintenant, comme tes tantes.

Kern revenait à grandes enjambées, et Minnie ajouta à voix basse :

— Il a l'air fort amoureux. Je suis sûre qu'il sera généreux avec toi.

Isabel eut soudain la chair de poule. Elle avait envie de répondre qu'elle se moquait du luxe et de l'argent, qu'elle ne voulait que son amour, mais déjà il grimpait les marches deux à deux.

— Je ne suis pas sûr que votre cocher trouve Callie chez les Hathaway, annonça Minnie en fermant la porte d'entrée. Un homme est venu ici il n'y a pas longtemps. Il la cherchait.

— Un homme ? répéta Kern. Qui ?

— Il s'appelle sir John Trimble. Un des habitués d'Aurora, encore que je me sois toujours demandé comment elle pouvait supporter un individu aussi laid !

— Pourquoi voulait-il voir tante Callie ? demanda Isabel.

Minnie haussa les épaules.

— Il a dit qu'il avait une ou deux questions à lui poser, et il a refusé de se confier davantage. Alors, je l'ai envoyé chez Hathaway, il y a une demi-heure environ.

Isabel et Kern échangèrent un coup d'œil perplexe. Sir John était censé interroger les anciens amants d'Aurora, alors qu'était-il venu faire ici ? Imaginait-il que Callie en savait plus qu'elle ne voulait bien l'avouer sur le meurtre ?

Quelqu'un vous a trahie en échange d'une pièce d'or. Et cette personne était Callandra.

Un affreux pressentiment serrait le cœur d'Isabel.

— Si nous allions les retrouver ?

Kern secoua la tête.

— Mon cocher va ramener Callandra, et je m'entretiendrai un instant avec elle. Ainsi qu'avec Trimble.

— Bonne idée, Monseigneur ! s'écria Minnie. En attendant, vous devriez entrer, tous les deux, et vous débarrasser de ces vêtements mouillés, sinon vous allez vous enrhumer. Et ne craignez pas d'être dérangés. Persy fait la sieste, et Diana est partie au marché de Billingsgate. Elle attend certainement que l'orage se calme à l'abri dans une échoppe. Quant à moi, je vais aller me faire une tasse de thé à la cuisine.

Isabel baissa les yeux, embarrassée. Pourquoi la complicité de Minnie conférait-elle un aspect sordide à leur amour ? Elle eut aussitôt la réponse. Cela illustrait tout ce qui séparait l'univers de Kern du sien. Aucune tante de l'aristocratie ne parlerait aussi ouvertement d'une aventure, et elle donnerait moins encore sa bénédiction.

Kern lui releva le menton.

— Regardez-moi, Isabel.

Elle obéit, rougissante, mais ce qu'elle lut dans ses yeux la rasséréna aussitôt.

— Vous voulez que je m'en aille ? proposa-t-il gentiment. Il vous suffit de me le dire, malgré l'envie que j'ai de rester.

Il se penchait vers elle, ses cheveux ébouriffés par le vent. Si elle le laissait partir maintenant, il risquait de changer d'avis, de ne plus revenir. Elle repoussa une mèche de son front.

— Si j'étais une dame, murmura-t-elle, je vous dirais de me laisser. Mais je ne peux pas.

— Vous êtes une dame, affirma-t-il avec force. La dame de mon cœur.

Il déposa un baiser sur son front avant de la guider d'une main sur la taille vers l'escalier. Ils se dirigeaient vers les appartements d'Aurora quand elle l'entraîna à l'autre bout du couloir. Elle ouvrit la porte d'une petite chambre. Manifestement, celle d'une enfant avec ses tentures roses et ses draps bordés de dentelle. Toute une famille de poupées était installée sur une étagère près du lit, les livres de classe s'empilaient sur un bureau peint en blanc et, dans un coin, un cheval à bascule attendait patiemment la venue d'un cavalier.

—Votre chambre, murmura Kern.

—Oui. Elle était toujours prête pour mes visites.

Elle se tenait toute droite. Elle était la fille d'une prostituée, et elle n'y pouvait rien changer. Il faudrait bien que Kern accepte ses piètres origines.

—Je croyais que vous vous étiez installée chez votre mère. Vous vous trouviez dans son boudoir, le premier soir.

—J'y vais parfois, quand elle me manque trop.

Elle se rappelait le mélange d'amour et de ressentiment qu'elle avait éprouvé pour sa mère.

—J'aimerais pouvoir lui dire que je la comprends mieux, maintenant, ajouta-t-elle doucement. Elle aussi était en quête de l'amour.

—Pourrez-vous me pardonner un jour d'avoir pensé le pire de vous ?

Kern prit son visage entre ses grandes mains.

—J'ai tellement envie de vous, Isabel ! Je devrais attendre, nous laisser à tous les deux le temps de nous adapter aux changements survenus dans notre vie...

Elle noua les bras autour de sa taille.

—Monseigneur, mon seigneur bien-aimé, tout ce qui compte, c'est nous deux, à présent. Moi aussi, j'ai envie de vous. Plus que je ne l'aurais cru.

Il y avait tant d'amour dans le regard de Kern qu'elle se demanda si elle ne rêvait pas. Une à une, il ôta les épingles qui retenaient son chignon. Les boucles somptueuses croulèrent jusqu'à ses reins.

—Magnifique, murmura-t-il en les portant à son visage.

Isabel ferma les yeux sous l'intensité de ses émotions.

Il déposa un tendre baiser dans le creux de son

cou, tandis qu'il caressait sa taille, ses hanches. Puis il la dévêtit rapidement, et elle se retrouva nue contre cet homme dont le manteau mouillé taquinait agréablement sa peau fine.

Il allumait partout où il la touchait de petits feux de joie, et bientôt elle fut incapable de résister à la tentation. Enhardie, elle déboutonna le pantalon de Kern et se mit à son tour à le caresser.

—Pas encore, souffla-t-il en l'appuyant à la colonne du lit.

Il lui leva les bras et emprisonna ses poignets d'une main pendant qu'il la caressait de l'autre.

—Laissez-moi d'abord la possibilité d'effleurer votre peau.

Elle se liquéfiait sous son regard ardent, et quand il joua avec ses seins tendus, elle ne put retenir un petit cri de plaisir. Elle tentait de se dégager, elle avait tellement envie de le sentir en elle ! Mais il la tenait captive, soumise à son tendre assaut.

Il la provoquait, il l'embrasait, et elle finit par ouvrir les jambes.

—Je vous en prie... S'il vous plaît...

Il la tint sous son regard tandis qu'il glissait ses mains dans la toison brune.

—Vous êtes à moi.

—Oui.

Elle renversa la tête, tout entière à la joie de sentir sa main en elle, et ondula au rythme de la caresse.

Lorsqu'il arrêta, elle eut un soupir de protestation.

Il l'avait lâchée pour s'agenouiller devant elle, et elle fut presque choquée de sentir son souffle sur son ventre. Puis sa bouche, sa langue lui donnèrent un plaisir qui lui fit oublier toute pudeur.

Elle dut s'accrocher à ses robustes épaules tant

ses jambes étaient faibles, et fut emportée dans un tourbillon de plaisir et de joie mêlés. Vaincue, elle se laissa aller contre Kern. Il se releva et la pénétra vigoureusement. Éperdue d'amour, elle se retenait à son cou. Il gémissait son nom. Elle sanglotait d'amour. Et tous deux se réunirent de nouveau dans l'extase.

Ils restèrent un long moment unis, épuisés, cherchant leur souffle. Isabel était vidée de toute force, pourtant son cœur chantait de bonheur.

Kern la souleva dans ses bras pour la porter sur le lit. Puis il recula et, frustrée, elle protesta. Elle avait tellement envie de le sentir contre elle !

— Restez tranquille, mon amour, dit-il en la repoussant contre l'oreiller.

Mon amour... Cela venait-il du cœur ? L'espoir renaissait puisqu'il venait de lui prouver la force de son attachement. Il n'était pas homme à se servir d'une femme simplement pour assouvir ses instincts.

Il se déshabillait sans la quitter des yeux et l'intensité de son regard la brûlait.

Quand il fut nu, elle lui tendit les bras sans mot dire et il s'allongea près d'elle, prit sa tête au creux de son épaule, posa le bras en travers de son ventre. La main sur sa poitrine, elle soupira de contentement.

— J'aime quand vous êtes sur moi.

Il lui releva le menton et déclara d'une voix vibrante de sincérité :

— Et moi, je vous aime.

Isabel en aurait pleuré de joie.

— Justin... Oh, Justin !

Ils firent encore l'amour, lentement, tendrement, et ensuite il la garda contre lui, leurs souffles mêlés.

La pluie frappait toujours aux carreaux, rendant leur abri plus chaud, plus confortable encore, plus isolé du reste du monde.

— Nous n'avons pas pris de précautions, dit-il enfin. Et ça m'est égal, car j'aimerais que vous portiez mon enfant, Isabel. Une fille ou un garçon qui naîtrait de notre amour.

— J'aimerais aussi, murmura-t-elle.

Il caressait ses cheveux.

— Je vous trouverai une belle maison. Ou, mieux encore, nous allons quitter Londres. Vous accepteriez de vivre sur mon domaine du Derbyshire ?

Sans attendre sa réponse, il poursuivit :

— Vous aimerez cet endroit, surtout en été quand les collines sont couvertes de fleurs sauvages. Le paysage est superbe, et il y a une roseraie près du pavillon de chasse.

Éblouie par le tableau qu'il lui traçait, elle répéta :

— Le pavillon de chasse ?

— Oui. C'est là que vous habiterez. Il se trouve seulement à un kilomètre du manoir, perdu dans un bouquet d'arbres. Croyez-moi, ma chérie, ajouta-t-il avec un tendre baiser, j'aimerais vous avoir près de moi en permanence, dormir à vos côtés chaque nuit. Mais, au moins, nous nous verrons tous les jours, nous prendrons nos repas ensemble, nous ferons de longues promenades. Montez-vous à cheval ?

Inquiète, elle secoua la tête en silence. Où voulait-il en venir ?

— Alors, je vous apprendrai ! décida-t-il. Je vous emmènerai dans un coin perdu de la forêt où j'aimais aller lorsque j'étais enfant. Il y a une clairière, au bord du ruisseau, où il est bon de paresser. J'aimerais voir votre chevelure se mêler à l'herbe verte, le soleil jouer sur votre peau. Et on ne viendra pas nous déranger. Je n'inviterai personne, ainsi nous pourrons profiter pleinement l'un de l'autre.

Isabel avait le cœur à l'envers.

— Vous voulez que... que je sois votre maîtresse ?

Il prit son visage entre ses mains.

— Oui. Je veux que vous fassiez partie intégrante de ma vie, Isabel. Je m'occuperai de vous pour toujours, pour le reste de nos existences.

Elle secoua de nouveau la tête.

— Je ne veux pas d'une liaison.

Kern fronça les sourcils.

— Pardon ? Mais je croyais que vous aviez envie d'être près de moi. Vous avez dit que vous m'aimiez.

Il la regardait dans les yeux, et soudain, il comprit.

— Vous avez pensé que je vous épouserais, mon amour ? demanda-t-il d'une voix altérée.

Incapable de parler, elle restait étendue, glacée, tandis que son rêve s'écroulait autour d'elle.

Il ferma les yeux un instant et quand il les rouvrit, il regrettait amèrement ses paroles.

— Mon Dieu, je suis navré de vous avoir induite en erreur. Mais vous comprenez bien qu'un mariage est impossible.

— Non, dit-elle d'une toute petite voix. Non, je ne comprends pas.

— J'ai un devoir à remplir, j'aurai bientôt un siège au Parlement, des responsabilités vis-à-vis de la société. Je suis qui je suis, je ne puis rien changer à ma situation.

Il lui caressa la joue.

— Nous ne le pouvons ni l'un ni l'autre, ajouta-t-il.

Elle le repoussa.

— Pour vous, je suis la fille d'une prostituée, et je ne serai jamais rien de plus.

— C'est faux ! Vous êtes bien davantage, sinon je ne serais pas ainsi près de vous. Je n'aurais pas bafoué tout ce en quoi je croyais.

— Oh, vous m'accusez à présent d'avoir gâché votre vie ?

Kern la prit aux épaules.

— Vous êtes ma vie, Isabel. Jamais je ne vous quitterai, vous avez ma parole. N'ayez pas le moindre doute sur l'amour que je vous porte.

Elle se dégagea. Elle avait tellement envie d'accepter cette offre dégradante, malgré tout, qu'il lui fallait échapper au contact de Kern.

— Et quand vous voudrez un héritier, dit-elle d'un ton étranglé, que ferez-vous ? Vous prendrez une épouse, et vous me délaisserez.

Il regarda au loin, les dents serrées.

— J'ai un cousin germain qui pourra hériter. J'ai toujours eu l'intention d'accomplir mon devoir et de prolonger la lignée, mais c'est impossible, désormais. Je vous aime, Isabel, et je ne puis envisager de partager ma vie avec une autre femme que vous.

Elle avait tellement eu envie d'entendre ces mots ! Mais, avec sa sordide proposition, Kern avait tué toute joie dans son cœur.

Elle bondit hors du lit, s'empara de sa chemise qu'elle tint contre elle, les doigts crispés sur le fin tissu.

— Je crains, Monseigneur, que vous ne soyez obligé de survivre sans moi, dit-elle, des larmes dans la voix. Voyez-vous, je ne veux pas devenir comme ma mère. Je ne passerai pas ma vie à me consumer pour un homme qui se considère supérieur à moi... Et mes enfants ne seront pas des bâtards comme je l'ai été.

Sa déclaration frappa Kern de plein fouet. Elle ne comprenait pas. Peut-être ne comprendrait-elle jamais. Aussi longtemps qu'il vivrait, il n'oublierait pas l'expression de dégoût sur les traits d'Hathaway. Et le bleu qui lui marquait la mâchoire était un rappel de ce que la bonne société penserait de lui. Hathaway avait tenté de lui inculquer des règles morales strictes, et, depuis l'enfance, Kern n'avait jamais remis en cause ses responsabilités de noble. En tant que maître, il se devait de donner à ses gens un exemple de probité et d'honneur. Par amour pour Isabel, il avait déjà fait une entorse à ces lois tacites. Il avait offert de se consacrer uniquement à elle, de renoncer à son devoir de prendre épouse parmi les siens afin que son héritier soit d'un lignage inattaquable.

Bon sang, elle ne voyait rien ? C'étaient les dures réalités de la vie qui l'obligeaient à agir ainsi. Il ne pouvait l'épouser, mais il ne pouvait rien lui offrir de plus important que son entière fidélité.

Ne le pouvait-il vraiment pas ?

Était-il envisageable qu'il tourne le dos à tous les principes inculqués par Hathaway, qu'il prenne pour épouse la fille d'une courtisane, lui qui avait juré de redonner son honneur au nom de Lynwood ?

L'idée le tentait fort.

Il se leva, s'habilla vivement, tandis qu'Isabel enfilait sa chemise en lui tournant le dos. Elle était si frêle, si vulnérable qu'il eut envie de l'emporter vers un univers où la censure ne pourrait plus les atteindre.

Pour vous, je suis la fille d'une prostituée, et je ne serai jamais rien de plus.

Comme elle se trompait ! Elle était devenue l'épicentre de son existence, sans elle, l'avenir n'était qu'une étendue vide et désolée.

Il s'approcha d'elle.

— Venez avec moi, Isabel.

Elle releva le menton.

— Non. Je ne veux pas être votre catin.

Il fut blessé par sa colère, mais méritait-il autre chose ?

— Il n'est pas question de ça. Je m'inquiète pour votre sécurité. Regardez ce qui est arrivé à Minnie.

Elle fixait ses mains avec tellement de mépris que Kern la lâcha.

— Je suis parfaitement capable de prendre soin de moi. C'est ce que je fais depuis des années.

— Pour l'amour du Ciel, ne soyez pas si têtue ! Il est dangereux de vous passer de ma protection. Vous pouvez vivre à Lynwood House, pour l'instant. Au moins jusqu'à ce que nous ayons trouvé qui a tué votre mère.

— Et comme ça vous pourrez de nouveau m'attirer dans votre lit ? Non, Monseigneur, dit-elle avec un geste de la tête qui fit danser sa chevelure. Je préfère rester parmi ceux qui me respectent.

Elle lui rappelait ainsi qu'il n'avait pas les droits d'un époux sur sa femme. Pourtant, jamais il ne la laisserait aller seule au-devant des ennuis.

— Je vais envoyer quelques-uns de mes serviteurs pour surveiller cette maison jour et nuit.

Elle se pencha afin de ramasser sa robe.

— Ne vous tracassez pas. Je n'ai pas l'intention de rester longtemps seule.

— Par le diable, qu'est-ce que ça veut dire ?

— Exactement ce à quoi vous pensez, dit-elle avec un regard lointain qui l'exaspéra. Cela veut dire que je trouverai un autre homme pour veiller sur moi. Un homme qui me jugera digne de porter son nom.

19

—Sir John ne reçoit personne, Monseigneur, déclara la gouvernante par l'entrebâillement de la porte. Il est malade. Dieu le protège !

Kern posa les mains sur le battant qu'elle allait lui fermer au nez.

—Malade ou non, il faut que je le voie. C'est vital.

Elle renifla, furieuse.

—Vous n'avez pas compris, Monseigneur. Le pauvre homme est mourant. Le médecin est avec lui, en ce moment.

Mourant ?

Kern poussa violemment la porte et passa devant la gouvernante éberluée, puis il traversa l'entrée en direction de l'escalier.

—Vous ne pouvez pas monter ! Il ne faut pas déranger mon maître !

Ignorant les protestations de la vieille femme, Kern grimpa les marches quatre à quatre. Il n'aurait jamais dû attendre le matin pour venir ici ! Mais la veille, il ne pensait qu'à son chagrin d'avoir perdu Isabel, et il avait passé la nuit à marcher de long en large en l'imaginant dans les bras d'un autre.

Je trouverai un autre homme pour veiller sur moi. Un homme qui me jugera digne de porter son nom.

Elle s'était exprimée sous le coup de la colère, du chagrin, elle avait voulu lui faire mal. Mais elle était trop honnête, trop droite pour inviter si vite un autre homme dans son lit.

Cependant, que se passerait-il au fil des semaines, des mois ? Elle vivait dans une maison de plaisir, ses « tantes » la pousseraient à prendre des amants.

Isabel avait été tellement mortifiée par la proposition infamante de Kern qu'elle pourrait fort bien aller chercher consolation ailleurs.

Sur le palier, il s'obligea à se ressaisir. Ce qui comptait, à présent, c'était d'éliminer toute menace à l'égard d'Isabel.

Il y avait quatre portes closes devant lui, et il mit quelques secondes à trouver la bonne.

L'odeur de la maladie le prit à la gorge dès qu'il pénétra dans la pièce. Sur un lit étroit gisait sir John Trimble, d'une pâleur de cire, la respiration pénible, les yeux clos.

Cet homme était-il le père d'Isabel ? Celui qui avait abandonné sa fille naturelle des années auparavant ? C'était dur à croire. Kern avait toujours pensé qu'il était honorable.

Un individu aux cheveux blancs se penchait sur le moribond. Il ôta une sangsue de son bras et la jeta dans un seau, puis il se releva et tourna vers Kern un regard las.

— Je suis lord Kern, un ami de sir John. Comment va-t-il ?

Le petit homme secoua tristement la tête.

— Mal, je le crains. Il est dans une sorte de coma. Je n'arrive pas à l'en sortir, bien que je l'aie saigné déjà quatre fois aujourd'hui.

La gouvernante fit son apparition, ses doigts crochus triturant son tablier.

— Il est rentré hier à la maison en se plaignant d'avoir mal au ventre. Et il s'est évanoui dans l'entrée.

— Quelle est la nature de son mal ? demanda Kern.

Le médecin se gratta le crâne.

— C'est assez étrange. Il vomit depuis vingt-quatre heures. Il a le teint jaune, son pouls bat rapidement bien qu'il ait perdu conscience. Il aurait pu manger de la nourriture avariée.

— Mais ce n'est pas ce que vous pensez vraiment, devina Kern.

L'homme haussa les épaules.

— Depuis que j'exerce, je n'ai eu à traiter qu'un autre cas semblable à celui-là. Il s'agissait d'une femme qui avait essayé d'attenter à sa vie en absorbant une forte dose d'arsenic.

Le poison !

Kern fut soudain glacé. La veille, Trimble était allé à la maison de plaisir, puis il s'était mis à la recherche de Callandra. Kern avait parlé à la jeune femme quand elle était arrivée, et elle avait paru surprise d'apprendre que Trimble voulait la voir.

Maintenant, Kern s'interrogeait. Avait-elle menti ? Trimble l'avait-il accusée de meurtre ? Alors, elle aurait pu l'empoisonner pour préserver son secret.

— Sir John vous a-t-il dit où il était allé hier ? demanda-t-il à la gouvernante. Qui il avait rencontré ?

— Il était trop malade pour parler. Je suis vite allée chercher le docteur et, quand je suis revenue, il était en bien mauvais état.

— Il n'a absolument rien dit ? Un nom, peut-être… Callandra, ou Callie…

Elle secouait la tête, mais le médecin intervint.

— Je me rappelle qu'il a marmonné, hier soir, et je me suis demandé pourquoi il répétait le nom d'un dieu.

Kern eut du mal à s'empêcher de saisir l'homme par le col et de le secouer.

— Quel dieu ? Je vous en prie, dites-le-moi.

— Apollon.

Apollon.

Minnie se trompait peut-être. Trimble était allé voir Callandra non parce qu'il la pensait coupable, mais parce qu'il croyait qu'elle connaissait le père d'Isabel. Dans ce cas, Trimble n'était pas Apollon. Et s'il était allé le trouver ensuite…

Apollon l'avait peut-être empoisonné.

Kern se hâta de prendre congé. Avant de retourner questionner Callandra, il avait l'intention de mettre à l'épreuve la théorie qui le tracassait depuis qu'il avait lu les Mémoires et y avait décelé un indice. Il aurait continué dans cette direction plus tôt s'il n'avait été perturbé par son amour pour Isabel.

Il courut jusqu'au phaéton et fit claquer les rênes. Avec un peu de chance, il allait découvrir l'identité d'Apollon.

Isabel descendit son plateau à la cuisine. L'odeur de chou du repas de midi était encore forte lorsqu'elle pénétra dans la longue pièce familière avec ses murs de pierre et les assiettes roses sur le vaisselier. Petite fille, elle adorait cette cuisine qu'elle imaginait être une grotte où elle pourrait se cacher des sorcières et des dragons cracheurs de feu. Maintenant, c'était un sanctuaire pour son âme troublée.

Tante Minnie était en train d'émincer des oignons un peu maladroitement, son bras malade en écharpe. Dès qu'elle vit Isabel, elle posa son couteau et s'essuya les mains à son tablier.

— Eh, tu as à peine touché à la soupe, lui reprocha-t-elle tandis que la jeune femme s'approchait de l'évier. C'est comme mes œufs brouillés au petit déjeuner ! Je vais finir par penser que la nourriture raffinée qu'on te servait chez les Hathaway te manque, ajouta-t-elle, un peu vexée.

— Pas du tout, mais je n'ai pas faim.

— Sainte Mère de Dieu ! Tu n'as rien avalé non plus hier. Même Persy a meilleur appétit que toi. Assieds-toi, je vais te donner une part de gâteau. Tout frais sorti du four.

Trop lasse pour discuter, Isabel s'installa sur un tabouret. Bien qu'elle n'en eût guère envie, elle allait manger, si cela pouvait faire plaisir à sa tante. De toute façon, elle n'avait aucune envie de retourner dans sa chambre, là où Kern lui avait fait l'amour. Elle ne voulait plus souffrir en se rappelant ses mots tendres.

Minnie déposa devant elle une assiette de biscuits et du beurre.

— Tu as mal au ventre ? demanda-t-elle. Il est pourtant trop tôt pour que tu présentes des symptômes de grossesse !

Isabel se pétrifia, un doux espoir au cœur.

— Tu crois vraiment, tante Minnie, que je pourrais déjà être enceinte ?

— C'est possible, dit gravement Minnie. On se laisse emporter par la passion et ensuite, il faut payer. Promets-moi d'être prudente, à l'avenir.

Minnie ignorait que Kern était parti pour toujours. Il n'y aurait pas de prochaine fois, car Isabel ne le verrait plus. À moins qu'elle n'ait le courage de franchir le pas auquel elle avait pensé toute la nuit.

— Mais j'aime Justin, j'ai envie de lui donner un enfant, dit-elle avec ferveur.

— Non, chérie. Ne te berce pas d'illusions, tu cours à la catastrophe. T'ai-je parlé du bébé que j'ai perdu ?

— Non ! Que s'est-il passé ?

— C'était juste avant que ta maman m'invite à venir la rejoindre, dit Minnie qui posa sa lourde silhouette sur une chaise. J'étais orpheline et heureuse du poste de gouvernante que j'occupais chez un vicomte. Le fils du maître s'est entiché de moi, et il m'a persuadée de relever mes jupes. Quelle fête des sens fut cette première expérience ! Notre liaison s'est poursuivie merveilleusement pendant quelques mois.

Elle eut un sourire lointain, puis elle se rembrunit.

— Ses parents s'en doutaient, mais ils ont fermé les yeux jusqu'à ce que mon ventre s'arrondisse. Alors ils m'ont jetée au ruisseau.

Isabel avait une boule dans la gorge. Elle imaginait Minnie, toute jeune fille, seule, sans personne vers qui se tourner.

— Qu'as-tu fait, tante Minnie ? Où es-tu allée ?

— C'était en été, alors j'ai vécu dans la rue. Personne ne voulait m'engager, évidemment. Je n'avais pour me nourrir que les quelques pennies que j'avais économisés sur mes gages. Il n'est donc pas étonnant que le bébé ait été prématuré et faible.

Minnie poussa un profond soupir.

— Ma toute petite fille, mon minuscule bébé est mort dans mes bras.

Les yeux pleins de larmes, Isabel vint serrer contre elle celle qui avait été sa seconde mère.

— Je suis désolée. Jamais je n'ai imaginé…

— Ça m'a obligée à relever la tête, et quand j'ai appris que ta maman cherchait une compagne durant sa grossesse, je me suis présentée. Elle avait bon cœur, Aurora. Elle a été frappée par la similitude de nos histoires et elle m'a prise à son service. Et puis tu es née, et c'était une vraie bénédiction. Une autre petite fille remplaçait celle que j'avais perdue.

— Tu l'aimais ? Le père, je veux dire.

Minnie haussa les épaules, et elle se leva pour essuyer le plan de travail.

— Amour est un bien grand mot pour désigner le plaisir physique. De toute façon, il est mort. Ses parents et lui ont péri dans une épidémie l'année suivante, et j'espère qu'ils brûlent tous en enfer. En tout cas, il m'a appris une bonne leçon : prendre mon plaisir avec les hommes, et prendre leur argent aussi.

Isabel frémit intérieurement. Comme c'était étrange ! Elle avait toujours connu Minnie, pourtant celle-ci n'avait jamais soufflé mot du drame qu'elle avait vécu. Si elle restait ici, Isabel deviendrait-elle aussi amère ?

— Justin n'est pas comme ça, dit-elle. Il prendra soin de son enfant. Il me l'a promis.

— Tous les gentilshommes font ce genre de serment sur l'oreiller. Ton père avait sûrement dit la même chose à Aurora. Et t'a-t-il envoyé un seul penny depuis sa mort ?

— Non.

— Tu vois. Les hommes se moquent pas mal de leurs bâtards.

Isabel baissa la tête. Petite, elle rêvait qu'elle arrivait au château du roi et qu'il l'accueillait à bras ouverts, déclarant qu'il cherchait depuis toujours sa petite princesse disparue et qu'ils allaient vivre heureux pour toujours.

Maintenant, Isabel ne croyait plus à ces balivernes. À cause de l'étranger qui l'avait conçue. Si Trimble ne voulait pas la connaître, c'était tant pis pour lui.

Mais avec Kern, elle pourrait trouver le bonheur. C'était une lumière au bout d'un long tunnel noir. Il valait mieux se tourner vers le soleil de l'avenir, au lieu de s'enfoncer dans l'obscurité ! Isabel comprit soudain que s'offrait à elle une chance qui avait été refusée à Minnie et à Aurora. Contrairement à elles, elle avait un homme qui l'aimait, qui la voulait dans sa vie. Et qu'elle avait chassé au nom de son orgueil.

— Justin n'est pas comme Apollon. Ni comme la canaille qui t'a séduite. Il veut que je devienne sa maîtresse.

Minnie se crispa sur le torchon.

— Il t'a demandé de ne servir que lui ?

Ainsi formulée, la proposition de Kern redevenait sordide, honteuse.

— Je voulais me marier avec lui, tante Minnie. Je le souhaite encore, mais je me rends compte que nos situations sont trop différentes. Je ne puis espérer l'impossible, seulement saisir le bonheur qu'il m'offre.

Dans un bruissement de jupon amidonné, Minnie vint tapoter amicalement le dos de la jeune femme.

— Ne t'inquiète pas, chérie. Évidemment, Sa Seigneurie ne peut épouser une fille de ton rang, c'est la vie. Tu vas rester ici, auprès de tes tantes, et nous veillerons à ce que cet homme paie grassement le privilège de te rendre visite. Tu seras à l'abri du besoin et…

— Non, je ne veux pas de son argent. Je t'interdis de lui en demander !

Malade à cette perspective, Isabel se dégagea de l'étreinte affectueuse de la vieille dame.

— Parce que si tu acceptais son argent, tu te sentirais prostituée, déclara Minnie. Et dis-moi, c'est mieux de le laisser t'utiliser gratuitement ?

— Seul son amour m'importe. Je ne veux rien d'autre de lui.

Minnie s'assombrit.

— Sois un peu réaliste, chérie. Toutes les jeunes filles tombent amoureuses de l'homme qui les initie au plaisir. Mais je te croyais plus raisonnable qu'Aurora. Elle a passé sa vie à se languir d'un homme qui la méprisait.

Isabel comprenait tellement mieux sa mère, à présent ! C'était une créature superficielle, un peu écervelée, mais aussi une femme qui avait besoin d'être aimée.

— Elle éprouvait pour Apollon ce que je ressens pour Justin. Sauf que, dans mon cas, ce sera différent, je serai avec l'homme que j'aime. Pour toujours.

— Si tu crois à ces fariboles, grommela Minnie, tu auras plus mal encore quand il te quittera.

— Justin ne me quittera pas. Je le sais.

Le souvenir de ses déclarations enflammées réchauffa quelque peu le cœur glacé d'Isabel. La certitude que Kern l'aimait l'aidait à prendre une décision et ce fut d'une voix ferme qu'elle déclara :

— Je pars avec lui.

— Tu pars, murmura Minnie. Et où ?

— Dans sa propriété du Derbyshire. Il veut que je vive dans une maison, là-bas, afin que nous soyons ensemble le plus souvent possible.

Elle eut un sourire à l'idée de se consacrer entièrement à lui, loin des mauvaises langues et des ragots de Londres. Quand elle lui ferait part de sa résolution, le visage de Kern s'éclairerait, il la prendrait dans ses bras...

Elle en fut tout excitée.

— Il faut que je m'arrange, dit-elle en se rendant compte qu'elle portait la même robe froissée que la veille.

Elle alla mettre de l'eau à chauffer sur le poêle et, quand elle se retourna, elle vit Minnie les bras croisés, l'air choqué.

— Tu pars de nouveau. Comme ça…

— Oh, tantine, tu ne me perds pas. Je demanderai à Justin d'acheter cette maison à la campagne dont vous avez tellement envie, toutes les quatre. Sois heureuse pour moi, je t'en prie.

— Comment est-ce que je le pourrais, alors que tu vas t'absenter pendant des mois ?

— Ou pour la vie, murmura Isabel.

Malgré ses scrupules, elle se projetait avec bonheur dans l'avenir.

— Je suis adulte, désormais, il est temps que je vole de mes propres ailes. Tu ne comprends pas ? J'aime Justin de toute mon âme, et il m'aime aussi. Il va se consacrer à moi, comme un époux à sa femme.

— Ça ne durera pas. Tu es Vénus, la fille naturelle d'une courtisane.

— Ça lui est égal. Il sait que je ne suis pas une fille facile, que je ne me suis jamais donnée à aucun autre homme. Il sait aussi que je lui serai fidèle, autant que si nous avions prononcé nos vœux devant Dieu.

Minnie l'observa longuement, une expression indéchiffrable sur le visage, puis elle se détourna.

— File dans ta chambre, petite, et demande à Callie de venir chercher l'eau chaude. En attendant, je te monterai une tasse de thé afin de te calmer un peu. Je ne voudrais pas que Sa Seigneurie te prenne pour une sotte sans cervelle.

Son ton résigné alla droit au cœur d'Isabel. Comme elles lui manqueraient, ses tantes !

Son seul regret était de ne plus être en mesure de démasquer l'assassin de sa mère, puisqu'elle était chassée de la haute société. Le mystère était aussi inextricable que lorsqu'elle avait commencé son enquête, et peut-être était-ce aussi bien ainsi, finalement. Elle s'était trop longtemps cantonnée dans ses sombres rêves de vengeance.

Elle posa un baiser sur la joue ronde de Minnie.

— Je viendrai souvent vous rendre visite, je te le promets.

Isabel se sentait enfin en accord avec elle-même. Elle avait fait le bon choix, elle avait trouvé sa vie, elle avait trouvé son amour.

Elle grimpa l'escalier, légère, en se demandant déjà quelle robe elle allait porter. Elle voulait être belle pour Justin. Elle irait à lui parée comme une mariée, parfumée, ravissante et l'âme pure.

Son cœur battait joyeusement. Ne serait-il pas heureux quand il la verrait devant sa porte ?

Kern s'immobilisa dans la nef de l'église Saint-George.

Un rayon de soleil glissait sur les bancs déserts. En ce milieu d'après-midi, les candélabres n'étaient pas allumés, le chœur était vide, la chaire également. Pourtant, le silence avait quelque chose de mystique, une présence spirituelle l'habitait.

Les pas de Kern résonnaient sur le sol de pierre quand il se dirigea vers l'autel. Là, obéissant à son instinct, il fit une génuflexion. Il aurait dû prononcer les vœux du mariage à cet endroit même dans quelques semaines.

Il semblait incroyable qu'il ait failli se lier à Helen pour la vie. Il lui aurait rendu un bien mauvais service en lui jurant de l'aimer et de la chérir alors que son cœur appartenait à une autre. Pour la première fois depuis qu'il lui avait avoué la vérité, il se sentit presque en paix avec lui-même. Il regrettait toujours de lui avoir fait de la peine, pourtant, il était certain que c'était dans son intérêt, et il espérait de tout son cœur qu'un jour elle comprendrait et trouverait elle aussi le bonheur. Un bonheur semblable à celui qu'il connaissait auprès d'Isabel.

Isabel.

Il ferma les yeux, mais il ne pouvait chasser l'image de la jeune femme traversant la nef pour venir à lui, aérienne dans sa robe de mariée. Son sourire serait radieux, sa voix ferme quand elle prononcerait ses vœux.

Moi, Vénus Isabel Darling, je te prends toi, Justin Culver, comte de Kern, pour seul et légitime époux. Pour le meilleur et pour le pire, dans la richesse ou le dénuement, la maladie ou la santé. Je t'aimerai, te chérirai et t'obéirai jusqu'à ce que la mort nous sépare. Je te donne ma foi.

Comme il fixait les marches de marbre, Kern eut la certitude que ni le devoir, ni la société, ni le remords n'avaient autant d'importance que de posséder corps et âme la femme qu'il aimait. Dès qu'il en aurait fini dans cette église, il irait chez Isabel et lui demanderait d'être à lui. Il l'épouserait au su et au vu de ses pairs.

—Vous priez pour obtenir le pardon de vos péchés ? s'enquit une voix sèche.

Kern sursauta. Lord Raymond Jeffries se tenait dans l'ombre, près de l'autel.

Il s'approcha, tout le mépris du monde inscrit sur son visage d'aigle.

—Alors ? Vous implorez l'indulgence de Dieu pour avoir brisé le cœur de ma nièce, je suppose.

Kern se releva.

—Comment va-t-elle ?

—Mon frère et elle se préparent à partir en voyage sur le continent, parce qu'elle ne supporte pas d'avoir été rejetée au profit d'une catin.

Kern serra les poings.

— Miss Darling n'est pas une catin. Et si vous l'insultez encore, je me verrai dans l'obligation de vous imposer le silence.

Lord Raymond leva la main afin de l'empêcher d'avancer.

— Vous êtes tombé bien bas pour oser menacer un homme d'Église devant l'autel. J'ai du mal à croire que vous soyez ce même jeune homme qui avait juré de ne jamais devenir comme son père !

Kern lui lança un coup d'œil sarcastique.

— Nous avons tous des aspects cachés dans notre personnalité. Au moins, je suis disposé à reconnaître publiquement les miens.

Le révérend s'empourpra.

— Sachez que j'ai fait pénitence pour mes péchés, bien que cela ne vous regarde en rien. « Ne juge pas si tu ne veux pas être jugé », dit la Bible.

Kern observait l'homme qu'Aurora appelait Icare. Lord Raymond lui rendait visite au milieu de la nuit, se déguisait de ses dentelles et se prétendait un ange… Ce passage des Mémoires avait dégoûté Kern et lui avait montré à quel point il connaissait mal le révérend.

Avait-il tué Aurora ? Hathaway l'avait-il aidé à dissimuler son crime ? Lord Raymond avait-il pénétré par effraction dans la maison de plaisir pour mettre à sac la chambre de son ancienne maîtresse ?

— Je tiens à ce que vous sachiez qu'Isabel ne détient plus les Mémoires de sa mère, déclara Kern.

Lord Raymond blêmit.

— Quoi ?

Ses mains se crispaient sur le pommeau d'ivoire de sa canne tandis que son cri se répercutait sur les murs de pierre.

— Elle ne les a pas remis à un éditeur, j'espère ?

Il faut l'en empêcher ! Si toute cette histoire vient au grand jour, je ne serai jamais évêque !

— Un homme uniquement dirigé par son ambition ne devrait sans doute pas avoir charge d'âmes...

Kern s'interrompit, prolongeant délibérément l'attente angoissée de lord Raymond.

— Mais vous faites fausse route. C'est moi qui ai les Mémoires.

— Vous ? Grand Dieu ! Et où sont-ils ?

— En sécurité, là où personne ne peut y avoir accès.

— Alors il faut détruire les pages qui me concernent, dit lord Raymond en venant s'accrocher au bras de Kern. Je vous en supplie, Justin. Au nom de nos relations, vous devez le faire.

— Je le ferai. Mais seulement quand je serai certain que vous n'avez pas tué Aurora Darling.

Les traits du pasteur se figèrent, se durcirent, comme ceux d'Hathaway bien souvent.

— Ainsi, dit-il, elle est arrivée à vous faire douter de moi. Il fut un temps où vous m'auriez cru sur parole.

Il avait marqué un point, pourtant, Kern n'en ressentit aucun remords. Après tout, quelqu'un voulait tellement ces Mémoires qu'il n'avait pas hésité à éliminer Aurora, à attaquer Minnie. Et à empoisonner le malheureux Trimble.

Apollon était la clé du mystère. Quand Kern aurait découvert l'identité du père d'Isabel, il aurait une chance de voir se dénouer les énigmes du passé.

— J'aimerais examiner les registres matrimoniaux de cette paroisse, dit-il.

— Pourquoi ?

— Peu importe. Contentez-vous d'espérer que ce que j'y trouverai aidera à vous innocenter.

Malgré ses réticences, lord Raymond le conduisit à la sacristie où des volumes reliés de cuir contenaient toutes les archives de Saint-George.

Kern le mit dehors et ferma la porte derrière lui avant de chercher le registre correspondant à l'année qui l'intéressait.

L'indice était présent dans les Mémoires.

Tout cet été, je me suis consacrée à Apollon corps et âme, je lui suis restée fidèle jusqu'à notre dernière nuit ensemble, la veille de son mariage. Cette nuit où nous avons conçu l'enfant de l'amour…

Kern s'installa à une table près de la fenêtre pour ouvrir le vieux registre qui sentait le moisi et passa en revue les listes de noms écrits d'une encre pâlie par le temps. Que de jeunes couples avaient signé ici après la cérémonie !

Il trouva enfin le mois qu'il cherchait : septembre 1802.

Isabel était née le 12 juin 1803, ce qui laissait supposer qu'elle avait été conçue en septembre de l'année précédente – la veille du mariage d'Apollon. La plupart des aristocrates se mariaient à Saint-George, aussi y avait-il de grandes chances pour que Kern trouve trace de cette union dans les registres.

Heureusement, il y avait moins de mariages en septembre qu'en juin, pas plus de quarante ou cinquante. Pourtant l'ampleur de la tâche rebutait un peu Kern.

Il parcourut lentement la liste, en tentant de mettre un visage sur les noms, qui lui étaient pour la plupart familiers. Dans l'ensemble, il s'agissait de messieurs respectables d'un certain âge, mais il n'en élimina aucun, sauf ceux qui étaient décédés.

Au mieux, il lui resterait une liste de suspects qu'il pourrait interroger afin de découvrir ceux qui avaient connu Aurora Darling. Il aurait également besoin de l'aide des tantes d'Isabel pour savoir lesquels de ces messieurs avaient fréquenté leur maison...

Il s'arrêta soudain.

Et il lut, relut cent fois le nom qui dansait devant ses yeux. Non ! C'était impossible !

Et pourtant, il savait que sa quête avait enfin porté ses fruits.

Il avait trouvé Apollon.

20

Isabel fut réveillée par un bourdonnement d'abeilles.

Non. De voix.

Elle cligna des yeux dans la pénombre et se demanda ce qui avait bien pu se passer durant l'après-midi. Elle avait la tête embrumée, les membres lourds, tout le corps alangui.

Elle contempla les chérubins qui soutenaient le baldaquin, les draperies roses à volants, les meubles de bois doré.

Que faisait-elle dans le lit de sa mère ?

Avant qu'elle pût trouver la réponse, on chuchota de nouveau, dans le boudoir.

Kern ?

Rassemblant ses forces, elle tenta de s'asseoir, mais la tête lui tourna et elle retomba sur les oreillers. Il fallut quelques minutes pour que la chambre retrouve sa stabilité.

Ce n'était pas Kern. Kern, c'était avant, quand il lui avait fait l'amour dans son lit. Oh, elle avait adoré ses mains sur elle, elle avait adoré le cri d'extase qu'il lui avait arraché. Maintenant encore, à l'évocation de ce simple souvenir, elle se sentait emplie de bonheur.

Pourtant quelque chose la tracassait, et elle tenta de retenir cette pensée avant qu'elle n'échappe à son cerveau affaibli.

Kern l'avait quittée parce qu'elle avait refusé de devenir sa maîtresse.

Cependant elle avait réfléchi, elle acceptait, et elle avait eu l'intention d'aller le lui dire.

L'avait-elle fait ?

Isabel fronça les sourcils, les tempes douloureuses. Elle se rappelait seulement qu'elle avait pris un bain chaud, tandis que Callie lui préparait des vêtements propres et que tante Minnie l'obligeait à boire une tasse de thé. Elle était ensuite sortie du tub et avait vacillé, en proie à une faiblesse irrésistible.

Le monde s'était obscurci, s'était résumé à deux voix qui se querellaient. La plus virulente était celle de Callie.

Et cela ne ressemblait pas aux murmures qui lui parvenaient à présent. Qui se trouvait dans le boudoir ? Isabel essaya d'appeler, mais seul un son étranglé sortit de sa gorge.

Le bain n'était pas un rêve, car sa chevelure était encore humide, parfumée à la rose. Elle s'était préparée pour Kern. Oui, elle avait décidé de se faire belle et d'aller à Lynwood lui annoncer qu'elle avait changé d'avis.

Or, elle portait simplement une légère chemise de nuit. Était-elle malade ?

En tout cas, elle ne se sentait pas bien. Elle avait du mal à rassembler ses idées, et une curieuse lassitude la maintenait allongée dans la douceur des draps de soie.

Il y eut un pas d'homme dans le boudoir et elle sourit langoureusement. Peut-être Kern était-il revenu, finalement, pour la demander en mariage. Sur un petit nuage doré, elle le vit en train de la prendre dans ses bras, de l'aimer...

Un homme pénétra dans la chambre. Grand, dégingandé, il tenait un chandelier dont la lumière jetait une ombre étrange sur son visage aigu, ses cheveux gris et rares.

Terrence Dickenson.

Son esprit fatigué ne parvenait pas à saisir la raison de sa présence et, désorientée, elle tenta de parler.

— Qu'est-ce...

Qu'est-ce que vous faites ici ?

Elle avait l'impression que sa langue prenait toute la place dans sa bouche desséchée.

Dickenson plaça la chandelle sur la table de nuit, puis il s'assit. Le matelas s'enfonça sous son poids. Il se pencha sur Isabel avec un mauvais sourire.

— Ah, tu es réveillée, tant mieux ! Je veux que tu saches que c'est moi.

Une sonnette d'alarme résonna dans la tête de la jeune femme. Qu'avait-il l'intention de faire ?

— Allez... allez-vous-en, murmura-t-elle.

Un ricanement sinistre lui donna la chair de poule.

— C'est un plaisir sans égal de t'avoir à ma merci, Isabel Darling. Je vais prendre plus de plaisir encore que je ne l'espérais à notre petite récréation.

Il parlait comme si tout cela avait été arrangé. Mais comment savait-il qu'elle se trouvait là ?

Il se leva, ôta sa cravate qu'il posa sur le dossier d'une chaise, puis sa veste, son gilet. Comme il se débarrassait de sa chemise, il se regarda avec complaisance dans le miroir. Le ventre rentré, il se caressait la poitrine en se pavanant afin de s'admirer sous tous les angles.

Isabel était paralysée par la peur. L'atroce vérité lui apparaissait enfin : il allait la violer.

Elle tourna la tête vers la porte du boudoir. Elle avait la nausée. Il fallait qu'elle s'enfuie, qu'elle appelle ses tantes à la rescousse...

Elle essaya de bander ses muscles, mais ils refusaient de lui obéir. Elle parvint tout juste à rouler vers le bord du lit. Un énorme poids la cloua au matelas et elle eut du mal à retrouver son souffle.

— Pas si vite, ma belle, disait Dickenson. Nous n'avons pas encore pris notre plaisir.

Il pesait sur elle de toutes ses forces, et elle sentait son sexe gonflé contre son ventre.

Paniquée, elle tenta de remonter le genou vers lui, mais il se gaussa de ses efforts futiles.

— Ne crois pas que tu vas pouvoir recommencer. Cette fois, tu m'obéiras.

Il prit la main d'Isabel et l'obligea à le caresser, les yeux vitreux de plaisir.

— Nooooon !

Le cri était rauque, bas, et en même temps elle rassembla le peu d'énergie qui lui restait pour lui tordre vicieusement le sexe.

Il poussa un hurlement, son étreinte se desserra et elle tenta de se dégager, mais la chemise lui entravait les jambes.

Il la frappa au visage.

— Garce !

Criant de douleur, elle retomba contre l'oreiller, les yeux fermés.

Il y eut des bruits de pas pressés et on la libéra de Dickenson. Isabel se retrouva serrée contre une forte et rassurante poitrine.

— Là, ma chérie. Calme-toi. Ta tante est près de toi. Minnie !

Isabel s'accrocha à elle comme à une bouée de sauvetage.

— Aide... moi...

— Bien sûr, je vais t'aider, ma douce. Comme toujours.

Elle caressait les cheveux d'Isabel, dont la panique s'estompait. Elle était complètement épuisée, pourtant, elle se sentait en sécurité bien que Dickenson soit encore assis au pied du lit.

Minnie semblait posséder une sorte de pouvoir sur lui. Il les regardait d'un œil noir tout en berçant la partie douloureuse de sa personne.

— Elle doit être punie, dit-il d'un ton mauvais.

Minnie se tourna vers lui.

— Espèce d'imbécile ! Vous avez eu ce que vous méritiez !

— Elle se débattait.

— Évidemment. Vous l'avez agressée comme un taureau en chaleur.

— Je te ferai remarquer que d'autres apprécient mes talents dans une chambre à coucher ! protesta-t-il, pincé.

— Du talent ? Parlons-en ! J'étais là, j'ai tout entendu. Les femmes aiment les mots doux, les compliments, pas les menaces bestiales.

Incrédule, Isabel digérait lentement la signification de ce dialogue. Non, c'était un cauchemar ! Tante Minnie ne se serait jamais rendue complice de ce viol !

— J'ai peut-être un peu bousculé cette petite allumeuse, mais je croyais que tu lui avais donné de l'opium pour la rendre plus docile.

Minnie serra davantage Isabel contre elle.

— En effet, mais ça ne vous donne pas le droit de

la traiter comme n'importe quelle catin. Elle mérite plus d'égards.

Droguée ? Elle avait été droguée, et par Minnie ? Les tempes battantes, elle essayait de comprendre ce qui lui arrivait. Le thé... Elle lui avait trouvé un goût douceâtre...

— P... pourquoi ?

Pourquoi m'as-tu fait ça ?

— Chut. Sois sage, dit Minnie en lui tapotant la joue. Reste bien tranquille et laisse ta tante Minnie s'occuper de tout. Je ne lui permettrai pas de te molester. Seulement de te donner du plaisir, le plaisir le plus doux que tu aies jamais connu.

— Je m'arrangerai pour qu'elle y prenne goût, cette fois-ci, promit Dickenson en déboutonnant son pantalon. Maintenant, allons-y. Tu voulais que ce soit réglé ce soir, n'est-ce pas ?

Une nouvelle vague de panique submergea Isabel qui tenta de se dégager des bras de Minnie. La chambre tournoyait toujours, sa vision s'obscurcissait.

— Arrête-le... Je t'en supplie...

Sa bouche était pâteuse et elle luttait pour ne pas succomber à sa torpeur.

Minnie lui massait la nuque.

— Chut, ma chérie. Ne te mets pas dans tous tes états. Détends-toi, ne bouge pas. Je vais rester près de toi, je te protégerai. Tu es en sécurité, avec moi.

Elle avait une voix lénifiante, mélodieuse, persuasive.

— N'aie pas peur. Ferme les yeux et laisse-toi aller à tes rêves. C'est Justin qui fait l'amour à sa Vénus, il va te toucher, te caresser, t'aimer, et le plaisir viendra, si tu ne le combats pas. Laisse-toi simplement aller vers Justin, rappelle-toi comme c'était merveilleux...

Malgré la résistance d'Isabel, les mots avaient un pouvoir hypnotique qui l'entraînait dans un nuage d'apathie. Elle avait les paupières de plus en plus lourdes. Justin... Oui, Justin serait là. Elle avait envie de son amour, de ses tendres mains sur sa peau.

— Dans un instant, il va éveiller le désir en toi et il n'existe rien de plus merveilleux au monde. Laisse-le te caresser, s'unir à toi. Laisse le plaisir t'emporter toujours plus haut. Ce divin, divin plaisir...

Toute conscience en Isabel était noyée par l'excitation qui palpitait au creux de ses reins. Elle n'était plus que désir, elle avait envie que s'assouvisse ce besoin qui la consumait de l'intérieur. On releva sa chemise de nuit, et elle gémit en sentant une délicieuse fraîcheur sur ses jambes nues.

Justin. Elle ondula sur les draps, elle était prête, il allait lui faire l'amour, l'emporter au paradis. Dieu, qu'elle avait envie de lui !

Chaude, sensuelle, une main se posa sur sa cuisse...

— Enfin ! aboya Kern. Je suis déjà venu deux fois aujourd'hui. Où étiez-vous passé ?

Lord Hathaway venait d'entrer dans la bibliothèque. Hautain, il infligea à Kern un regard qui en aurait impressionné plus d'un.

— Vous avez un certain aplomb d'oser vous présenter dans cette maison, dit-il avant d'ajouter, sur un signe de tête : maintenant, sortez !

Kern alla fermer la porte.

— Pas avant d'avoir dit ce que j'ai à dire.

Les dents serrées, le marquis le toisa.

— Vous en avez assez dit. À cause de vous, Helen a subi une terrible épreuve. Elle ne veut plus sortir tant elle est humiliée, et j'ai dû régler un certain nombre d'affaires en cours afin de pouvoir l'emmener passer l'été sur le continent.

La pensée d'Helen et de ce qu'elle endurait ne laissa pas Kern indifférent.

—Je ferai en sorte d'informer nos connaissances que je suis le seul responsable de la rupture de nos fiançailles.

—Et cela suffira à apaiser votre conscience? demanda Hathaway en brandissant un poing furieux. Priez Dieu qu'elle se rende vite compte qu'elle est mieux seule qu'avec une fripouille de votre espèce! Un homme qui a montré qu'il tenait bien de son père!

Kern sentait la colère remonter en lui.

—Vous faites allusion à mes relations avec Isabel Darling?

—Vous le savez parfaitement. Comment avez-vous osé séduire une jeune fille qui était sous ma responsabilité? Vous n'avez aucun scrupule, aucun sens de l'honneur.

—Et dites-moi donc pourquoi vous vous intéressez tant à la situation de la fille d'une prostituée?

Le marquis se dirigea vers la cave à alcools où il s'empara de la carafe de whisky.

—J'étais responsable d'elle, répéta-t-il. Tant qu'Isabel a vécu sous mon toit, elle s'est comportée de façon irréprochable... Jusqu'à ce que vous l'entraîniez sur la mauvaise pente.

En quelques rageuses enjambées, Kern avait rejoint Hathaway et, d'un revers de main, il envoyait son verre rouler sur le tapis.

—Isabel Darling s'est introduite dans cette demeure grâce à un chantage, dit-il froidement. Elle a fait croire à Helen qu'elles étaient cousines.

Malgré tout, vous lui avez offert de la doter. J'aimerais savoir pourquoi.

Le visage de marbre, Hathaway évitait son regard.

— Je n'ai pas à vous donner d'explication. Nous avons déjà parlé de tout ça.

Kern saisit le marquis par les revers de sa veste et le plaqua contre une étagère. Quelques volumes s'écrasèrent au sol.

— Vous êtes un menteur et un lâche. Il faut que vous la reconnaissiez, que vous me disiez qui elle est réellement. Tout de suite.

Hathaway respirait avec peine, pourtant, il ne faisait pas mine de se libérer. Les yeux agrandis, il fixait Kern.

— Vous avez deviné, dit-il d'une voix mal assurée. Mais comment ?

— Peu importe. Dites-le. Dites la vérité, au moins une fois dans votre vie d'hypocrite.

— Très bien. Isabel… est ma fille naturelle.

Cet aveu frappa Kern au plus profond de lui. Il avait deviné depuis qu'il avait vu la signature d'Hathaway sur le registre des mariages, mais cette confirmation le bouleversait. C'était l'homme qu'il avait admiré toute sa vie !

Il le lâcha enfin et se mit à arpenter le sol tout en mettant de l'ordre dans ses idées.

— Vous êtes Apollon. Isabel est née de votre liaison avec Aurora Darling. Une liaison qui s'est terminée la veille de votre mariage.

Hathaway s'effondra dans un fauteuil, les coudes sur les genoux, et il passa les mains dans sa chevelure poivre et sel.

— Oui.

— À cette époque, je n'avais que neuf ans, poursuivit Kern, sévère, pourtant je me rappelle vous avoir vu prononcer vos vœux à Saint-George. Et m'être dit que vous incarniez l'homme que je voulais devenir. Or, cet homme que je vénérais venait de quitter le lit de sa maîtresse, ajouta Kern, amer.

— J'ai fait ce que je croyais être mon devoir.

— Votre devoir ? Vous m'avez laissé penser que vous étiez meilleur que Lynwood, que vous aviez un sens moral inattaquable. Alors que vous entreteniez une aventure torride avec une courtisane.

— J'aimais Aurora. Me séparer d'elle a été l'épreuve la plus pénible de toute ma vie.

— Et Isabel ? insista Kern, vibrant de mépris. Vous aviez une enfant, une fille qui avait besoin de vous.

— Pour l'amour du Ciel, c'était une courtisane ! Il était impensable que je reste avec elle. Je n'avais pas d'autre choix que de me marier, comme il était prévu.

À contrecœur, Kern devait bien admettre qu'il comprenait le dilemme auquel avait été confronté Hathaway. Lui-même, s'il avait rompu ses fiançailles avec Helen, avait offert à Isabel le statut discutable de maîtresse. Cela le rendait-il plus honorable que le marquis ?

— Quand j'ai découvert la situation délicate d'Aurora, poursuivait Hathaway d'une voix chargée d'émotion, il était trop tard. Mon épouse attendait aussi un enfant, alors je devais garder la naissance d'Isabel secrète, sous peine de nuire à Helen.

— Vous auriez pu lui rendre visite régulièrement sans le crier sur tous les toits.

— J'ai payé sa pension, ses vêtements, sa gouvernante. Je lui ai offert les moyens d'être élevée ailleurs que dans cette maison de passe.

— Elle avait besoin d'un père, pas d'un compte en banque !

— Bon sang !

Hathaway se tapa du poing sur le genou.

— Croyez-vous qu'elle n'ait pas pesé sur ma conscience, pendant toutes ces années ? Sinon, pourquoi l'aurais-je accueillie sous mon toit ? Je me moquais bien de ces Mémoires, ce n'était qu'une excuse, une opportunité tombée du Ciel de faire la connaissance de ma propre fille.

Sa voix se brisa, et il se prit la tête entre les mains.

Kern ne pouvait s'empêcher d'éprouver de la sympathie pour lui. Visiblement, il avait suffisamment souffert en expiation de ses péchés. Pourtant, il restait certaines questions à élucider.

— Donc, votre frère et vous avez eu une aventure avec la même femme.

Un muscle jouait sur la mâchoire du marquis.

— Je lui en ai voulu quand il s'est mis à la fréquenter, bien que je n'aie pas eu de nouvelles d'Aurora depuis des années. Mais je ne pouvais lui reprocher d'être fasciné par son extrême beauté.

— Quand vous avez appris qu'Isabel recherchait le meurtrier de sa mère, vous m'avez demandé de l'arrêter. Redoutiez-vous seulement que l'on ne découvre votre secret ?

— Si vous pensez que j'ai cru Raymond coupable, vous vous trompez. Mon frère est parfois faible, mais il n'a pas empoisonné Aurora.

— Bien, dit Kern calmement. Et vous, l'avez-vous fait ?

Hathaway blêmit. On n'entendait plus que le tictac de la pendule, les pas feutrés dans le couloir d'un domestique vaquant à ses occupations.

— C'est à moi que vous posez une question aussi monstrueuse ? murmura enfin le marquis.

Kern se détestait d'avoir nourri de tels soupçons,

pourtant s'il voulait protéger Isabel, il n'avait pas le choix.

— Vous aviez toutes les raisons de souhaiter la mort d'Aurora. Elle connaissait votre secret. Elle et son confident, sir John Trimble.

— Il vous a contacté ?

— Non. C'est moi qui lui ai rendu visite ce matin. Il a été empoisonné, lui aussi.

Hathaway se leva à demi, les mains crispées sur les accoudoirs du fauteuil.

— Mon Dieu ! Vous êtes sûr ?

— C'est en tout cas ce que dit le médecin. Il dit également que, dans son délire, Trimble répétait le nom d'Apollon.

— Il est venu me voir hier matin, dit Hathaway et il m'a interrogé sur mes activités le soir où Aurora est tombée malade. Je dois avouer que j'étais furieux contre lui. Quand il m'a quitté, Trimble m'a dit qu'il ne se sentait pas bien. Croyez-moi ou non. Quoi qu'il en soit, jamais je ne m'abaisserai à me défendre de l'accusation de meurtre.

Kern le croyait. Hathaway n'avait pas empoisonné Trimble. Ni Aurora. Un homme comme lui ne renoncerait pas à son honneur pour une aventure avec une courtisane.

Mais alors qui était le coupable ?

— Pendant qu'il était ici, Trimble a-t-il rencontré Callie, la femme de chambre d'Isabel ?

Hathaway secoua la tête.

— Pas que je sache. Nous avons parlé, puis il a pris congé.

Curieux ! Minnie avait bien dit que Trimble cherchait Callie. L'avait-il vue à l'insu du marquis ? Callie l'aurait-elle empoisonné à ce moment-là ? Quelque chose ne collait pas...

Hathaway se levait, le visage grave.
—À propos d'Isabel, je tiens à savoir quelles sont vos intentions à son égard.
—Mes intentions... répéta distraitement Kern.
—Oui, par le Ciel! Je ne veux pas qu'elle soit votre maîtresse. J'avais espéré qu'elle épouserait un homme de qualité, afin de mener une vie aisée et vertueuse. Vous avez gâché son avenir.
—Mais...
—Je n'ai pas terminé. Puisque le mal est fait, il faut bien que je le tolère, mais j'exige que vous la traitiez correctement. Sinon, vous aurez affaire à moi.
La colère de Kern se dissolvait étrangement devant cet accès de courroux paternel.
—Isabel ne sera pas ma maîtresse, répondit-il. Elle sera ma femme.
—Votre femme?
—Je l'aime, dit Kern d'une voix un peu voilée. Elle m'a appris à écouter mon cœur au lieu de suivre aveuglément les règles des convenances.
Hathaway eut l'air soulagé.
—Le mariage... Je n'aurais jamais pensé... Mais oui, ça peut marcher. Vous n'avez qu'à partir tous les deux pour la campagne, et le scandale finira par s'éteindre de lui-même. Quant à Helen, elle s'habituera à cette idée. Je crois que son amitié avec Isabel lui manque cruellement.
Il se dirigea vers le portrait de la dame en perruque poudrée.
—Vous savez qu'Helen est la seule à avoir remarqué la ressemblance? Et je ne pouvais lui dire à quel point elle était observatrice, je ne pouvais pas lui avouer qu'Isabel était sa demi-sœur, et qu'elle avait donc toutes les raisons de ressembler à ma mère.

Pour la première fois, Kern remarqua la similitude de traits. Les yeux, les pommettes hautes, le sourire serein. Isabel possédait la même délicatesse, la même volonté, la même fierté dans le regard. Comment avait-il pu ne pas s'en apercevoir ?

— Isabel sera duchesse un jour, dit Hathaway, pensif. Personne n'osera la considérer de haut. J'y veillerai personnellement.

— Non, c'est moi qui y veillerai.

Une lueur de regret passa dans le regard du marquis.

— Oui, vous en avez gagné le droit... Quand je pense qu'elle ne sait pas encore qui je suis...

Je n'ai pas de père. Et si vous tentez de prouver le contraire, je ne vous le pardonnerai jamais. Jamais.

Kern revit les larmes qui brillaient alors dans les yeux d'Isabel. Il comprenait pourquoi elle ne voulait pas qu'il fouille dans son passé. Elle avait honte que son père l'ait traitée comme une gêne, une tare qu'il fallait dissimuler.

— Nous ne le lui dirons pas tout de suite, déclara-t-il. Avec le temps, quand toute cette agitation sera calmée, elle sera peut-être en mesure d'accepter la vérité.

Le marquis approuva d'un signe de tête.

— Je m'en remets à votre jugement. Espérons que Minerva aura le bon sens de se taire aussi.

Kern sursauta.

— Minnie connaît votre identité ?

— Oui. Elle et Trimble. Après la mort d'Aurora, il me fallait un intermédiaire pour remettre l'argent à Isabel, alors je suis entré en contact avec Minerva.

— De l'argent ? Mais vous n'avez pas donné un penny à Isabel depuis un an ! s'indigna Kern.

Le marquis se retourna d'un bond.

— Bien sûr que si ! Je déposais chaque trimestre mille livres sur un compte au nom de Minerva. Elle devait s'en servir afin de pourvoir aux besoins d'Isabel.

Quatre mille livres par an… Une petite fortune. Pourtant, la maison était délabrée, ses pensionnaires n'avaient pas grand-chose à manger, Isabel portait des vêtements démodés…

— Minnie ne donnait rien à Isabel, elle se comportait comme si elles étaient ruinées… dit Kern qui réfléchissait à haute voix. Et elle est la dernière personne à avoir vu John Trimble avant qu'il vienne ici.

— Que sous-entendez-vous ? Que Minerva a empoisonné Trimble ? Mais pour quelle raison ?

— Peut-être parce qu'il posait trop de questions au sujet de la mort d'Aurora. Peut-être en savait-elle plus qu'elle ne voulait bien le dire. Beaucoup plus.

Un éclair de peur passa dans le regard d'Hathaway.

— Il ne faut pas qu'Isabel reste là-bas ! s'écria-t-il en se précipitant vers la porte.

Kern le rattrapa.

— Elle apprendra qui vous êtes, si elle vous voit. Mieux vaut que j'y aille seul.

— Non, déclara fermement le marquis. J'ai été absent pendant qu'Isabel grandissait, cette fois je ne faillirai pas à mon devoir de père.

21

Isabel sentit remonter le long de sa jambe une main moite, trop insistante, presque brutale.

Justin ?

Elle se tortilla pour se dégager de ce malaise. Elle avait envie de retomber dans le puits du désir, mais son corps refusait de s'abandonner. Elle avait la chair de poule, le contact lui semblait étranger, dégoûtant. Instinctivement, elle ferma les jambes avant que la main pût atteindre son but.

— Sale petite garce ! marmonna-t-il.

Mais ce n'était pas Justin.

Alertée, Isabel se força à ouvrir les yeux... et se trouva confrontée au visage en lame de couteau de Terrence Dickenson.

Seule une bougie éclairait la chambre de sa mère, et elle s'aperçut qu'on avait relevé sa chemise jusqu'à la taille.

Tante Minnie la tenait contre elle, lui caressait les cheveux, murmurait des paroles douces à son oreille.

— Là, là, ma petite Vénus. N'aie pas peur. Tu es une fille de joie, maintenant. Comme tes tantes. Tu resteras avec nous, tu prendras ton plaisir avec beaucoup d'hommes...

Minnie avait l'intention de faire d'elle une prostituée ! Alors, Kern ne voudrait plus d'elle, il ne l'emmènerait plus loin de cette sinistre demeure ! Isabel poussa un cri étranglé.

Elle se jeta vers le bord du lit, sans plus être entravée par la chemise, mais la pièce reprit sa sarabande, et elle tomba à terre, se heurtant douloureusement l'épaule. Trop étourdie pour se relever, elle se dirigea à quatre pattes, tant bien que mal, vers le boudoir.

Vite ! Sors de là ! Trouve de l'aide.

Dickenson la saisit aux jambes et elle se débattit avec le peu de forces qui lui restait. Elle le griffa violemment et il recula avec un grognement de rage.

Isabel, sanglotante, épuisée, s'élança vers la liberté, mais Minnie lui barra le passage.

— Tu ne t'échapperas pas, petite.

Isabel tentait désespérément de rassembler ses idées.

— Tante... Calliiiiie !

Minnie eut un bon sourire.

— Les autres dorment profondément. J'ai fait ce qu'il fallait pour ça.

À bout de nerfs, Isabel s'accroupit par terre, ramena la chemise sur ses jambes dans une futile tentative pour se protéger.

Justin ! Oh, Justin...

Il ne viendrait pas, elle le savait. Elle l'avait chassé de sa vie. Pour toujours.

Elle pressa les mains sur ses tempes. Dieu, elle était seule pour se sortir de là, et elle avait été droguée !

— Tu aurais dû t'assurer qu'elle était d'accord, se plaignait Dickenson en épongeant le sang qui coulait sur son visage. Je te l'avais dit, elle est vicieuse. Assez pour vouloir émasculer un homme.

— Elle est bien trop belle pour vous ! rétorqua Minnie. Mais rassurez-vous, je vais remédier à son manque de bonne volonté.

De la poche de son tablier, Minnie sortit une cuiller et un petit flacon qu'elle déboucha.

— Ne crains rien, ma chérie, je ne te ferai pas de mal. Je veux seulement t'aider à te sentir mieux. Une gorgée de cette potion, et tu partiras dans un monde de rêve où seul le plaisir t'accueillera.

Isabel attendit que la vieille femme se soit agenouillée près d'elle et ait versé le liquide dans la cuiller pour la frapper sur son bras bandé. Minnie hurla, tandis que cuiller et flacon lui échappaient.

Isabel rampa de nouveau vers le boudoir. Elle

atteignait le seuil quand on l'attrapa aux cheveux. Elle tomba à la renverse sur les genoux replets de Minnie.

Celle-ci appela Dickenson.

—Aidez-moi, triple idiot ! Tenez-la !

Dickenson cloua Isabel au sol. Elle continuait à se tortiller pour se dégager, mais elle était vidée de toute énergie. Elle parvenait tout juste à serrer les lèvres.

Minnie lui pinça le nez.

—Tu ne rends pas les choses faciles, marmonna-t-elle. Je voulais rester près de toi pour t'assister, jouer le rôle de ta mère. C'est ce que j'ai toujours souhaité. Mais tu refuses de coopérer. Aurora ne voulait pas non plus. Elle avait décidé d'aller te retrouver, de me laisser toute seule.

Maman ?

Isabel tentait de rassembler ses idées, mais le manque d'air lui brûlait les poumons. Enfin, quand elle ne put tenir davantage, ses lèvres s'ouvrirent.

Minnie enfourna la cuiller. Isabel eut un haut-le-cœur quand un peu du liquide douceâtre atteignit sa gorge.

Sur la façade de la maison, une seule fenêtre était faiblement éclairée.

L'ancienne chambre d'Aurora.

Qui s'y trouvait ?

Kern leva la main pour actionner le heurtoir puis, se reprenant, il essaya d'ouvrir la porte. Verrouillée.

—Passons par-derrière, dit-il.

Hathaway le suivit à la hâte. Lui aussi avait été paniqué en voyant cette unique lumière. Minnie ?

C'était elle qui avait ravagé la chambre d'Aurora, puis feint d'avoir été attaquée. Mais pourquoi ? Rien dans les Mémoires ne la mettait en cause.

À moins qu'elle n'ait pas cherché le fameux cahier. À moins que la blessure qu'elle s'était infligée elle-même n'ait simplement été destinée à ramener Isabel près d'elle.

Kern frissonna malgré la douceur du crépuscule. Jamais il n'aurait dû abandonner Isabel dans cette funeste maison. Quel idiot de l'avoir laissée hors de sa portée !

Un cheval renâcla, la ruelle encore humide de la forte pluie de la veille empestait les poubelles, tandis que le bruit de leurs pas rapides résonnait sur les pavés.

Kern ouvrit la porte de service et Hathaway entra derrière lui. Ils mirent un certain temps à s'accoutumer à l'obscurité. C'était étrange, il n'y avait aucune odeur de nourriture, seulement celle du musc, comme toujours.

N'y avait-il personne ?

Les deux hommes montèrent l'escalier dans l'ombre. Kern allait sûrement trouver Isabel sagement dans sa chambre. Peut-être se reposait-elle, ce qui expliquerait qu'il n'y ait pas de lumière à sa fenêtre.

Ou alors elle et ses tantes s'étaient réunies dans les appartements d'Aurora pour évoquer le bon vieux temps ou pour consoler Isabel de son chagrin d'amour.

Pourtant, Kern ne parvenait pas à se débarrasser de l'angoisse qui l'étreignait.

Il allait la garder près de lui pour toujours. Il l'épouserait.

Sur le palier, Hathaway désigna la porte close du boudoir et Kern alla coller son oreille au panneau. Il entendit des murmures, tenta de tourner le bouton. En vain.

Isabel cracha la potion au visage de Minnie.

La vieille prostituée bondit en arrière avec un juron et s'essuya les yeux du coin de son tablier.

— Ingrate ! Je fais ce que je peux pour toi, comme toujours.

Isabel se roula en boule au sol. Malgré sa rébellion, elle avait avalé un peu de la drogue et elle savait que, dès que celle-ci ferait effet, son sort serait définitivement scellé.

Dickenson abuserait d'elle, encouragé par Minnie, et Isabel serait incapable de se défendre.

Une arme. Il fallait qu'elle trouve une arme. Mais à part les meubles, il n'y avait rien, Minnie avait pensé à tout.

Isabel comprit enfin. C'était Minnie qui avait détruit les affaires de sa mère, lacéré les robes, renversé les parfums, répandu sur le bureau le contenu de l'encrier. Elle haïssait Aurora.

Elle avait tué Aurora !

Cette horrible pensée transperça Isabel. Minnie voulait la garder, elle l'avait assez répété. Or, Aurora avait l'intention de partir à la campagne, d'y vivre avec Isabel, sans emmener les autres courtisanes.

Si Dieu le veut, l'argent que je tirerai de ce livre me permettra de quitter cette ville, de rejoindre ma fille chérie dans le comté d'Oxford. Là, nous serons enfin ensemble, elle et moi.

Aurora avait craint que l'un de ses anciens amants ne l'ait empoisonnée afin de l'empêcher de publier ses Mémoires. Mais en réalité le meurtre n'avait guère de rapport avec *Les Confessions d'une fille de joie*.

C'était uniquement la détermination de Minnie à garder Isabel près d'elle.

Une sorte de brouillard commençait à obscurcir son cerveau. L'opium. Elle luttait de toute sa volonté, mais elle évoluait sur un nuage et seul un vague sens de danger imminent surnageait. Elle avait envie de fermer les yeux, ses membres étaient incroyablement lourds, et elle sentait un étrange désir monter en elle. Justin. Elle avait tant envie de lui ! Elle ondula sur le tapis.

— Bien, ma chérie, dit la voix lointaine de Minnie. Je vois que tu as absorbé assez de drogue pour te mettre dans de meilleures dispositions. Tant mieux !

— Pousse-toi, elle est prête.

Dickenson se penchait sur elle, mais son image se dédoublait. Il ne fallait pas qu'il la touche !

— Portez-la sur le lit ! ordonna Minnie.

— Tu me prends pour ton domestique ?

— Obéissez. Je ne veux pas que ma petite soit prise par terre, comme une chienne.

Dickenson s'approcha en grommelant, craignant encore une réaction violente de la jeune femme, mais elle était inerte, anéantie par l'opium.

Il s'accroupit, glissa ses mains moites sous Isabel. Le contact de ces doigts froids la sortit brutalement de sa torpeur et elle poussa un long hurlement d'angoisse.

— Noooooon !

Kern et Hathaway discutaient à voix basse de la conduite à adopter quand ils entendirent le cri étouffé.

Isabel.

— Reculez ! dit Kern à Hathaway.

Il s'élança contre le battant qui grinça, puis il reprit son élan, recommença, et cette fois le loquet céda.

Il se précipita dans le boudoir, Hathaway sur ses talons. La pièce était sombre, mais une lumière vacillante éclairait l'entrée de la chambre.

Il y courut et embrassa la scène d'un seul regard.

Nu jusqu'à la taille, Terrence Dickenson était debout à côté du lit, tandis que Minnie tenait la tête d'Isabel sur ses genoux en lui chantonnant des paroles apaisantes.

Isabel était immobile, les yeux clos, vêtue d'une chemise blanche.

— Bon Dieu ! explosa Hathaway.

Kern se jeta sur Dickenson avec un grondement sauvage. L'autre battit aussitôt en retraite, heurta un tabouret, s'étala sur le tapis.

Terrorisé, il leva la main pour empêcher Kern d'avancer.

— Je vais vous expliquer. C'est la faute de Minnie. Mais il ne s'est rien passé. C'est... c'est une erreur.

— Une sacrée erreur, en effet !

Kern releva brutalement Dickenson et lui assena un coup de poing. On entendit le craquement des os de la mâchoire. Dickenson alla s'écraser contre le mur et glissa à terre comme une marionnette cassée.

Kern se précipita vers le lit où Minnie se jeta sur Isabel, mais le marquis la tira en arrière et lui tordit les bras dans le dos.

Elle protesta vigoureusement.

— Ma blessure ! Regardez comment vous me traitez !

— Vous serez moins bien traitée encore à la prison de Newgate.

— Newgate ? Sous quel motif ?

— Le meurtre d'Aurora Darling, répondit Hathaway, implacable.

Kern s'assit sur le lit. Isabel bougeait la tête sur l'oreiller en murmurant des paroles incohérentes. On voyait l'aréole rose de ses seins à travers le tissu léger qui épousait la forme de son corps. Dieu, Minnie avait invité Dickenson à la violer !

Il effleura sa joue, douce et tiède comme le duvet d'un cygne.

— Isabel...

Les paupières de la jeune femme frémirent et elle s'agrippa convulsivement à lui.

— Justin ?

— Je suis là, chérie. Je suis là.

Elle ouvrit des yeux un peu hagards, un lent sourire se forma sur ses lèvres.

— Je ne... rêve pas ?

Les mots sortaient avec difficulté et, paniqué, Kern se tourna vers Minnie.

— Par le diable que lui avez-vous fait prendre ? Du poison ?

— Bien sûr que non ! Seulement un peu d'opium. Je l'aime plus que vous ne pourrez jamais l'aimer.

— L'aimer ? Vous n'êtes qu'égoïsme et rancune.

Kern souleva Isabel dans ses bras.

— Ce n'est pas un rêve, murmura-t-il. Je suis bien là, et je ne vous quitterai plus jamais.

— Non ! cria Minnie. Vous ne l'aurez pas !

— Oh, si, madame, intervint Hathaway. Quant à vous, vous ne la verrez plus de toute votre vie.

Il poussa Minnie vers la porte, mais elle résistait avec énergie.

— Comment osez-vous ? Vous n'avez aucun droit de me l'enlever. Surtout pas vous !

— J'ai au contraire tous les droits, vous le savez parfaitement.

— Parce que vous lui avez jeté quelques pièces de temps à autre ? J'ai fait en sorte qu'elle ne reçoive jamais ces misérables aumônes. Afin qu'elle ne prenne jamais l'argent pour de l'amour.

— Du vol, grinça Hathaway. Encore un crime dont vous devrez répondre devant le juge.

— Vous ne le ferez pas. Il faudrait avouer publiquement votre liaison avec Aurora, proclamer que vous êtes le père d'Isabel.

La jeune femme cligna des yeux, un peu perdue.

— Mon père ?

Hathaway, sans cesser de maîtriser Minnie, se tourna vers elle, les traits adoucis.

— C'est la vérité, dit-il comme si les mots venaient du plus profond de lui-même. Je suis votre père.

Isabel secouait lentement la tête.

— Vous... et maman... ?

— Je l'aimais. Je l'aimais de toute mon âme. Si j'avais eu la moitié du courage de Justin...

Les yeux brillants de larmes contenues, il se détourna.

Minnie profita de son désarroi pour se dégager, mais Hathaway la rattrapa alors qu'elle se ruait sur la porte. Cette fois, il lui attacha les mains dans le dos à l'aide d'un foulard. La prostituée lâcha un chapelet de jurons à faire rougir un charretier.

Isabel tressaillit et Kern lui cacha le visage contre son épaule. Il avait envie de l'emporter loin d'ici, de lui faire oublier l'infâme trahison dont elle avait été victime.

Hathaway tenait toujours Minnie par le bras.

— Je renverrai mon cocher chercher celui-ci, dit-il avec un signe de tête en direction de Dickenson, toujours inconscient.

— C'est moi qui vais les emmener à la police, proposa Kern. Mieux vaut que vous restiez à l'écart de cette affaire.

— Non. Il est grand temps que j'assume mes responsabilités. D'ailleurs, il me semble que vous êtes assez occupé comme ça...

Isabel se pressait contre Kern. De toute évidence la drogue avait supprimé en elle toute pudeur, toute inhibition. Elle posa ses lèvres sur le cou de Kern, et il sentit l'humidité de sa langue sur sa peau. Il sentit aussi sa propre réaction à cette caresse intime !

— Je sous suggère, jeune homme, dit Hathaway, de légitimer immédiatement vos relations avec ma fille.

Kern eut un grand sourire.

— À vos ordres, Monseigneur.

Deux heures plus tard, le carrosse des Lynwood s'élançait vers le nord.

Sur la banquette capitonnée, Kern tenait Isabel dans ses bras, emmitouflée dans une cape qui la couvrait de la tête aux pieds et sous laquelle elle portait encore sa chemise de nuit. Il n'avait pas eu le cœur de la réveiller du profond sommeil dans lequel elle s'était réfugiée pendant qu'il se hâtait de préparer leur départ.

À Lynwood House, le valet de chambre de Kern s'était occupé de ses bagages tandis que le cuisinier préparait un panier de mets délicats et que les palefreniers harnachaient les chevaux. Aucun d'entre eux n'osa demander au maître pourquoi il partait en voyage au milieu de la nuit – et en compagnie d'une jeune personne sans la présence d'un chaperon. D'ailleurs, Kern ne leur avait fourni aucune explication. Ils auraient la réponse à leurs questions d'ici quelques jours.

La bonne société serait également au courant, et les ragots iraient bon train. Kern sourit dans l'ombre. Qu'ils aillent tous au diable ! Il avait là, tout près de lui, la seule personne qui eût de l'importance à ses yeux.

La jeune femme s'étira avec un soupir de bien-être.

— Justin ?

Il lui baisa le front.

— Comment vous sentez-vous ?

— Un peu mieux. Moins étourdie...

Elle regarda autour d'elle, étonnée de se trouver dans une voiture.

— Vous m'emmenez à Lynwood House ?

— Non, ma chérie. Je vous enlève.

— Vous m'enlevez ? Mais je vous suivrais volontiers au bout du monde. Je m'apprêtais à venir vous le dire quand tante Minnie...

Isabel s'interrompit, se mordit la lèvre.

— J'ai peine à croire que tout cela se soit produit. Toutes ces années... elle a été une seconde mère pour moi.

Kern posa sur ses cheveux une main apaisante.

— Ne vous torturez pas, mon amour. Vous ne connaissiez pas sa vraie nature. Personne n'aurait pu la deviner.

— Vous vous rappelez quand tante Persy est tombée malade ? demanda Isabel d'une voix qui tremblait un peu. Tante Minnie avait dû l'empoisonner, elle aussi. Afin de me persuader de revenir à la maison. Mes autres tantes... ajouta-t-elle, soudain en alerte.

— Dorment profondément, l'informa Kern. Je l'ai vérifié par moi-même, et j'ai laissé des instructions pour que le docteur Sadler passe les voir dès l'aube afin de s'assurer qu'elles n'ont rien. Il rendra également visite à Trimble.

— Ainsi, sir John n'est pas mon père, finalement.

— Non.

— Et lord Hathaway, c'est vraiment...

Je n'ai pas de père. Et si vous tentez de prouver le contraire, je ne vous le pardonnerai jamais. Jamais.

Kern prit son visage entre ses mains.

— Oui, chérie, Hathaway est votre père. Je l'ai découvert juste avant que nous venions vous chercher. Je suis désolé si cette nouvelle vous cause du chagrin, Isabel, mais si vous lui en donnez le temps, il saura vous prouver qu'il vous aime, qu'il vous a toujours aimée. Il s'est terriblement inquiété pour vous.

Elle se tourna vers la vitre, dehors il faisait nuit.

— C'est étrange, je... je n'arrive pas à le détester. Il m'a donné une sœur, la sœur dont j'ai toujours rêvé. Cette sœur que j'ai si cruellement blessée, ajouta-t-elle dans un souffle.

— Helen finira par admettre que nous n'étions pas faits l'un pour l'autre, dit tendrement Kern. Elle en sera persuadée lorsqu'elle tombera vraiment amoureuse à son tour.

Avec un nouveau soupir de contentement, Isabel se serra davantage contre lui, glissa les mains sous sa veste, et il ne put s'empêcher de penser à la façon dont sa chemise de nuit moulait ses formes...

Mais elle en avait subi suffisamment, il n'allait sûrement pas abuser de son état de faiblesse et de choc.

Elle lui caressa la joue.

— J'ai parlé trop vite, quand j'ai refusé votre offre, Justin. Je veux devenir votre maîtresse. De toute mon âme, je le veux.

Un immense amour gonflait le cœur de Kern. Elle ne savait pas encore où ils allaient...

— J'ai quelque chose à vous dire.

Sa voix s'étrangla car, de ses petits doigts fins, elle déboutonnait son pantalon.

— Mais si vous tenez vraiment à moi, poursuivait-elle sans tenir compte de l'interruption, vous devrez vous plier à certaines règles.

Il avait du mal à garder l'esprit clair.

— Des règles, répéta-t-il.

— Oui. Vous nous consacrerez votre vie, à moi et à nos enfants. Vous oublierez toutes les autres femmes, et aucune n'aura le droit de vous toucher ainsi.

Il retint un gémissement quand sa main se referma doucement sur lui, et il eut peine à reprendre son sang-froid.

— Isabel, mon amour, écoutez-moi. Au sujet de nos relations...

— Si vous respectez ces règles, je passerai mon existence à vous rendre heureux, Monseigneur. Vous êtes à moi, et à moi seule.

Brûlant, il sentait son souffle sur lui, si proche... Il crispa les doigts sur la banquette pour s'empêcher de l'attirer davantage à lui.

— Savez-vous que parfois j'écoutais aux portes quand mes tantes bavardaient entre elles ? continuait doucement Isabel. Je trouvais leurs confidences choquantes, pourtant, elles me fascinaient. Et je ne pensais pas pouvoir faire un jour ce dont elles parlaient. Jusqu'à ce que je vous rencontre.

Elle frottait sa joue contre la peau satinée, puis elle tourna la tête pour lui offrir le baiser le plus intime qui soit.

Il était au bord de l'extase.

Son cœur battait follement, le sang courait plus vite dans ses veines, des gémissements s'échappaient de sa gorge serrée... Quand il ne put en supporter davantage, il la hissa sur lui, remonta sa chemise jusqu'à sa taille et pénétra en elle.

Elle gémit de plaisir. Et bien vite elle cria son nom, emportée par la joie suprême qu'ils partagèrent aussitôt dans une gigantesque explosion de plaisir.

Il revint à lui dans le balancement du carrosse et la douce odeur des cheveux d'Isabel.

— Je vous aime, Vénus Isabel Darling, dit-il d'une voix enrouée par l'émotion.

— Moi aussi, je vous aime. Mmmm, je ne pourrais pas être plus heureuse.

— Vous le serez pourtant si vous devinez où je vous emmène.

— Dans le Derbyshire, bien sûr. Je vivrai au pavillon de chasse.

Il secoua la tête.

— Essayez encore.

Isabel se redressa légèrement pour regarder par la vitre.

— Je n'en ai aucune idée. Où ?

— Dans une petite ville à la frontière écossaise.

— L'Écosse ? s'écria-t-elle. Mais pourquoi ?

Kern la sentit soudain angoissée, et il n'eut pas le cœur de la taquiner davantage.

— Nous nous rendons à Gretna Green, ma chérie. L'endroit le plus proche où nous puissions nous marier sans nous préoccuper d'autorisation ou de publication de bans.

Elle demeurait silencieuse, immobile, et il poursuivit, d'un ton grave :

— Mais je ne vous ai pas encore demandé d'être ma femme. Voulez-vous m'épouser ?

Elle resta un instant muette d'émotion puis elle se jeta dans ses bras avec un cri de joie.

— Oh, Justin, je n'aurais jamais cru... Évidemment, je le veux !

Heureux, il lui passa les mains dans les cheveux.

— Moi aussi, j'ai mes exigences. D'abord, vous devez me promettre de vous tenir près de moi et à l'écart de tout danger.

— Entendu. Je n'ai jamais envisagé de vivre loin de vous, mon chéri. C'est extraordinaire d'être aussi heureuse ! Extraordinaire et merveilleux.

— Et nous avons encore bien du bonheur à venir. Parce que, voyez-vous, j'ai l'intention de passer ma vie à vous rendre heureuse.

La main sur la poitrine de Kern, là où battait son cœur, elle nicha sa tête au creux de son épaule. Elle se sentait enfin libérée des secrets du passé. Kern lui avait tant apporté ! Le respect d'elle-même, la puissance que donne l'amour véritable.

Et surtout, elle recommençait à croire aux histoires qui finissent bien.

Découvrez les prochaines nouveautés de nos différentes collections J'ai lu pour elle

AVENTURES & PASSIONS

Le 3 mars :

Un séduisant capitaine — Miranda Jarrett (n° 8598)

Angleterre, 1747. Sur le point de se marier avec lord Roxby, un menteur aux mœurs dépravées, Diana rencontre le séduisant capitaine James Dunham, blessé à la guerre. Très vite, ils tombent amoureux. Mais Roxby n'entend pas perdre sa future femme, et pour cela il est près à tout ...

Inoubliable Francesca — Mary Balogh (n° 8599)

Comment refuser l'aide de cet arrogant dandy ? Francesca est furieuse. A cause de lui, sa voiture est coincée dans une congère. Ayant trouvé refuge dans une auberge, le gentleman et la jeune soprano ne cessent de se disputer jusqu'au moment où la passion jaillit. A l'issue de cet interlude romantique, Francesca est tombée amoureuse du vicomte Sinclair, pourtant elle sait que ses erreurs passées lui interdisent de l'aimer.

Les sœurs Brantford —1, Un mari piégé —
Tracy Anne Warren (n° 8563)

Le jour de son mariage avec le duc de Raeburn, Rose Brantford échange sa place avec sa sœur jumelle Violet qui a toujours été secrètement amoureuse du duc. Violet est le portrait de sa sœur à cela près qu'elle est extrêmement cultivée. Le duc découvrira-t-il cette mascarade ?

La scandaleuse — Judith McNaught (n° 3741)

À seize ans, Whitney est persuadée qu'un seul homme comptera dans sa vie : Paul. Même un séjour à Paris imposé par son père ne la fait pas changer d'avis. Quatre ans plus tard, elle est devenue une ravissante jeune femme qui traîne tous les cœurs dans son sillage. Mais, tandis que Whitney papillonne dans les bals, un mystérieux inconnu l'épie dans l'ombre...

Nouveau ! 2 rendez-vous mensuels aux alentours du 1er et du 15 de chaque mois.

Le 19 mars :

Un gentleman déshonoré ❧ Jacquie D'Alessandro (n° 8600)
Victoria Wexhall a été humiliée par Nathan Oliver qui l'embrasse pour disparaître peu après. Trois ans plus tard, elle a sa revanche. Elle décide alors de le rendre amoureux d'elle avant de l'abandonner. Mais ce qu'elle ignore, c'est que c'est un espion pour la couronne d'Angleterre qui sait utiliser son charme pour découvrir les secrets les plus profonds…

Une passion hors du temps ❧ Karen Marie Moning (n° 6505)
Gwen Cassidy effectue un voyage en Écosse. En voulant rattraper son sac tombé dans une crevasse, elle bascule dans le gouffre. Sa chute réveille un mystérieux Highlander. De fait, un sort jeté cinq siècles plus tôt a plongé Drustan MacKeltar dans un sommeil surnaturel. Lorsqu'il reprend conscience, Drustan n'a pas la moindre idée de ce qui lui est arrivé. Mais la délicieuse créature qu'il découvre lui paraît tout à fait fascinante, avec ses idées extravagantes et ses habits impudiques.

Si vous aimez Aventures & Passions,
laissez-vous tenter par :

Passion intense

Quand l'amour vous plonge dans un monde de sensualité

Le 19 mars :

Désirs interdits ❧ Thea Devine (n° 5191)
Le comte Trevor Reynell est furieux : sa belle-mère Diandra lui annonce son arrivée en Angleterre, deux ans après la mort mystérieuse de son père aux Indes. D'étranges événements surviennent au château de Skene qui éveillent leur méfiance l'un à l'égard de l'autre. Mais, lorsque la nuit tombe dans les appartements secrets, dans les souterrains, ils cèdent au désir…

Une femme comblée ❧ Joan Elizabeth Lloyd (n° 8601)
Depuis son mariage raté, Tracy est persuadée qu'elle est frigide et n'ose plus avoir une relation avec un homme. Est-elle condamnée à la solitude ? Poussée par sa sœur, elle décide d'assister à des conférences sur le sexe et perd peu à peu ses complexes. Seulement, la théorie n'est intéressante que si elle peut être mise en pratique…

Nouveau ! 1 rendez-vous mensuel
aux alentours du 15 de chaque mois.

5643

Composition Chesteroc
Achevé d'imprimer en France (Malesherbes)
par Maury-Eurolivres
le 3 janvier 2008
Dépôt légal janvier 2008. EAN 9782290007259
1er dépôt légal dans la collection : juin 2000

Éditions J'ai lu
87, quai Panhard-et-Levassor, 75013 Paris
Diffusion France et étranger : Flammarion